Christa Faust Die Rachegöttin

CHRISTA FAUST

DIE RACHEGÖTTIN

KRIMINALROMAN

Aus dem Amerikanischen
von Gerold Hens

ROTBUCH VERLAG

Von Christa Faust liegen bei Rotbuch außerdem vor:

Hardcore Angel (HCC-04, 2008)
Control Freak (2009)

ISBN 978-3-86789-157-8

Deutsche Erstausgabe, 1. Auflage

Titel der Originalausgabe: »Choke Hold«

Umschlaggestaltung: Katharina Fuchs, Rotbuch Verlag
Umschlagabbildung: samantha dietmar/bobsairport
Druck und Bindung: CPI Moravia Books GmbH

Ein Verlagsverzeichnis schicken wir Ihnen gern:
Rotbuch Verlag GmbH
Alexanderstraße 1
10178 Berlin
Tel. 01805/30 99 99
(0,14 Euro/Min., Mobil max. 0,42 Euro/Min.)

www.rotbuch.de

1

Summiert sich das, was man in der Vergangenheit getan hat, zu dem Menschen auf, der man heute ist? Oder erfindet man sich mit den Entscheidungen, die man für die Zukunft trifft, immer wieder neu? Früher dachte ich, ich wüsste die Antwort darauf. Inzwischen bin ich mir da nicht mehr so sicher.

Ich schnitt gerade ein Stück Zitronenbaiser ab und beobachtete aus dem Augenwinkel die Tür, als meine Vergangenheit in das gottverlassene Wüstendiner marschiert kam, in dem ich kellnerte.

»Angel?«

Seit Ewigkeiten hatte mich niemand mehr bei diesem Namen genannt, aber als ich die vertraute sandpapierraue Stimme von der South Side hörte, spürte ich, ich geb's zu, einen winzigen Angelhaken an meinem Herzen zerren. Früher hatte ich es geliebt, wenn diese Stimme meinen Namen ausgesprochen hatte. Dann hatte ich es gehasst. Im Augenblick wusste ich nicht, was ich empfinden sollte.

Das letzte Mal, als ich Thick Vic Ventura gesehen hatte, war nicht schön gewesen. Genauso wenig wie er selbst. Zwanzig Jahre Speed hatten ihn bis auf Haut und Knochen ausgedörrt. Das war vor fast zwei Jahren gewesen, in einem anderen Leben. Ich weiß nicht, was zum Teufel ich erwartete, als ich mich zu dem Gesicht mit dieser Stimme umdrehte, aber was ich da sah, packte den Haken mit beiden Händen und drehte ihn um.

Ich sah das Gespenst des alten Thick Vic. Das bisschen, was von seinen Haaren übrig war, war stahlgrau geworden und von ungeschickter Hand kurz geschoren. Sein Gesicht wirkte zehn harte Jahre älter, als es sollte, aber in seinen Augen war der junge Vic noch zu sehen. Derselbe Vic, in den ich mich verknallt hatte, damals, als wir beide dachten, keinem von uns könne je etwas wirklich Schlimmes zustoßen. Mit den Händen in den Taschen stand er an der Kasse und sah sauber und ernst aus. Er hatte fünfzehn gesunde Pfund zugelegt, und seine Haut wirkte warm und rosig, als flösse darunter wirklich rotes, lebendiges Blut. Seine dunklen Augen wirkten ruhig und vernünftig und ziemlich schwermütig. Ich fragte mich, was er wohl sah, als er mich anschaute. Ich hatte keine blasse Ahnung, was ich zu ihm sagen sollte.

»Hey, Vic«, sagte ich schließlich, weil mir nichts Besseres einfiel.

Einen langen, unbehaglichen Moment sagte keiner von uns ein Wort. Ich senkte den Blick auf die billige gelbe Füllung, die aus der Baiserschnitte auf den Teller in meiner Hand quoll. Vic schaute überallhin, nur nicht zu mir. Er war der Erste, der sprach.

»Ich hab gehört … na ja …« Er brach ab, zog die Hände aus den Taschen, schaute sie an und steckte sie dann wieder rein. »Ich hab 'ne Menge verrücktes Zeug gehört … was passiert ist.«

So würden wir nicht so bald weiterkommen. Was sollte ich sagen? *Na ja, Vic, ich bin vergewaltigt, angeschossen und für tot liegen gelassen worden, und da hab ich die Schweine, die das gemacht hatten, eben gejagt und kaltblütig abgemurkst?* So etwas eignet sich nicht so recht für eine nette, lockere Plauderei nach so langer Zeit.

»Gut siehst du aus«, sagte ich. Zuerst sagte ich es nur, weil ich ja irgendetwas sagen musste, aber nachdem es raus war, merkte ich, dass ich es wirklich so meinte.

Er zuckte die Achseln und legte, ganz der alte Thick Vic, mit einem selbstironischen Grinsen den Kopf schief.

»Tja«, sagte er. »Ich versuch halt nicht mehr, mich mit 'ner Nadel umzubringen. Ich bin seit 'nem Jahr und zwei Monaten clean. Diesmal, glaub ich, funktioniert's wirklich.«

Vermutlich hätte ich was sagen sollen wie *Gratuliere*, war mir aber nicht sicher und sagte stattdessen: »Wie hast du mich gefunden?«

»Hab ich gar nicht.« Vic schaute rüber zu der Ecknische und dann wieder auf seine Hände. »Siehst du den Kleinen da drüben?«

Ich schaute hinüber zu dem Jungen, den Vic meinte. Er war kaum mal achtzehn. Seine Nase war gebrochen, aber trotzdem war er noch viel hübscher, als es gut für ihn war. Eindringliche braune Augen und dunkles Haar, das bis auf den vernarbten Schädel geschoren war. Schlanke, athletische Figur unter einem teuren weißen T-Shirt mit aufgedrucktem trendigen Rokokomuster, silbernen Totenschädeln und Flügeln. Seine langen, sehnigen Arme waren schon unter fantasielosen Tattoos verschwunden. Über der Nischenlehne hing eine rotschwarze Motorradjacke, und neben ihm auf dem Tisch lag ein Jethelm. Er übertrieb ein bisschen und trug das Raubein ein wenig zu bemüht, wie ein Paar neuer Stiefel, das noch nicht richtig eingelaufen ist. Er hatte nur schwarzen Kaffee bestellt und flirtete jedes Mal mit mir, wenn ich vorbeikam, um nachzufüllen. Erzählte mir, er würde auf jemanden warten, aber nicht auf ein Mädchen, denn ich sei die einzige Frau, die er brauche. Aufgeblasen wie ’n scharfer Jungmacho, der denkt, für seine erste Nummer braucht er kein Viagra. Aber ich hatte das Gefühl, dass er unter dem Raubein und dem aufgesetzten Casanova-Charme vor irgendwas Angst hatte.

»Was ist mit ihm?«, fragte ich.

Vic wischte sich mit dem Daumenballen über die trockenen Lippen und schluckte schwer.

»Das ist mein Junge«, sagte er.

»Dein *Junge*?« Ich runzelte die Stirn.

Vic nickte, sein Lächeln erstarb.

»Ich hab ihn nie kennengelernt.« Er fuhr sich wieder mit dem Daumen über die Lippen. »Also, ich wusste damals, dass Skye ’nen Braten in der Röhre hatte, aber sie hat mir gesagt, sie würd’s wegmachen lassen.«

»Skye?«, fragte ich. »Du meinst Skye Blue?«

Vic schüttelte den Kopf. »Skye West.«

»'ne echte Blondine, so 'ne Art Hippiegirl-Amateurlook? Drehte meistens für Metropolis, machte aber keine Lesben-Nummern?«

»Genau die.«

»Ist ja 'n Ding«, sagte ich und schaute wieder zu dem Kleinen in der Ecknische.

Jetzt, wo Vic es erwähnt hatte, zeigte der Junge tatsächlich mehr als nur eine flüchtige Ähnlichkeit. Er war ein paar Zentimeter kleiner, ein bisschen hübscher und sehr viel muskulöser als seine Bohnenstange von Vater, aber das schiefe, charmante Lächeln und das draufgängerische Geprotze hätten ihn eigentlich sofort verraten müssen.

»Ich hab's vor fünf Jahren rausgefunden«, sagte Vic. »Aber zu der Zeit war ich zu sehr auf Drogen, um mich drum zu kümmern. Inzwischen hat sich mein Leben geändert, und da ...« Wieder war da das vertraute selbstironische Grinsen in seinem Gesicht. »Ich hab keine Ahnung, was ich zu ihm sagen soll.«

Da ich's auch nicht wusste, sagte ich nichts.

»Also ...«, sagte Vic.

»Und du hattest wirklich keine Ahnung, dass ich hier bin?«, fragte ich. »Dein Kleiner hat rein zufällig dieses Diner ausgesucht, um sich mit dir zu treffen?«

»Scheißkleine Welt, hm? Von allen Schnapsläden in allen Städten ...« Danach wieder Schweigen. »Ich würd dich gern wiedersehen, Angel.«

Da war's. Irgendwie hatte ich's kommen sehen, aber trotzdem haute es mich um. Wir waren nicht direkt verliebt gewesen damals, aber ich schätze, es kam so nahe an Liebe ran, wie es bei zwei grünen, selbstverliebten Mittzwanzigern, die für Geld mit anderen ficken, eben kommen kann. Näher war ich jedenfalls nie rangekommen. Egal wie man das, was ich für Vic empfunden hatte, nennen wollte, ich war mir sicher, dass ich all diese Gefühle an dem Tag begraben hatte, als ich ihn mit einem Tritt auf die Straße setzte. Etwa genau zu der Zeit, als der Kleine in der Ecknische gezeugt wurde.

»Hör zu«, fuhr Vic fort. »Ich weiß, dass du keinen Grund hast, mir auch nur Guten Tag zu sagen, so wie ich alles zwischen uns versaut hab. Aber gib mir bitte ein paar Minuten, um's wiedergutzumachen.«

»Wiedergutmachen?« Ich schaute zu dem alten Zausel am Tresen hinüber, der auf seinen Kuchen wartete. Er wurde allmählich sauer. »Das sind doch olle Kamellen, Vic.«

»Tu mir den Gefallen, Angel«, sagte Vic. »Das gehört zu meiner Therapie.«

Der alte Charme war ziemlich abgenutzt, aber trotzdem musste ich gegen meinen Willen lächeln.

»Gehört 'n Blowjob um der guten alten Zeiten willen auch zu deiner Therapie?«, fragte ich.

Er setzte ein Grinsen auf, das sein verlebtes Gesicht um Jahre verjüngte.

»Also bitte.« Er spielte den Gekränkten und legte die Hand auf sein Herz. »Wofür hältst du mich?«

»Ich weiß genau, was von dir zu halten ist«, sagte ich zu ihm. »Das ist ja das Problem.«

»Nur ein paar Minuten, Angel«, sagte Vic. »Bitte. Der Blowjob ist freiwillig.«

Ich lachte und verdrehte die Augen.

»Geh, red mit deinem Jungen«, sagte ich zu ihm. »Ich hab um Mitternacht Schluss, okay?«

Er drehte sich zu dem Kleinen um, und sein Lächeln erstarb. Der Junge trommelte auf den Tisch und sah aus dem Fenster.

»Miss?«, sagte der Mann, der auf seinen Kuchen wartete, und streckte einen krummen Finger in die Luft.

»Na los, oder?«, sagte ich zu Vic. »Du schaffst das schon.«

Ich ging ans andere Ende des Tresens und stellte den Kuchen vor den Alten, der ihn finster musterte, als wäre der Kuchen schuld, dass es so lange gedauert hatte. Ich drehte mich nach dem Kaffee um und schaute immer wieder mal zu

Vic, der sich auf den Weg zu der Ecknische machte. Mit dem Rücken zu mir und die Schultern unter seiner abgewetzten Lederjacke unbehaglich hochgezogen, blieb er dort stehen. Er sagte etwas, das ich nicht verstehen konnte. Der Kleine stand auf und streckte ihm die Hand hin.

Während ich dem alten Knaben Kaffee einschenkte, schaute Vic auf die entgegengestreckte Hand des Jungen und griff dann langsam danach. Sie schüttelten sich verlegen die Hände, und dann ließ Vic los und hob die Hand, um in einer nervösen, schmerzlich vertrauten Geste die langen Haare zurückzustreifen, die er seit fünfzehn Jahren nicht mehr hatte. Der Junge schaute zu Vic auf, als wäre er der Nikolaus, und beachtete kaum die drei zappeligen Mexikanertypen, die voll an dem »Bitte warten Sie, bis Ihnen ein Platz angewiesen wird«-Schild vorbeimarschierten. Ich starrte in die Kaffeekanne und fragte mich, ob ich vielleicht tatsächlich noch mit Vic ficken würde, als mir einer der Mexikanertypen die Entscheidung abnahm. Er zog eine Kanone und schoss Thick Vic in den Rücken.

2

Nach dem Schuss auf Vic passierte einen Moment lang gar nichts. Vic fiel sofort wie ein Sack Mehl auf den Arsch, was so dämlich aussah, dass ich beinahe glaubte, er täte nur so als ob. Wir Übrigen standen erstarrt da wie Kinder, die Rote Ampel – Grüne Ampel spielen. In meinen Ohren dröhnte es, und mein Herzschlag erschien mir als das lauteste Geräusch im Raum. Der Kleine hatte einen beträchtlichen Teil des Inhalts von Vics Bauchhöhle abbekommen und starrte mit Glupschaugen auf die Sauerei auf seinem teuren T-Shirt. Die Mexikanertypen wechselten Blicke. Der Kleinste lief rot an und verdrückte sich. Der Schütze stand da mit dem gleichgültigen Leck-mich-Ausdruck eines Jugendlichen, der eine Standpauke bekommt, weil er zu lange aus war. Der Größte, aber offensichtlich Jüngste des Trios sah aus, als wäre ihm übel und er drauf und dran abzuhauen. Schließlich sagte der Kleinste etwas.

Als er sprach, merkte ich erst, wie jung sie eigentlich waren. Mein Highschool-Spanisch nützte mir nicht das Geringste, um das wüste Kauderwelsch aus Slang und Obszönitäten zu entziffern.

Der Kleingeratene, der dauernd fluchte, war blondiert und hatte eine straffe, drahtige Figur, mit der er manisch in der hyper-überdrehten Körpersprache eines Gangsters aus einem Rappervideo herumzappelte. Er hatte eindeutig etwas weit Stärkeres als Diner-Kaffee eingeworfen. Der angeödet wirkende Schütze hatte eine dunklere Haut, etwas Asiatisches um die Augen und Pubertätspickel auf den hohen Wangenknochen. Er schien am wenigsten zugedröhnt und am gefährlichsten zu sein. Er zuckte die Achseln und legte die Kanone auf Vics Jungen an.

Der dritte Mexikaner wollte etwas sagen. Er war groß und unbeholfen und sah aus, als wäre es noch ein paar Jährchen hin, bis er sich offiziell seinen ersten Striptease anschauen durfte. Er war aufgedreht und panisch, und seine Augäpfel zuckten und kreisten in ihren Höhlen wie schimmernde Insekten.

»Lass den Scheiß, verflucht noch mal, Mann«, blaffte der Kurzgeratene in erstaunlich perfektem Englisch und brachte noch eine zweite Kanone zum Vorschein, wusste aber nicht recht, wohin er damit zielen sollte.

Vics Junge, der bis dahin mit geballten Fäusten dagestanden hatte und langsam immer dunkelroter anlief, bis sein Gesicht zu seinem blutigen T-Shirt passte, stieß ein unartikuliertes Geheul aus und stürzte sich auf den Schützen mit dem gelangweilten Gesichtsausdruck.

Dieser jagte ungezielt eine Kugel in die Auslage mit den Nachspeisen, als die beiden hart auf den Boden aufschlugen. Vics Junge hielt die Schusshand des Schützen umklammert und streckte sie von seinem Körper weg, während der Schütze sich wand und zappelte und mit der freien Hand versuchte, dem Kleinen immer wieder gegen den Hinterkopf zu knallen. Es gab ein kurzes, scharfes Knackgeräusch, und der Schütze schrie auf, und seine Kanone schlitterte über den Boden unter eine Nische.

Der große, unbeholfene Junge hatte inzwischen seine eigene Kanone gezückt, aber er hielt sie wie ein giftiges Reptil, das ihn beißen könnte, wenn er nicht achtgab. Der kleine, angefressene Kerl brüllte herum und versuchte verzweifelt, die Herrschaft über die rasch ausufernde Lage zurückzugewinnen. Er war eindeutig der Kopf der Operation, was nichts Gutes für die Pläne ahnen ließ, die die drei geschmiedet haben mochten. Vor allem für jenen Teil des Plans, der darauf abzielte, in Duncan's Diner Ärger zu machen.

Duncan passte diesen Augenblick ab, um mit der Benelli

Halbautomatik, die er für solche Gelegenheiten in Reichweite hielt, im Durchgang zu erscheinen. Duncan Schenck war kein großer Mann, aber das war auch nicht nötig. Er war ein dunkelbraun gebrannter Endfünfziger mit einer schlaksigen Figur, die gerade anfing, in der Mitte ein bisschen anzusetzen, weil er zu fett kochte, mit durchdringenden grauen Augen hinter einer Nickelbrille und einem dünnen grau melierten Pferdeschwanz. Duncan war beim Militär gewesen und wurde oft als schießwütiger Spinner bezeichnet, hatte mir jedoch gesagt, er ziehe den Begriff »Schusswaffenenthusiast« vor. Da ich seit fast zwei Wochen mit ihm fickte, wusste ich, wie enthusiastisch Duncan tatsächlich war. In dem Sockel unter seinem alten 63er-Airstream-Wohnmobil befand sich mehr Munition als in dem nahe gelegenen Manövergelände der Army.

»Duck dich, Julie«, sagte er so ruhig, als würde er eine Bestellung durchgeben.

Ein paar beinahe tödliche Sekunden lang sagte mir der Name Julie überhaupt nichts. Ich hatte in den vergangenen Monaten zu viele verschiedene Namen gehabt, und das Wiedersehen mit Thick Vic hatte mich so umgehauen, dass ich meine jüngste, halb ausgegorene Identität ganz und gar vergessen hatte.

»Sofort«, fügte Duncan hinzu, und das genügte.

Ich schmiss die Kaffeekanne weg und ließ mich hinter den Tresen fallen, während Duncan seine Kanone abfeuerte. Der Knall war so laut, dass ich das Gefühl hatte, ein Lautsprecherwagen hätte mich angefahren. Die feuchte schwarze Gummimatte unter meiner Wange roch nach Ammoniak und vergammeltem Essen. Dicht vor meiner Nase lag ein verwelktes Blatt Salat. Ich hörte weitere Schüsse über mir und Rufe, die sich in meinen gepeinigten, dröhnenden Ohren wie die der Lehrerin von Charlie Brown anhörten, hatte aber keine Ahnung, was sich eigentlich abspielte. Ich schützte meinen Kopf mit den Händen. Mir war übel vom Adrenalin, und ich war stinksauer, dass das hier jetzt passieren musste, wo ich so nah dran gewesen war, Duncan das aus dem Kreuz zu leiern, was ich brauchte.

Ich hörte etwas krachen, stolpern und fallen, und als ich den Kopf hob, sah ich Vic und seinen Jungen neben mir hinter dem Tresen. Der Kleine hatte sich Vics Arm über die Schulter gelegt, und die beiden lehnten sich mit dem Rücken an einen Stapel Papierservietten. Vic lebte noch, sah aber nicht glücklich aus. Der Kleine hyperventilierte, und in seinen Augen war so viel Weiß, dass man die schöne goldgrüne Iris nicht mehr sah. Nach einer langen Minute der Stille riskierte ich einen Blick über den Tresen. Es sah nicht gut aus. Der große, unbeholfene Mexikanerjunge lag in einem breiter werdenden Meer aus Blut flach auf dem Linoleum. Er war tot oder so gut wie. Duncan hing über der Schwingtür des Durchgangs, ebenfalls tot oder so gut wie. Der Alte mit dem Kuchen war auch tot, von meinem Standpunkt aus konnte ich allerdings nicht sehen, ob er erschossen worden war oder ob ihn nur von der ganzen Aufregung ein Herzkasper umgehauen hatte. Der aggressive kurze Kerl stritt sich mit zusammengebissenen Zähnen zischend mit dem Schützen, der wild den Kopf schüttelte, sich den offenbar gebrochenen Arm hielt und immer wieder dasselbe sagte.

Mir fiel auf, dass die billige Coca-Cola-Uhr von der Wand gefallen und mit dem Zifferblatt nach oben knapp links von mir gelandet war. Es war Viertel nach elf. Das hieß, dass die Scheinwerfer, die ich über den Parkplatz huschen sah, zu Norman Ketlin gehörten, dem Beamten der Highway Patrol, der gleich reinkommen würde, um noch mal seine große Thermoskanne mit Kaffee aufzufüllen, wie er es an jedem anderen Abend der Woche um Viertel nach elf machte.

Norm fackelte nicht lange. Er sagte nicht *Keine Bewegung! Polizei!* oder so etwas, er ließ einfach den Motor laufen und schoss schon beim Aussteigen. Ich klaubte meinen Notfall-Rucksack unter dem Tresen heraus und warf ihn mir über die Schulter. Wenn ich eine Chance hatte, abzuhauen, dann jetzt. Dann schaute ich wieder zu Vic und seinem Jungen.

Der Kleine schien mental gegen eine Mauer gelaufen zu sein. Sein hübsches Gesicht war leer und schreckensbleich. Wäre er ein paar Wochen früher gezeugt worden, hätte er mein Sohn sein können. Und von Vic, dem charmanten Mistkerl, hatte ich mir mein Leben schon mal versauen lassen. Es wäre klüger gewesen, sie sitzenzulassen, aber ich tat es nicht. Ich konnte es nicht.

»Los, komm«, flüsterte ich dem Kleinen zu, schmiss mir Vics anderen Arm über die Schulter und deutete auf die Schwingtür zur Küche. »Hilf mir, ihn hier rauszuschaffen.«

Mit immer noch zu weit aufgerissenen Augen wandte sich der Kleine zu mir.

»Die haben ihn erschossen«, sagte er oder so etwas in der Richtung. Mein Gehör war noch ziemlich unzuverlässig. Er konnte jeden beliebigen unserer Gäste oder Angestellten meinen, ich vermutete jedoch, er meinte Vic.

»Und wahrscheinlich erschießen sie uns auch noch, wenn wir hier nicht rauskommen, verdammt noch mal«, sagte ich.

»Äh, stimmt, okay«, antwortete der Kleine.

Vic war immer noch ziemlich dürr, aber jedes einzelne Pfund hing als tote Last schlaff und nutzlos zwischen uns. Ich versuchte, Vics Kopf unten zu halten, während wir auf die Küchentür zuwatschelten. Weitere Schüsse und wütendes Spanisch, und ich hörte Norm mit tiefer Stimme wütend fluchen, hatte aber keine Lust zu bleiben, um mir die Show anzusehen. Und noch weniger Lust hatte ich, irgendeinem Beamten Rede und Antwort zu stehen. Ich hatte zwei beschissen gefälschte Ausweise und einen halbwegs anständigen, von denen keiner einer ernsthaften Prüfung standhalten würde.

Als wir die Küche erreichten, bewegten wir uns geduckt und leise an Duncans Leiche und dem brutzelnden Scheißgrill vorbei. Hannibal, unser Ex-Sträfling und Tellerwäscher, hatte, kaum dass der Ärger losging, alles hingeschmissen, war getürmt und hatte die Hintertür weit offen stehen lassen. Der hatte es richtig gemacht.

»Wo ist dein Auto?«, fragte ich den Kleinen, als wir draußen waren.

Er schaute mich mit einem gefährlich wirren Glanz in den Augen an.

»Auto!«, sagte ich so laut ich mich traute. »Hast du eins?«

Der Kleine schien sich ein bisschen zu fangen und schüttelte den Kopf.

»Ich hab 'n Motorrad«, sagte er und nickte mit dem Kopf in die Richtung. »Vorne.«

Ich erinnerte mich an den Mackerhelm, den ich im Diner auf dem Tisch gesehen hatte. Ein Motorrad würde uns nichts nützen. Mir schmeckte der Gedanke nicht, noch mal in die Küche zu gehen und Duncan die Schlüssel zum Truck aus der Hosentasche zu ziehen, aber mir fiel nichts anderes ein, bis Vic sich meldete.

»Angel«, sagte er. »... mein Auto ...«

»Wo sind die Schlüssel?«, fragte ich. »In deiner Jacke?«

»Ja«, sagte Vic. »Brauner 75er Bonneville.«

Als wir um die Ecke des Diners bogen, kam die Meute hinter uns aus der Küche gestürzt. Zuerst die beiden Mexikanerjungs; der kleine, aggressive Blonde ging hinter dem Müllcontainer in Deckung, und der Schütze mit dem gebrochenen Arm rannte auf Duncans Wohnmobil zu. Norm war dem Schützen dicht auf den Fersen, der wie ein Karnickel im Zickzack über den staubigen Parkplatz stürmte und sich unter dem Wohnmobil verkroch.

Ich bin mir nicht ganz sicher, was dann kam, weil alles so schnell ging, aber von meinem Standpunkt sah es so aus, als würde der Wasserstoffblonde hinter dem Müllcontainer hochkommen und einen Schuss auf Norm abgeben, als dieser sich gerade bückte, um den Schützen am Fuß zu packen und ihn aus seinem Versteck zu zerren. Die Kugel hatte Norm anscheinend um Zentimeter verfehlt und schlug in den großen Propangastank an der Seite von Duncans Wohnmobil ein. Die folgende Serie von Explosionen schleuderte uns alle zu Boden und haute mir sämtliche Überlegungen aus dem Kopf.

Als ich wieder aufschaute, sah ich zwei brennende Menschen. Einer rannte eiernd in einem immer enger werdenden Kreis, der andere lag mit dem Gesicht nach unten im Staub. Unter den Flammen war nicht zu erkennen, wer wer war.

Als ich den Blick losreißen konnte, hatte der Kleine sich aufgerappelt und wuchtete sich Vic wie ein Feuerwehrmann über die Schultern. Ich erhob mich von meinen aufgescheuerten Knien, rannte in Richtung Parkplatz und gab dem Kleinen ein Zeichen, mir zu folgen.

Vor dem Haus standen Norms Karre, ein älterer grüner Lincoln, eine frisierte Reisschüssel und Vics Bonneville-Mühle. Ganz am anderen Ende des Parkplatzes stand eine knallrote Harley Shovelhead, die blitzte, als sei sie gerade aus dem Showroom gerollt.

Wir schafften es bis zu dem Bonneville, und der Kleine setzte Vic neben dem Auto ab, aber Vics Beine trugen sein Gewicht nicht. Er blutete immer noch stark, doch sein Gesicht war auf unheimliche Art ruhig.

»Ich kann nicht …«, sagte Vic. »Es ist besser, ihr …«

Der Kleine hielt ihn unter den Achseln aufrecht, während ich seine Taschen durchsuchte. Kaugummi. Kleingeld. Handy. Ein Streichholzheftchen von einem Stripschuppen. Ein Kugelschreiber mit einem sexy Pin-up-Girl, dessen Bikini verschwand, wenn man ihn in einem bestimmten Winkel hielt. Der gefaltete Ausdruck einer Google-Straßenkarte von Los Angeles bis zu dem Diner. Endlich die Schlüssel.

Ich schloss den Wagen auf, öffnete die hintere Tür auf der Beifahrerseite, ging dann vorn herum und setzte mich ans Steuer. Der Motor stotterte und spuckte, als ich ihn hochjagte und den Gang einlegte. Der Kleine legte Vic auf die Rückbank, dann drehte er sich um und ließ die Tür offen stehen.

»Ich bin gleich wieder da«, sagte er über die Schulter und rannte über den Parkplatz zu seinem Motorrad.

Leise fluchend packte ich das Lenkrad. In dem engen Innenraum stank es intensiv nach Blut, Kotze und frischer Scheiße. Der Kleine fummelte an den schicken Satteltaschen seines Motorrads herum, während mir es im Fuß juckte, aufs Gas zu steigen. Ich ließ es bleiben. Ich wartete.

»Red mit mir, Vic«, sagte ich und drehte den Rückspiegel so, dass ich sein bleiches, verschwitztes Gesicht sehen konnte. »Du bist doch nicht tot, oder?«

»Hättest du wohl gern«, antwortete er mit dem Schatten eines Grinsens auf den bläulichen Lippen.

In diesem Moment bog der blonde Mexikanertyp um die Ecke des Diners und fing an zu schießen.

3

Vics Junge sah den wütenden Blonden mit der Kanone und ging hinter seinem Bike in Deckung. Er schnappte sich eine Satteltasche und sprintete auf den Bonneville zu, während der Blonde sein Magazin in die Seite des Autos leerfeuerte. Gott segne den guten alten amerikanischen Stahl. Bei einem Kia wäre das jetzt das Ende gewesen.

»Mach schon!«, rief ich und ließ den Motor aufheulen.

Der Kleine warf sich hinten rein, und ich trat das Gaspedal bis zum Boden durch. Die Räder wirbelten Staub und Schotter auf. Durch den Schwung knallte die Tür zu, als ich aus dem Parkplatz bog. Der Blonde stürzte sich in die Reisschüssel, jagte sie hoch und war uns dicht auf den Fersen.

»Scheiße!«, sagte der Kleine mit einem Blick durchs Rückfenster. »Scheiße, er ist hinter uns her. Was machen wir jetzt?«

Gute Frage. Was zum Teufel sollten wir jetzt tun? Oder genauer, was zum Teufel sollte ich jetzt tun?

Die Reisschüssel holte auf, und der Bonneville war in einem ziemlich erbärmlichen Zustand, unstreitig die Schildkröte in diesem speziellen Rennen. Er heulte laut auf, als ich ihn auf knapp über achtzig Sachen hochjagte. Auf dem Beifahrersitz lag ein ausgewaschenes altes T-Shirt. Ich nahm es und warf es über die Schulter nach hinten.

»Nimm das und press es auf die Wunde«, sagte ich. »Du musst versuchen, die Blutung zu stillen.«

»Er blutet vorne und hinten raus«, sagte der Kleine mit hoher, brüchiger Stimme. »Es riecht echt übel.«

»Mach einfach, was du kannst«, sagte ich.

»Bieg ab«, rief der Kleine. »Hier, nach links!«

Ich tat wie geheißen, kam wild ins Schlingern und nahm dabei die kleine Anschlagtafel einer Kirche mit.

»Vorsicht!«, sagte er. »Er fliegt hier hinten durch die Gegend.«

»Hör zu, willst du lieber fahren?«, fragte ich nicht nur im Spaß. Autojagden waren noch nie so mein Ding gewesen. Ich habe andere Talente.

Die Abzweigung führte uns auf eine lange, düstere Straße durch endlose Felder und Äcker. Als echte Großstadtgöre habe ich mich nie an diese tiefe Wüstenschwärze gewöhnen können. In L.A. ist es nachts nie richtig dunkel. Genauso wenig in Chicago, wo ich aufwuchs. Yuma ist wie die Rückseite des Mondes. Es war mir immer ein bisschen unheimlich, auch wenn kein bewaffneter, zugedröhnter jugendlicher Killer mich von der Straße zu drängen versuchte.

»Er kotzt!«, rief der Kleine von hinten. »Er kotzt! Gottverdammmich!«

»Dreh seinen Kopf auf die Seite«, sagte ich. Die Erinnerung an einen stinkbesoffenen, kotzenden Vic, den ich vom Pflaster vor Gazzari's gekratzt hatte, blitzte auf. »Lass ihn nicht ersticken.«

Als die Reisschüssel von hinten auf mich auffuhr, bekam ich beinahe einen Herzinfarkt. Der Knall war lauter als ein Schuss, und ich sah Sterne, als ich mit der Stirn vom Lenkrad abprallte. Ich bin sicher, dass es irgendwo in dem alten Bonneville auch Gurte zum Anschnallen gab, aber ich hatte mir nicht die Mühe gemacht, nachzusehen, bevor ich losgefahren war. Jetzt hätte ich versucht, welche zu finden, aber meine Hände krampften sich ums Steuer, dass die Knöchel weiß hervortraten.

Vics Junge hinten rastete aus und sagte immer wieder »Scheiße« und war allgemein keine große Hilfe. Vic war verstummt und konnte, soviel ich wusste, schon tot sein. Ich hatte keine Ahnung, wo ich war oder wohin wir fuhren. Nach allem, was ich in den letzten Jahren durchgestanden hatte, hatte ich mich einigermaßen mit der Möglichkeit eines gewaltsamen Todes abgefunden, aber das hier war was anderes. Ich war nicht allein im Auto.

Der Japs knallte mir noch mal hinten drauf, diesmal weiter links, worauf der Bonneville nach rechts ausbrach. Wild kurbelnd kämpfte ich darum, die alte Kiste auf der Straße zu halten, aber draußen kam der Japs immer näher, bis wir Kopf an Kopf waren. Ich konnte den Blonden mit erhobener Kanone auf dem Fahrersitz sehen. Er versuchte zu zielen, während er mit einer Hand lenkte. Sein Blick war auf mich, nicht auf die Straße gerichtet.

Ich riss das Steuer so fest ich konnte nach links, und der Bonneville fraß Glasfaser, als der glänzende kleine Japs zusammengedrückt wurde wie eine Pappschachtel. Der Schuss des Blonden schlug durchs Fenster auf der Fahrerseite und bohrte sich in die Schaumstoffpolsterung meiner Sitzlehne.

Der Wind durch das kaputte Fenster peitschte mir die Haare in die Augen, so dass ich die dunkle Straße noch schlechter sehen konnte. Hinter mir schlingerte der Japs über den Seitenstreifen, machte einen Stacheldrahtzaun und mehrere Reihen Kopfsalat platt, pflügte eine Schmutzfontäne auf und kam schließlich holpernd zum Stehen. Rasch verschwanden die schrägen Scheinwerfer im Rückspiegel des Bonneville.

Hinten war es still, als ich auf gut Glück noch zweimal abbog. Zuerst nach rechts, dann nach links. Ich hatte immer noch keine Ahnung, wo ich war, und wollte gerade fragen, als Vics Junge mit zusammengebissenen Zähnen sagte:

»Fahr rechts ran.«

»Was?« Ich blickte finster in den Rückspiegel.

»Fahr rechts ran, hab ich gesagt!«

Ich fuhr rechts ran, und Vics Junge ließ sich aus der Tür fallen, riss sich das blutige T-Shirt runter, als sei es mit Gift getränkt, und stolperte los in das vertrocknete, verfilzte Baumwollfeld neben der Straße. Ich hörte Kotzgeräusche. Meine Hände zitterten, als ich sie vom Lenkrad löste.

»Hey, Vic«, sagte ich.

»Ja?«

Ich schaute in den Rückspiegel, konnte ihn aber nicht sehen. Er musste flach auf der Rückbank liegen.

»Wie geht's dir?«

»Na ja, weißt du ... ich bin in letzter Zeit 'n bisschen schlecht drauf«, sagte er. »Wegen der Rezession und der Erderwärmung und so. Danke der Nachfrage.«

Ich musste lachen, bevor ich es unterdrücken konnte. Der Mistkerl wusste immer, wie er mich zum Lachen bringen konnte.

»Im Ernst, sag schon.«

»Na ja, das Gute ist ... ich hab keine Schmerzen«, sagte er. »Das Schlechte ... von den Brustwarzen abwärts spür ich überhaupt nichts. Das ist echt schlimm, oder?«

»Das ist nicht gut«, sagte ich. »Wir müssen dich in ein Krankenhaus bringen.«

»Angel«, sagte er. »Könntest du ... hier nach hinten kommen ... nur für 'n Moment?«

Ich wollte nicht, aber ich tat es. Auf dem Rücksitz stank es noch schlimmer. Der Kunstledersitz klebte von gerinnendem Blut und anderen übelriechenden Säften. Ich musste Vics Kopf bewegen, damit ich die Beine drunterschieben konnte, und von dieser Bewegung fing der Krater in seinem Bauch wieder an zu suppen, etwas Dunkles, Stinkendes, das nicht nur Blut war. Ich nahm alles zusammen, was ich hatte, und versuchte, einen neutralen Ausdruck zu behalten.

»Tut mir leid wegen dem Gestank«, sagte Vic und versuchte ein Grinsen, das eher als Grimasse durchkam. Er hielt inne, und ich konnte sehen, wie sehr er sich fürchtete unter seinen Witzchen. Er schloss meine Hand in seine. Seine Finger waren feucht und kalt.

»Kennst du die Kerle? Den Kerl, der auf dich geschossen hat?«, fragte ich.

Vic schüttelte den Kopf.

»Noch nie gesehen.«

»Sah so aus, als seien sie ziemlich zugedröhnt«, sagte ich. »Meth, vielleicht?«

»Koks«, antwortete Vic. »Kein Crack. Ich muss es ja wissen. Aber Mann, in meiner zwanzigjährigen Karriere als Versagerprofi hab ich 'ner Menge Leute auf den Schlips getreten. Das heißt vermutlich, dass die Jungs was mit irgendwelchen angefressenen früheren Geschäftspartnern zu tun haben. Oder auch nicht.«

»Aber wieso gehen sie in 'nem öffentlichen Diner auf dich los?«, fragte ich. »Wieso warten sie nicht, bis du allein bist?«

»Weißt du ... ich unterbrech deine Detektivspielchen ja nicht gern, Nancy Drew, aber in mir tickt 'ne Scheiß-Zeitbombe«, sagte Vic. »Und was ich zu sagen hab, lässt sich unmöglich sagen, ohne dass es schmalzig und abgedroschen klingt. Also scheiß drauf, ich sag's einfach. Ich entschuldige mich, Angel. Dafür, dass ich so ein mieser Freund war, für ... für alles, was ich dir zugemutet hab.«

»Ist schon gut«, sagte ich. Ich wünschte, es wäre mir etwas eingefallen, was sich nicht so leer anhörte. Es ist schwer, Worte wie »ist schon gut« so rauszubringen, dass sie etwas bedeuten, wenn man meilenweit entfernt vom nächsten Krankenhaus in Blut und Scheiße liegt.

»Und ich red kein Quatsch, weil ich mich einschleimen will. Ich mein's ernst«, sagte er. »Du warst die Einzige, die mir je was bedeutet hat. Ich hab nur ...«

Er brach ab, und ich spürte, wie sich meine gesamten Nacken- und Schultermuskeln vor Angst verkrampften. Vic hatte mich zwar millionenfach zum Wahnsinn getrieben, solange wir zusammen waren, aber er kannte mich besser als fast irgendjemand sonst. Ich wusste, dass er nicht vergessen hatte, wie unbehaglich mir bei jeder Art von schmalzigem Liebesgeflüster wird. Tatsache ist, dass ich es mit sechs Fremden gleichzeitig aufnehmen kann, ohne mit der Wimper zu zucken, aber wenn mir einer mit Schmusegeräuschen kommt, guck ich, wo der Ausgang ist.

Es folgte eine endlose Minute bedeutungsschwangeren Schweigens, das sich so erdrückend und unerträglich anfühlte wie der Gestank in dem Wagen, dann:

»Hör zu, ich weiß, dass ich nicht das Recht hab, dich um 'nen Gefallen zu bitten«, sagte Vic.

Ich drückte seine Hand.

»Dann lass es«, sagte ich.

»Mann, Angel«, du bist immer noch 'n total harter Knochen.« Eine weitere Grimasse. »Komm schon, 'n letzter Gefallen ... 'nem Sterbenden.«

»Du stirbst nicht, um Himmels willen«, sagte ich. »Und wenn du immer noch denkst, ich blas dir einen, jetzt wo du dir die Hosen vollgeschissen hast, dann hast du dich verdammt geschnitten.«

Er lachte, ein sanftes, atemloses Zischen.

»Nee. Das wär 'ne Verschwendung von deinem legendären Talent, ich würd's ja sowieso nicht spüren.«

Es hatte eigentlich als Witz angefangen, aber am Ende des Satzes konnte ich sehen, dass ihm die Wahrheit seiner Worte bewusst wurde. Wieder das Aufblitzen nackter Angst in seinen Augen.

»Hör zu«, sagte er. »Mit mir sieht's übel aus. Selbst wenn ich's tatsächlich schaffe ... na ja ...« Sein Griff um meine Hand war schwach und wurde immer schwächer. »Sorg nur dafür, dass es dem Jungen gutgeht.«

»Das könnte dir so passen«, sagte ich. »Hals mir bloß das nicht auf, du Wichser. Du schaffst es. Du musst es schaffen, hörst du?«

»Versprich mir eins, Angel«, sagte er. »Pass auf, dass ihm nichts passiert. Lüg mich an, wenn du musst, aber so, dass es sich wahr anhört, ja? Bitte. Ich krepier hier.«

»Na schön«, sagte ich. »Schön, ich versprech's dir, aber stirb mir jetzt bloß nicht weg, verdammte Scheiße.«

Aber natürlich starb er, der egoistische Sack.

Ich stieg aus und schaute zu den kalten Sternen auf. Der Himmel erschien viel zu groß, und die Scheinwerfer waren das einzige Licht. Ich schlang die Arme um meinen Körper und atmete lange und zittrig aus. Ich dachte an das letzte Mal, als ich mit einem Toten in der Wüste war. Mir war nach Weinen zumute oder so, aber es war, als hätte ich vergessen, wie man das macht.

Ich versuchte mich zu erinnern, wie es gewesen war, als ich das letzte Mal geweint hatte. Mich an den Menschen zu erinnern, der ich damals gewesen war, als ich geschlagen und voller Panik über die Ungerechtigkeit von allem geheult hatte. Die ganze Scheiße, die ich tun musste, um zu dem Menschen zu werden, der ich jetzt war, all das verschwor sich, um mir jede Hoffnung auf Tränen zu vermauern.

Aber verdammt noch mal, es hatte gutgetan, jemandem in die Augen zu schauen und wirklich gesehen zu werden. Wirklich gekannt zu werden, nicht nur ein erfundener, dem Vergessen geweihter Name auf einem gefälschten Ausweis zu sein. So viel dazu.

In Wirklichkeit war ich stinksauer auf Vic, weil er so mühelos zwischen den Metallplatten meiner mentalen Rüstung hindurchschlüpfte. Weil er mich zwang, mich wieder um ihn zu kümmern, genau rechtzeitig, um diese Gefühle in mir auszulösen.

»Tut mir leid«, sagte der Junge, als er wieder zum Auto kam. Er wischte sich mit dem Handrücken über den Mund. »Ich hab nur …«

Sein leichtes, selbstironisches Grinsen und Schulterzucken erinnerten mich so sehr an Thick Vic, dass ich nicht hinschauen konnte.

»Kein Problem, Kleiner«, sagte ich.

Etwas in meinem Ausdruck oder meiner Körpersprache musste es ihm verraten haben. »Was ist los?«, fragte er mit vor Angst gepresster Stimme. »Ist was mit meinem Dad?«

»Er ist tot«, sagte ich. »Es tut mir leid.«

Der Kleine rastete aus. Rammte die Faust durchs Beifahrerfenster. Heulte zum Himmel auf. Schwankte und stolperte und brach auf die Knie und warf mit Dreck und Kieseln um sich. Ich wusste, dass ich etwas hätte unternehmen sollen, um ihn zu trösten, aber ich fühlte mich taub und erstarrt, erdrückt unter der Last meines Versprechens an Vic. Ich wäre am liebsten weggerannt, so schnell und weit, wie ich konnte, ohne noch mal zurückzuschauen.

Schließlich beruhigte sich der Kleine von selbst. Langsam ging ich hinüber, wo er am Straßenrand kauerte.

»Zeig mir deine Hand«, sagte ich.

Er streckte sie aus wie ein Kind mit einem Splitter im Finger. Ich nahm sie in beide Hände und stellte fest, dass sie erstaunlich breit und kräftig war, groß genug, um ein Taschenbuch darin zu verstecken, so wie ein Zauberer ein Kartenspiel versteckt. Vic hatte große Hände, aber die Pranke seines Jungen war so riesig, dass ich mir wie ein kleines Mädchen vorkam, das sich an Daddys Hand festhält, um über die Straße zu gehen. Die beiden ersten Knöchel wurden von altem Schorf und Narben geziert, zu denen die frischen Schnitte vom Sicherheitsglas kamen. Erstaunlicherweise war der Schaden nicht allzu groß. Schürfwunden vor allem. Der Kleine hatte eine Faust wie ein Zementblock.

»Was machen wir jetzt?«, fragte er.

»Ich weiß nicht«, sagte ich und ließ seine Hand fallen.

Der Kleine hatte kein Hemd an und musste frieren in der kühlen Wüste, aber er zeigte es nicht. Die wenigen Haare, die er auf seinem schlaksigen Oberkörper gehabt haben mochte, hatte er abrasiert und sich in altenglischer Fraktur das Wort OUTLAW in einem Bogen über seinem straffen Waschbrettbauch tätowieren lassen. Ich sah noch kleine Fetzen frischen schwarzen Schorfs an den Rändern des O und des W kleben. Wieder verspürte ich einen seltsamen, unbestimmten Schmerz, der vielleicht von Vic herrührte oder einer komischen Art Vereinsamung oder vielleicht von etwas ganz anderem.

»Du musst die Cops anrufen«, sagte ich.

Das war jetzt nicht mehr zu umgehen. Natürlich durfte ich auf keinen Fall in der Nähe sein, wenn sie ankamen, und es war ganz ungewiss, wohin das führen würde, aber ich sah keine andere Möglichkeit. Ich hatte Vic versprochen, dafür zu sorgen, dass dem Kleinen nichts passieren würde, und mir fiel dazu nicht anderes ein, als ihn den zuständigen Behörden zu übergeben.

»Mein Handy ist in meiner Jacke«, sagte er. »Im Diner.«

Ich schaute über die Schulter nach dem Bonneville. Ich hatte natürlich kein Handy. Aber Vic.

»Warte hier«, sagte ich.

Ich ging zu dem Wagen und blieb einen Moment vor der hinteren Tür stehen, um mich zusammenzunehmen. Es half nichts. Ich hätte nicht gedacht, dass der Gestank noch schlimmer werden könnte, aber so war es.

Fast hätte ich kotzen müssen. Zweimal. Das Handy steckte in der Tasche auf der Seite von Vics Körper mit der faustgroßen Austrittswunde. Ein greller, hässlicher hysterischer Anfall lugte um die Ecke meiner coolen Fassade, aber es gelang mir, ihn zu unterdrücken, als ich die gröbste Sauerei von dem billigen kleinen Handy abwischte und es aufklappte.

Es funktionierte nicht. Das kleine Display blieb grau und tot, egal welche Tasten ich drückte. In einem Anfall blinder Wut schleuderte ich das Handy ins Baumwollfeld. In dem Augenblick, als es mir aus der Hand flog, fiel mir ein, dass es vielleicht nur aufgeladen werden musste. Vielleicht hatte Vic so ein Kabel, das man an den Zigarettenanzünder im Auto anschließen konnte. Zu spät, verdammte Scheiße.

Ich holte meinen Rucksack und die Satteltasche des Kleinen aus dem Auto und ging wieder zu dem Jungen, der mit dem Rücken zu mir dastand und mit der Stiefelspitze im Dreck stocherte.

»Weißt du was, wo wir hingehen könnten?«, fragte ich. »Wo's ein Telefon gibt?«

»Na klar«, sagte er. »Mein Freund Hank wohnt hier ungefähr 'ne Meile die Straße runter.« Er zeigte in die Richtung. »Da lang.«

»Na, dann gehen wir wohl am besten los, schätze ich«, sagte ich.

»Wir können ihn doch nicht …« Er schaute zum Wagen zurück. »… einfach dalassen.«

»Wir rufen irgendwen an, der ihn abholt, sobald wir bei deinem Freund sind.«

Er fuhr sich mit einer zitternden Hand über den Kopf.

»Gut, okay.«

»Gehen wir«, sagte ich und reichte ihm seine Satteltasche.

Er nahm sie mir widerwillig ab, dann öffnete er die Klappe und holte ein Notizbuch heraus. Er ließ die Tasche zu Boden fallen und ging los.

Als er merkte, dass ich ihm nicht folgte, schaute er sich um. Ich blickte auf die Tasche, die er weggeworfen hatte. Dafür war er zurückgelaufen – hatte sein Leben riskiert –, und jetzt warf er sie einfach so weg? »Ich hab nur das gewollt«, sagte er und hob das Notizbuch. »Weißt du, da steht Zeug drin, das ich geschrieben hab, über meine Ausbildung und meine Gefühle und so. Das wollte ich auf keinen Fall verlieren. Aber den übrigen Müll brauch ich nicht, und es wär sinnlos, die blöde Tasche mitzuschleppen.«

Eine unbeschriftete Disc in einer weißen Papierhülle – eine CD oder eine DVD? – rutschte zwischen den Blättern des Notizbuchs heraus. Bevor sie zu Boden fallen konnte, fing er sie mit der freien Hand auf. Nicht gerade wie eine Fliege mit Essstäbchen zu fangen, aber trotzdem ziemlich imponierende Reflexe. Er steckte die Disc wieder in das Buch und reichte es mir.

»Könntest du's in deinen Rucksack stecken? Ich kann ihn auch für dich tragen, wenn du willst.«

»Geht schon, Kleiner«, sagte ich, steckte das Notizbuch in eine Seitentasche und schlang die Finger fest um den Riemen. »Alles klar.« Ich wollte ihm nicht sagen, dass ich den Gedanken nicht ertragen konnte, jemand nähme meinen Notfall-Rucksack an sich. »Wir machen uns besser auf den Weg.«

4

Ich schätze, Sie fragen sich, wie ich dazu kam, in einem verratzten, kleinen Diner an einem Wüstenhighway außerhalb von Yuma, Arizona, zu kellnern. Vielleicht haben Sie die Berichte über den Prozess wegen Menschenhandels im großen Maßstab gelesen, in den ich verwickelt war, und sich gedacht, dass jemand, der so dumm ist, gegen solche Leute auszusagen, wahrscheinlich im Rahmen eines Zeugenschutzprogramms irgendwo ins Niemandsland verfrachtet wurde. Zum Teil liegen Sie damit richtig, nur dass es so einfach natürlich nicht war.

Der größte Teil der neunzehn Monate, die ich im Zeugenschutz verbrachte, sind nicht mal der Rede wert. Ich war einsam. Ich wurde in so ein trostloses graues Kaff in New England gesteckt, wo ich niemanden kannte und niemanden kennenlernen wollte. Ich hatte Angst, meine deprimierende Wohnung schön zu machen, weil ich nicht wollte, dass ich mich darin wohlfühlte, nur um sie mir wieder wegnehmen zu lassen wie alles, was mir etwas bedeutete. Mir fehlte mein kleines Haus im Valley. Mir fehlten meine Freunde. Ich kam mir vor wie ein Gespenst, machte alles nur noch mechanisch. War zwischen den Fahrten zum Bezirksgericht in L.A. in meinem Kopf gefangen.

Wenn man ins Zeugenschutzprogramm aufgenommen wird, sagen sie einem, dass man mit niemandem, den man nach der Geschichte kennenlernt, über den Prozess reden soll oder über die Ereignisse, die zu dem Prozess führten. Das war, ehrlich gesagt, nicht schwer. Ich hatte keine Lust, darüber zu reden. Ich machte lieber einfach weiter und vergaß, dass das je passiert war.

Leider gehörte zu dem Deal mit dem Zeugenschutz, dass ich eine Therapeutin aufsuchte, die die wahre Geschichte kannte. Es war mir zwar nicht erlaubt, mit beliebigen Menschen zu reden, aber der Seelenklempnerin sollte ich mein Herz ausschütten. Das sollte mir helfen, mich an mein neues Leben zu gewöhnen und das Trauma zu bewältigen, das ich erlitten hatte. Ich hatte keine Wahl. Die Seelenklempnerin hieß Lindsey und sah aus wie ein italienischer Windhund mit Brille. Ich konnte sie von der ersten Sitzung an nicht ausstehen.

Sie stellte ständig irgendwelche stereotypen Behauptungen über »Frauen in meiner Situation« auf, die nichts damit zu tun hatten, wie es mir wirklich ging. Außerdem beharrte sie darauf, dass ich meinen »Missbrauch« in der Pornofilmbranche verleugnete. Ich konnte mit ihr nie darüber reden, was mich wirklich beschäftigte. Über die Tatsache, dass ich überhaupt nicht das Gefühl hatte, ein armes, vergewaltigtes Opfer zu sein. Ich fühlte mich wie eine Art Kriegsveteranin. Als sei ich gezwungen worden, etwas Wichtiges in mir auszuknipsen, um die Killerin zu werden, die ich werden musste, und ich hatte keine Ahnung, wie ich es wieder anknipsen sollte. Wie ich wieder eine normale Bürgerin werden sollte, wenn so etwas überhaupt möglich war. Stattdessen verbrachte ich also die meiste Zeit während der Sitzungen damit, sie zu verarschen, indem ich ihr die wüstesten, abgefahrensten Storys über meinen »Missbrauch« erzählte. Ich glaube, insgeheim ging ihr einer davon ab. Die arme Lindsey hatte einfach mal einen ordentlichen Orgasmus nötig.

Lindseys Praxis befand sich in einem putzigen Häuschen im Touristenviertel der Stadt. Irgendwann in den frühen Neunzigern hatte der Stadtrat beschlossen, die Gegend neu zu beleben, um mehr Sommertouristen anzulocken. Mit neu beleben meinten sie, eine Käsekuchenfabrik und ein paar Läden hinzustellen, die Kerzen, Flaschenschiffe und Schmuck in Hummerform verkauften. Außerdem bauten sie ein paar der alten Fachwerkhäuser in kitschige Praxisräume für Massagetherapeuten, Pilatestrainer und Lindsey um.

Es war unser fester Dienstagstermin, ich war gerade mit meinem Training fertig und hatte nicht geduscht, wie üblich. An den Tagen, wenn ich zu Lindsey ging, machte ich jedes Mal extra Ausdauerübungen, weil es ihr ganz offensichtlich unangenehm war, wenn ich so verschwitzt aufkreuzte. Wenn ich es recht bedenke, bin ich mir ziemlich sicher, dass Lindsey sich von jeder natürlichen Funktion des menschlichen Leibes abgestoßen fühlte.

Ich parkte meinen klapprigen grünen Taurus auf dem kleinen Platz hinter Lindseys Praxis und stieg aus. Ich war ein paar Minuten zu früh dran und trödelte etwas auf dem Weg nach oben. Es war richtiges Postkartenwetter. Spätsommer. Blauer Himmel. Ich dachte an nichts Besonderes.

Ganz automatisch ging ich die Treppe hoch. Ich versuchte, aufmerksam und wach zu bleiben, aber das Immergleiche macht einen weich. Ich wäre einfach so reingelaufen, und das wär's dann gewesen, aber mein Turnschuh war auf der Treppe aufgegangen, und ich machte halt, um ihn vor Lindseys Tür wieder zu schnüren. Und da hörte ich eine entsetzlich vertraute Stimme aus ihrer Praxis. Eine Stimme, von der ich sicher gewesen war, sie nie wieder zu hören.

»Wo ist sie?«

Als ich den schweren, schrillen kroatischen Akzent durch die geschlossene Tür hörte, dachte ich für einen Moment, ich wäre nun tatsächlich verrückt geworden, und der ganze Missbrauch, von dem Lindsey ständig anfing, hätte mich schließlich doch eingeholt und über die Kante geschubst. Austin, der Marshall vom Zeugenschutz, der für meinen Fall zuständig war, hatte mir tausendmal versichert, dass in der ganzen Geschichte des Programms noch nie jemand einen geschützten Zeugen hatte finden und umbringen können. Zeugen waren immer nur dann umgebracht worden, wenn sie gegen die Regeln verstoßen und mit jemandem aus ihrem früheren Leben Kontakt aufgenommen hatten. Da alle, die mir etwas bedeutet hatten, tot waren, gab es bei mir in dieser Richtung keine Versuchung. Was lief hier also ab, verdammt noch mal?

Wie konnten sie mich gefunden haben? Nachdem ich endlose Monate in diesem gottverlassenen grauen Kaff ausgehalten hatte, wo jeder weiß und verbittert und mürrisch war, hatten sie mich trotzdem aufgespürt. Da hätte ich genauso gut in L. A. bleiben können, wo ich wenigstens anständige *tacos al pastor* bekommen konnte.

Ich hegte keinen Zweifel daran, dass sie die arme, dürre, freudlose Lindsey in ihrer blitzsauberen, umweltfreundlichen, allergiefreien Praxis gefesselt hatten. Wenn sie sie nicht schon gefoltert hatten, würden sie es demnächst tun. Sie würden sie zwingen, alles zu verraten. Im Rückblick hab ich immer noch ein etwas schlechtes Gewissen. Sie ging mir unheimlich auf die Nerven, aber so etwas hat kein Mensch verdient.

Langsam wich ich von der Tür zurück. Furcht und Wut kämpften in meinem Inneren, und es gab einen schrecklichen Augenblick, in dem die Wut beinahe gesiegt hätte. Fast wäre ich durch die Tür gestürmt und hätte dieses miese Schwein mit bloßen Händen attackiert. Ich wusste, dass das dumm war, tödlich dumm, aber da war diese ruhige, bezwingende Stimme in meinem Kopf, die mir sagte, dass es besser wäre, mit den Händen um den Hals dieses Drecksacks zu sterben, als ständig auf der Flucht und in Angst zu leben. Ich muss zugeben, dass ich diese Stimme manchmal immer noch höre, sogar jetzt noch.

Aber natürlich stürmte ich nicht hinein wie eine Actionheldin aus dem Kino. Ich flüchtete.

5

Vics Junge ging mit mir am Rand der dunklen Wüstenstraße entlang. Er hatte eine Mini-Taschenlampe am Schlüsselbund, die einen winzigen Kreis aus blauem Licht ausstrahlte. Sie ließ die Dunkelheit um uns her nur noch dunkler erscheinen.

»Wie heißt du eigentlich?«, fragte ich.

»Cody«, sagte er.

»Cody wie?« Vermutlich nicht Ventura, und übrigens auch nicht Pagliuca. Pagliuca war Vics richtiger Nachname. Ich hatte keine Ahnung, wie Skye West in Wirklichkeit hieß.

»Noon«, sagte der Kleine. »Cody Noon.«

Ich überlegte, was ich sagen sollte, wenn er mich nach meinem Namen fragte, aber er kam mir zuvor.

»Mein Dad hat dich Angel genannt«, sagte er. »Du bist doch kein …« Er kaute mit gesenktem Blick auf seiner Lippe. »Versteh mich nicht falsch oder so, aber … bist du ein Pornostar?«

Ich gab keine Antwort, aber er ließ nicht locker.

»Du bist einer«, sagte er. »Du bist Angel Dare, stimmt's?«

Was zum Teufel sollte ich darauf sagen? Es hatte keinen Zweck, es zu leugnen. Ich nickte, und es war mir zuwider, wie wund und verletzlich ich mir unter dem riesigen schwarzen Himmel vorkam.

»Ich hab's gewusst«, sagte er. »Wow. Du siehst ganz anders aus. Ich hätte dich im Leben nicht erkannt.«

»Das kommt nur daher, dass ich Klamotten anhabe.«

Er lachte, dann schaute er weg. Es schien, als gäbe es noch etwas anderes, was er sagen wollte, aber was es auch sein mochte, er hielt den Mund.

Ein paar Minuten lang gingen wir schweigend weiter. Ich sah, dass er zu zittern anfing, aber es als Mann nicht zeigen wollte. Der Viertelmond verschwand abwechselnd hinter sanft dahingleitenden Wolkenbänken und kam wieder hervor. Vor uns lag ein kleines Einkaufszentrum, in dem aber keine Geschäfte geöffnet waren. Auf der anderen Straßenseite ein Gelände, auf dem Traktoren und schweres Landwirtschaftsgerät verkauft wurden, ebenfalls geschlossen. In dem eingezäunten Hof des Traktorenhändlers war ein großer Hund, eine braune Promenadenmischung, die uns argwöhnisch beäugte, aber nicht bellte.

Beim Gehen schien sich der übelkeiterregende Angstknoten in meiner Magengrube eher noch mehr zusammenzuziehen als zu lockern. Es juckte mich, aus der Stadt rauszukommen. Irgendwo anders zu sein als in Yuma.

Nach weiteren zwanzig Minuten verkrampften, ungemütlichen Schweigens waren wir offenbar an unserem Ziel angekommen, einem armseligen, mickrigen gelben Haus, das dringend einen frischen Anstrich und ein neues Dach nötig hatte. Oder einen Kanister Benzin und ein Streichholz. Das bunte metallene Willkommensschild vor dem Haus war ausgebleicht und rostig an den Rändern; es zeigte ein freundliches, winkendes Comictier unbestimmter Spezies, dem man mit einem Kleinkalibergewehr durchs linke Auge geschossen hatte.

Cody ging über die staubige Auffahrt voran und lehnte sich mit beiden Fäusten gegen die klapprige Tür.

»Hank!«, rief er. »Komm schon, Hank, mach auf!«

Bei dem plötzlichen Radau überlief es mich, obwohl kein anderes Haus in Sichtweite war. Nach einer gefühlten Stunde öffnete sich endlich die Tür, und ein Mann in Unterhose tauchte auf.

Selbst wenn ich bis zum Stehkragen von Paranoia erfüllt und mitten in der Nacht auf der Flucht vor zugedröhnten Killern bin, gibt es Dinge, die meiner Aufmerksamkeit nie entgehen. Ein Körper wie der von dem Kerl ist so ein Ding.

Er war nur ein Stückchen kleiner als ich und hatte eine massige, aber straffe und kraftvolle Figur. Und die war nicht nur zur Show da. So ein Körperbau zeugte von harter Arbeit. Er hatte breite Schultern und auf der rechten eine große halbmondförmige Narbe. Kräftige Arme und dicke, muskulöse Oberschenkel. Er hatte sich nicht damit aufgehalten, die Brust- und Bauchbehaarung abzurasieren wie Cody. Sein hautenger Slip war so oft gewaschen worden, dass man beinahe durchsehen konnte, so dünn war er. Mir gefiel, was ich durch ihn sehen konnte. Als mein Blick schließlich auf seinen Kopf fiel, war ich einigermaßen enttäuscht.

Er hatte ein Gesicht, das aussah, als hätte der Stamm, der die Steinköpfe auf den Osterinseln fabriziert hatte, versucht, ein Porträt von Chuck Norris zu schaffen. Seine breite Nase war mehrfach gebrochen und platt. Seine Augen waren so bleich, dass sie kaum noch blau waren, und er hatte Stoppeln von identischer Länge auf dem Kopf und seinem breiten Kinn. Seine Blumenkohlohren waren prall und geschwollen, als hätten sie Hämorrhoiden, das rechte noch mehr als das linke.

»Verdammmich, Cody«, sagte er. »Hast du eigentlich 'ne Scheißahnung …« Er schaute über Codys Schulter nach mir und senkte dann den Blick auf seine nackten Füße. »'tschuldigung, Ma'am. Ich hab nicht gesehen, dass Cody jemand mitgebracht hat.«

Seine Stimme war tief, mit deutlichem Südstaatenakzent und total rau. Ich hatte das Gefühl, wenn er einen Hut aufgehabt hätte, hätte er ihn abgenommen.

Es trat eine kurze verlegene Stille ein, bis er zu merken schien, dass er nichts als eine Unterhose anhatte. Er wurde rot und fing an zu stottern, dann knallte er die Tür zu.

»Nur 'ne Minute, ja?«, brachte er schließlich durch die geschlossene Tür heraus.

Als er sie wieder öffnete, trug er eine schwarze Jogginghose und ein T-Shirt, das Reklame für irgendein Muskelaufbaumittel machte.

»Wieso hast du nicht gesagt, dass du jemand mitbringst?«, sagte er zu Cody. »Was ist, willst du mich nicht vorstellen?«

»Angel«, sagte Cody zerstreut. »Das ist Hank ›The Hammer‹ Hammond.«

Ich zuckte zusammen und wünschte, ich hätte ihm gesagt, er solle den Namen Angel nicht benutzen.

»Einfach Hank, das reicht«, sagte Hank mit einem breiten, unschuldigen Kindergrinsen. Die Peinlichkeit von eben schien er völlig vergessen zu haben.

Er streckte eine kräftige, schwielige Hand aus, die steif und dauerhaft gekrümmt war, als sei sie nie weit weg von der Faust. Ich schüttelte sie. Sie fühlte sich an wie ein lebloser Gegenstand.

»Entzückt«, sagte ich und schaute über die Schulter zurück. »Aber ich glaube wirklich, wir sollten reingehen.«

»Na klar, und ob«, sagte Hank und trat beiseite. »Kommt rein.«

In dem kleinen Haus war es eng und unordentlich. Die hässlichen braunen und orangefarbenen Möbel sahen aus, als hätte man sie seit 1974 von Bernstein umhüllt aufbewahrt. Ein Haufen Zeitschriften lag herum, und auf den ersten Blick hielt ich sie für Schwulenpornos. Als ich näher hinschaute, merkte ich, dass die halbnackten Kerle kämpften, nicht fickten. Ich erkannte den Fleischklops, der Jenna Jameson geschwängert und sie dann angeblich verprügelt hatte. Außer den Zeitschriften gab es noch eine Menge verstreuter Kampfsport-DVDs, schmutziges Tuppergeschirr, große Plastikbecher, die mit den eingetrockneten Resten von Proteinshakes verkrustet waren, und eine beunruhigende Anzahl von leeren orangefarbenen Gläsern für verschreibungspflichtige Pillen. Hank las ärmeweise Gerümpel zusammen und verstaute es in Schubladen und Schränken.

»Ich hätt ja aufgeräumt, wenn ich gewusst hätte …«

Er brach ab und wandte sich an Cody, der mit geballten Fäusten und zitternden Schultern mitten im Zimmer stand. Er kämpfte gegen seine Tränen an und verlor. Nervös und verlegen senkte ich den Blick auf den schmutzigen Teppich. Der Kleine tat mir leid, aber es gab nichts, was ich tun konnte. Ich wusste nicht mal genau, was ich darüber empfinden sollte, was mit Thick Vic passiert war.

»Hey, was soll das denn?«, fragte Hank, kam näher und legte schützend einen riesigen Arm um Cody.

»Beschissene Drecksäue«, stotterte Cody mit knallrotem Gesicht. »Die ... Die ...«

»Na, na«, ermahnte Hank ihn leise und manövrierte Cody zu dem wulstigen Sofa. »Du solltest aufpassen, was du sagst vor der Lady.«

Der Gedanke, dass jemand meinetwegen aufpasste, was er sagt, war ziemlich lachhaft. Ich schätze, dass Hank nie meine Szene in *Superordinäre Schlampen* gesehen hatte. Trotzdem muss ich zugeben, dass es irgendwie süß war.

Erstaunlich gluckenhaft für so einen hässlichen Macker setzte er Cody wie ein Kind mit aufgeschürftem Knie auf der Couch ab.

»Setz dich einfach mal für 'ne Minute still auf die Couch und atme ein paarmal tief durch. Na los, atmen. So ist's gut.«

»Die haben meinen Dad umgebracht«, platzte Cody heraus. »Ich hab ihn kaum mal kennengelernt, und die haben ihn umgebracht. Bei mir haben sie's auch versucht, aber ...«

»Sie haben versucht, dich umzubringen?«, sagte Hank finster. »Wer hat versucht, dich umzubringen?«

»Ich hatte den Kerl, der's gemacht hat, aber ich hab ihn losgelassen«, sagte Cody, stand auf und schüttelte Hanks tröstende Hand ab. »Ich hatte ihn, hab ihm noch den Scheißarm gebrochen, aber als die Schießerei losging, hab ich ... da hab ich Schiss gekriegt. Ich hab Schiss gekriegt und ihn losgelassen, verdammte Scheiße. Scheiße!«

Cody schmiss den übersäten Couchtisch um, kickte ihn durchs Zimmer und holte mit einem wilden Schwinger gegen die Wand aus, aber Hank stürzte sich blitzschnell auf ihn, hielt ihn von hinten fest und redete leise und beruhigend auf ihn ein. Zuerst wehrte Cody sich, aber irgendwann fingen

Hanks Worte an zu wirken, und der Kleine nickte und setzte sich schniefend hin.

»Okay«, sagte Hank und führte Cody wieder zum Sofa. Dann rumorte er mit verschiedenen Pillengläsern herum, bis er eins gefunden hatte, das nicht leer war, und ließ zwei winzige blaue Tabletten in Codys Hand fallen. »Hat keinen Sinn, über 'nen Kampf nachzudenken, wenn der Gong schon geschlagen ist. Dir bleibt nichts anderes übrig, als zu trainieren und es beim nächsten Mal besser zu machen. Also entspann dich einfach 'ne Weile, dann können wir später weiter drüber reden. Ich hab Pay-per-view aufgenommen. Willste 'n bisschen gucken? Dein Kennertyp kam ziemlich eindeutig ganz groß raus.«

Cody nickte und schluckte die Pillen trocken. Hank stellte den Couchtisch wieder hin, schaltete den Fernseher ein und fing an, mit mehreren Fernbedienungen zu hantieren. Als er die Sendung hatte, die er wollte, legte er die Geräte auf den Couchtisch, wo Cody an sie rankam.

»Hören Sie, Hank«, sagte ich leise. »Sie müssen die Cops rufen.« Ich schaute mich nach Cody um. »Und ich darf nicht hier sein, wenn sie ankommen.«

»Okay«, sagte Hank. »Die Schwierigkeiten, die Sie mit dem Gesetz haben, gehen mich nichts an. Aber ich kann Ihnen gleich sagen, dass es mit Ihrem Plan das eine oder andere Problem geben könnte.«

»Wie meinen Sie das?«

»Na ja, erstens«, sagte er, »hab ich momentan keinen Telefonanschluss, weil ich wieder mal vergessen hab, die Rechnung zu bezahlen.«

»Dann könnten Sie ihn doch zum Bahnhof bringen.«

»Geht auch nicht«, antwortete Hank. »Ich darf nicht mehr fahren wegen meiner Migräne. Egal, schau 'n Sie ihn an.« Er zeigte auf Cody, der bereits zusammengerollt auf der Couch schnarchte. »Der Junge ist fix und fertig. Der geht nirgends mehr hin heute Nacht. Nicht nach dem, was ich ihm gegeben hab.«

»Haben Sie ein Auto?«, fragte ich.

»Hab meinen ollen Truck draußen«, sagte er. »Schätze, dass der noch läuft.«

»Dann kann er doch selber morgen früh da hinfahren«, sagte ich. »Hören Sie, ich hab versprochen, ihn irgendwohin zu bringen, wo er sicher ist, und hier ist er's. Wenn ich mich also einfach waschen und aus der Uniform hier rauskommen könnte, dann mach ich mich auf den Weg und hänge Ihnen nicht mehr am Hals.«

»Sie haben vor, mitten in der Nacht alleine zu Fuß loszugehen?«, fragte er. Er beugte sich über den schlafenden Jungen und zog ihm die Stiefel von den Füßen. »Hier gibt's meilenweit nichts. Jedenfalls nichts, was nachts um diese Zeit offen hat.« Er schüttelte den Kopf. »Nein, Ma'am, das kann ich nicht zulassen. Wär nicht sicher.«

»Ich kann auf mich selber aufpassen«, sagte ich.

»Daran zweifle ich keine Sekunde«, antwortete er, stellte die Stiefel auf den Boden und warf eine verratzte Häkeldecke über Cody. »Aber trotzdem glaub ich, Sie bleiben besser, bis die Sonne scheint. Cody kann Sie dann als Erstes am Busbahnhof absetzen.«

Er hatte recht. Ich war erschöpft, ausgelaugt und nicht in der Verfassung, zu trampen. Oder zu streiten.

»Darf ich Ihnen was Kaltes zum Trinken bringen?«, fragte er. »Wie sagten Sie noch, heißen Sie?«

»Angel«, sagte ich, zu erschöpft, um zu lügen. »Und ja, das wäre toll, danke.«

»Hab nichts anderes als Cola light da, ich hoffe, das reicht. Ich versuch grade abzunehmen.«

»Das reicht«, sagte ich und fragte mich, wo er noch abnehmen wollte. Er hatte kein einziges Gramm Fett am Leib.

Ich folgte ihm in die winzige Küche. Er reichte mir eine Noname-Cola-light aus dem überdimensionalen Kühlschrank und fing an, herumzurumoren und zu putzen.

»Na los, schlafen Sie 'ne Runde.« Er zeigte auf einen zierlichen Aluminiumstuhl mit einem zerrissenen Kunststoffbezug, dem einzigen im Zimmer. »Ich kümmere mich nur rasch um die Sauerei hier. Wenn ich gewusst hätte, dass Besuch kommt, hätte ich 'n bisschen aufgeräumt.«

Er wirkte verwirrt und wiederholte sich. Ich wünschte mir, es sei meinetwegen, aber das war schwer zu sagen.

Er fing an, methodisch einen wackligen Stapel identischer viereckiger Tupperdosen zu spülen. Ich riss die Coladose auf und inhalierte die beißende kohlensäurehaltige Luft aus dem Dosenloch, als mir der Revolver auf dem Küchentisch auffiel. Die Trommel war geöffnet, und daneben stand aufrecht auf dem flachen Ende eine einzelne Patrone wie ein winziger Ständer.

Ich wollte gerade etwas dazu sagen, als Hank fragte: »Möchten Sie mir erzählen, was heute Nacht passiert ist?«

Ich setzte mich auf den unbequemen Stuhl und klärte ihn auf. Während ich die Geschichte erzählte, fing ich an, immer mehr darüber nachzudenken, wer diese Kerle gewesen sein mochten. Sie schienen kein Interesse daran gehabt zu haben, den Laden auszurauben, wobei es in dem Diner auch nichts sichtlich Raubenswertes gegeben hätte. Sie konnten hinter Duncans Geld oder seinen Waffen hergewesen sein – aber wenn sie von den Waffen gewusst hätten, hätten sie alles viel besser vorbereitet. Andererseits waren sie zugedröhnt bis zum Stehkragen, und obwohl Vic gesagt hatte, er würde sie nicht kennen, konnte ich eine Verbindung zu seiner Drogendealer-Vergangenheit nicht ausschließen. Ich teilte einige dieser Überlegungen Hank mit, und er nickte mit seinem riesigen Kopf und versenkte eine weitere Dose im Spülwasser.

»Wie lange kennen Sie Cody schon?«, fragte ich, um das Thema zu wechseln.

»Ach, so um die fünf Jahre.« Er runzelte die Stirn und schaute zur niedrigen Decke hoch, als könnte die Antwort da oben sein. »Na ja, wohl eher drei, schätze ich. Ich weiß nicht mehr genau.« Er brach ab und drehte das heiße Wasser in der Spüle auf. »Ungefähr drei Jahre, schätze ich.«

»Wie ist er so?«, fragte ich.

»Na ja, der Junge hat was drauf«, sagte Hank. »Echt schwere Hände, hat 'n Schlag wie 'n Dampfhammer, aber im Stehkampf ist er 'n bisschen schludrig. Im Bodenkampf ist er allerdings gar nicht so übel, er war nämlich früher auf dem College in der Ringermannschaft. Aber sein Hauptproblem ist, dass er viel zu leicht aufgibt. Wenn der Kampf in der ersten Runde nicht so läuft, wie er will, dann kommt er ganz aus dem Konzept und fängt an, Fehler zu machen. Aber wissen Sie, das liegt nur daran, dass er noch so jung ist. Der Kleine muss einfach 'n bisschen erwachsen werden. Kampfsport ist 'ne harte Sache, und ich rede nicht nur von der Action im Ring. Kampfsport kann einen auffressen und in 'ner Sekunde wieder ausspucken, wenn man die Deckung vergisst. Aber mit 'nem guten Eckenteam hinter sich, glaub ich, dass Cody echt gute Chancen hat.«

Lächelnd trank ich noch einen Schluck von meiner billigen Limo. Der Typ konnte einem echt das Ohr abquatschen, wenn er erst mal angefangen hatte, und Cody war offensichtlich eines seiner Lieblingsthemen. Leider hatte ich keine Ahnung, was das, was er gerade erzählt hatte, bedeuten sollte.

»Cody ist also Kampfsportler?«, fragte ich in der Hoffnung auf nähere Erklärungen. Hank schaute mich mit irritiert gerunzelter Stirn an.

»Genau«, sagte er. »Sie nicht?«

»Ich hab's eher mit der Liebe, nicht mit Kämpfen«, sagte ich, aber kaum war es raus, wurde mir klar, dass das nicht mehr so ganz stimmte.

»Hätt ich aber gedacht«, sagte Hank. »So Ihrer Körperhaltung nach, als seien Sie ständig in Bereitschaft. Und Ihr Profil. Sie haben 'ne Boxernase.«

Ich hatte mir die Nase nie richten lassen, nachdem sie gebrochen worden war. Ich schätze, man konnte sagen, es sei eine Boxernase, und irgendwie fasste ich es von jemandem wie Hank als Kompliment auf. Aber ich konnte sehen, wie ihm dämmerte, dass es auch andere Gründe geben konnte, weshalb eine Frau eine gebrochene Nase hatte. Er wurde wieder rot. Es war auf unerklärliche Weise sexy zu sehen, wie so ein harter Typ so leicht rot anlief.

»Ich wollte damit nicht sagen …« Er griff nach einer Tupperdose und fing an, sie mit einem gestreiften Geschirrtuch abzutrocknen. Seine Hände zitterten leicht. »Ich wollte nichts ansprechen, was mich nichts angeht.« Er senkte den Blick auf seine Hände und legte die Dose beiseite. »Und ich wollte auch nicht andeuten, Sie wären nicht schön, denn das sind Sie. Ich denk einfach manchmal nicht nach, bevor ich rede. Manchmal?« Er schüttelte den Kopf. »Meistens, schätz ich mal.«

»Vergessen Sie's«, beruhigte ich ihn.

»Ja, Ma'am«, sagte Hank und wischte sich die nassen Hände ab. »Wollen Sie die Kämpfe sehen?«

»Na klar«, sagte ich.

Wir gingen ins Wohnzimmer, und einen Moment blieb ich stehen und betrachtete Thick Vics Jungen. Wie tot lag er zusammengerollt auf der Seite, die Decke mehr um ihn zusammengeknüllt als auf ihm drauf. Im Schlaf sah er überhaupt nicht aus wie sein Vater. Ich fragte mich, was ich, verdammt noch mal, hier eigentlich machte.

Hank bot mir den freien Sessel an, aber ich schüttelte den Kopf und setzte mich auf den zerschlissenen Teppich und lehnte mich mit dem Rücken an das Sofa. Hank ließ sich langsam und steif in den Sessel sinken und beugte sich, die Ellbogen auf den Knien, zum Fernseher. Wir schauten uns die Kämpfe an.

Zwei Kerle prügelten sich in einem umzäunten Ring gegenseitig die Scheiße aus dem Leib. Dann rollten sie miteinander auf dem Mattenboden herum. Der eine Typ hatte einen blutenden Riss über dem Auge. Im Publikum saßen lauter Promis und Mädels, die aussahen, als kämen sie aus der Branche, aber Jenna konnte ich nicht sehen. Ich versuchte mir Cody als Kämpfer dort drinnen vorzustellen. Ich versuchte, nicht an Vic zu denken.

Ich vermute, ich nickte ein, denn ich wachte auf, als Hanks große raue Hand mich an der Schulter rüttelte.

»Hey«, sagte er. »Sie sind eingeschlafen. Wieso legen Sie sich nicht richtig hin? Sie sehen aus, als könnten Sie 'n bisschen Ruhe gebrauchen.«

»Und Sie?«, fragte ich, als er mich ins Schlafzimmer führte und auf das schmale Einzelbett zeigte. »Wo wollen Sie schlafen?«

»Ich schlaf nicht mehr so viel«, sagte Hank. »Sieht so aus, als würde ich die meisten Nächte in meinem Sessel vor dem Fernseher sitzen. Wollen Sie 'n T-Shirt oder so was zum Schlafen?«

»Gern«, sagte ich. »Danke.«

Er reichte mir ein zusammengelegtes schwarzes T-Shirt aus einer Schublade in einem klapprigen Kleiderschrank und verzog sich ohne ein weiteres Wort. Ich zwängte mich aus meiner kratzenden Polyester-Kellnerinnenuniform, zog meinen BH aus, aber nicht mein Höschen, und streifte mir das T-Shirt über den Kopf. Es wirkte riesig an mir und zeigte das schlecht gezeichnete Logo einer Kampfsportschule.

Eine Minute lang blieb ich stehen und schaute mich im Schlafzimmer eines fremden Mannes um. In einer Ecke lag ein Stapel schmutziger Wäsche. Ein billiger Nachttisch. Noch mehr Pillengläser. Ein kleiner Stapel Girlie-Zeitschriften. Die ganz oben war der neueste *Hustler*. Die exotische Brünette auf dem Cover hieß Ruby Kahn und wurde als das »weltberühmte asiatische Starlet des Jahres« angepriesen. Ich kannte sie nicht. Etwas löste in mir dabei einen flüchtigen Stich von Einsamkeit und Heimweh aus, der verschwunden war, bevor ich ihn zu fassen bekam.

Angesichts des Einzelbetts und angesichts der Tatsache, dass der Schund offen herumlag, war ziemlich klar, dass nie eine Frau dieses Zimmer je betrat. Ich fragte mich unwillkürlich, wieso nicht. Schließlich hätte es bei einem Körper wie seinem doch jede Menge einsamer Hausfrauen und Kampfsport-Groupies geben müssen, die bereit waren, über die hässliche Fresse hinwegzusehen. Aber da ich viel zu erschöpft war, um mir lange Gedanken zu machen, stolperte ich einfach rüber zum Bett und ließ mich reinplumpsen. Die Laken waren für das Bett eines Junggesellen einigermaßen sauber und hatten nur einen ganz leichten Duft nach Männerschweiß und einem mir unbekannten Aftershave. Ich hatte in letzter Zeit so oft in den Betten anderer Leute geschlafen, dass es mir kaum auffiel.

6

Ich wachte auf, als Fäuste gegen die Tür hämmerten. Ein paar schreckerfüllte Sekunden lang hatte ich keine Ahnung, wo ich war. Dann reimte ich es mir blitzartig zusammen. Das Bett eines Mannes, nicht das von Duncan. Das XL-Männer-T-Shirt, das ich trug. Hank. Cody. Die Schießerei. Das vor der Tür da draußen konnte nur Ärger bedeuten.

»Hank«, rief eine schnarrende Männerstimme. »Bist du da drin?«

Ich schlüpfte ins Wohnzimmer und schlich auf Zehenspitzen zum Fenster neben der Tür. Cody lag immer noch auf dem Sofa und schnarchte leise. Hank war nirgends zu sehen. Ich linste durch die Gardinen und sah zwei Männer. Weder Mexikaner noch Kroaten, aber irgendwie ging es mir deswegen nicht besser. Der Typ, der das Klopfen übernahm, war kurz, gedrungen und weiß, ein Gecko mit Cowboyhut. Der andere war ein riesiger Indianer mit leblosem Blick, dessen Hals den gleichen Umfang besaß wie meine Taille.

Ausgerechnet in diesem Augenblick kam Hank über die Auffahrt gejoggt. Er trug einen komischen silbernen zweiteiligen Plastikanzug mit engen Elastikbünden an Handgelenken und Knöcheln. Er war so verschwitzt und rot, dass er aussah, als käme er direkt aus einer heißen Dusche. Das linke Bein zog er leicht nach und drehte die Schultern von Seite zu Seite. Er wurde langsamer, dann blieb er stehen und lehnte sich schwer schnaufend an das Geländer der Veranda.

»Was kann ich für euch tun, Jungs?«, fragte er die beiden Besucher, zog sich das Plastikshirt über den Kopf und ließ literweise Schweiß in den Staub tropfen. Unter dem Shirt hatte er etwas, was wie eine kugelsichere Weste aussah, mit Reihen kleiner Taschen, in denen flache Metallgewichte steckten.

Der Gecko beugte sich dicht zu Hank und sprach leise, fast zu leise für mich.

»Ärger, Hank«, sagte er. »Sieht aus, als hätte dein kleiner Cody 'ne Riesenscheiße gebaut.«

»Scheiße, inwiefern?«, fragte Hank mit besorgtem Blick.

»Egal«, sagte der Mann. »Alles was du wissen musst, ist, dass Mr. Lovell gern 'n Wörtchen mit ihm reden würde.« Er schaute zur Tür. »Er ist nicht da, oder?«

Ich wich vom Fenster zurück; mein Herz klopfte viel zu heftig, und mein Verstand checkte verzweifelt die Optionen. Selbst wenn es hier ein Versteck gab, konnte ich ja schlecht Cody dahinschleppen, ohne ein Geräusch zu machen. In meinem Rucksack hatte ich meine Sig und dazu noch eine hübsche, kleine, kompakte Para Warthog, ein Geschenk des verblichenen Duncan Schenck, und ich wollte schon eine davon benutzen, als mir plötzlich etwas Besseres einfiel. Ich zog mir Hanks T-Shirt über den Kopf, warf es zu Boden und öffnete die Tür.

»Hey, Baby«, sagte ich. Ich stand in nichts weiter als meinem Tangaslip in der Tür. »Kommst du jetzt wieder ins Bett, oder was? Oh ...!« Ich tat so, als hätte ich die beiden Männer bemerkt und schützte mich mit den Armen, wobei ich darauf achtete, es sehr nachlässig zu tun.

Der Gecko warf einen Blick auf meine nicht wirklich verdeckten Titten und fing an zu glucksen und seinen stoischen Kumpel mit dem Ellbogen anzustupsen. Hank starrte mich mit offenem Mund verdattert an. Ich hoffte, er verpatzte es nicht.

»Hank, du Hund«, sagte der Gecko. »Du gibst uns einfach Bescheid, wenn du Cody siehst, hörst du?«

»Äh ... mach ich«, sagte Hank. Er schaute wieder auf mich. »Wenn ihr mich jetzt entschuldigen wollt, Jungs.«

Die beiden Männer gingen kopfschüttelnd weg, während Hank ins Haus kam und die Tür hinter sich abschloss.

Drinnen blieb er einen Moment lang stehen und blickte schüchtern auf seine Hände hinunter.

»Ich ...«, sagte er. »Vielleicht sollte ich mal duschen.« Er schaute mich finster an und dann wieder auf seine Hände. Vom Joggen in dem Plastikdress war er schon so rot, dass ich nicht gedacht hätte, er könnte noch roter werden, aber er schaffte es. »Tut mir leid, aber ... eigentlich haben wir nicht ... letzte Nacht ... ich meine ... oder ...?«

»Noch nicht«, sagte ich zwinkernd, hob sein T-Shirt vom Boden auf und zog es mir wieder über den Kopf. »Glaub mir, Süßer, 'ne Frau wie mich vergisst man nicht.«

»Nee, natürlich nicht«, sagte er mit einem erleichterten Lachen, als hätte er sich tatsächlich Sorgen gemacht, irgendwie etwas nicht mitbekommen zu haben. »Natürlich nicht.«

»Wer waren die beiden Typen?«, fragte ich.

Er runzelte die Stirn. »Wer?«

»Na, die beiden Typen gerade«, sagte ich. »Die Cody suchen. Wer waren die?«

»Ach ja, richtig«, sagte Hank. »Das waren die Jungs von Mr. Lovell. Mr. Lovell ist der Typ, dem die Schule mit gehört, wo ich unterrichte. Er organisiert legale Kämpfe im Kikima Casino, aber er betreibt auch 'n paar andere, nicht ganz so legale Sachen südlich der Grenze.« Er schaute zu dem schlafenden Cody auf dem Sofa hinüber und hielt, die Weste mit den Gewichten halb ausgezogen, eine Sekunde inne. »Ich schätze, Sie wecken ihn besser auf. Sieht aus, als hätten wir uns Ärger eingehandelt.«

Hank verschwand, angeblich unter die Dusche, und ich kniete mich neben dem Sofa nieder, um Cody wachzurütteln. Nichts zu machen. Der Kleine war wie tot. Ich schüttelte ihn fester, und er drehte sich mit einem unverständlichen Protestgeräusch von mir weg.

»Cody«, sagte ich. »Steh auf. Mach schon.«

Schließlich öffnete sich widerwillig ein blutunterlaufenes Auge.

»Morgen, du Süße«, sagte er, wobei er mich lüstern von

oben bis unten musterte. »Wie war ich heute Nacht? Ich kann mich an überhaupt nichts erinnern.«

»Hör zu, wir haben Ärger, Kleiner«, sagte ich. »Ein Typ namens Mr. Lovell hat zwei Kerle nach dir ausgeschickt.«

Er setzte sich auf und rieb sich mit plötzlich ernstem Gesicht mit der Hand über den Stoppelschädel.

»Lovell? Aber ich ...«

Da kam Hank aus dem Bad. Er war glatt rasiert, trug knielange, weite Shorts, aber kein Hemd. Es fiel mir schwer, nicht hinzuschauen.

»Haben alle Lust auf Eier?«, fragte er.

»Sollten wir nicht zuerst Cody zur Polizei bringen?«

»Klar, machen wir, aber der Kleine muss was essen. Und Sie auch. Ich koche mal Kaffee.«

»Danke, Hank«, sagte Cody.

Cody ging ins Bad und ich in die Küche. Hank stand mit seinem breiten Rücken zu mir am Herd.

»Wollen Sie das Eigelb nach innen oder nach außen?«, fragte er.

»Ich nehm's so, wie's kommt«, sagte ich und setzte mich auf den einzigen Stuhl. »Wieso glauben Sie, dass dieser Lovell hinter Cody her ist?«

»Kann ich nicht genau sagen«, sagte er, während er das Eigelb vom Eiweiß trennte und Letzteres in eine brutzelnde Pfanne fallen ließ. »Aber egal was, Sie können drauf wetten, dass es was Schlimmes ist.« Er schüttelte den Kopf. »Glauben Sie's mir, Sie sind nicht scharf drauf, dass ein Mann wie Mr. Lovell es auf Sie abgesehen hat.«

Mit nassem Stoppelkopf kam Cody in die Küche.

»Ich war nicht schuld dran«, sagte er. »Ehrlich. Es ist einfach passiert.«

Mit hochgezogener Augenbraue warf ich Hank einen Blick zu. Er verteilte den Riesenhaufen Rühreiweiß auf drei Papierteller und holte dann drei identische Tupperdosen aus dem Kühlschrank. Jede enthielt eine einzelne gekochte Hühnchenbrust. Er stellte einen Teller auf eine der Dosen und reichte mir beides zusammen mit einer Gabel und einem Messer aus Plastik. Dann machte er dasselbe bei Cody und bediente zum Schluss sich selbst.

»Der Kaffee ist gleich fertig«, sagte er. »Wollen alle scharfe Soße dazu?«

Ich setzte mich zu Cody auf die Couch, und Hank setzte sich in den Sessel. Ein paar Minuten lang aßen wir still. Das kalte Hühnchen war ungewürzt, knochentrocken und geschmacklos, das Eiweiß blass wie Klopapier. Ich nahm einen Eimer scharfe Soße, um das Essen halbwegs runterzuwürgen, aber weder Cody noch Hank schien es etwas auszumachen. Sie schaufelten und mampften wie Maschinen beim Auftanken. Hank legte eine kurze Pause ein, um drei Pappbecher mit starkem Kaffee und einen Einkaufsbeutel aus Plastik zu holen.

»Na schön, Cody«, sagte Hank, brachte Gläser mit Vitaminen und Kräutern aus dem Beutel und schluckte eine Handvoll nach der anderen. »Ich denke, du fängst jetzt am besten an, uns alles zu erzählen.«

»Hör zu, ich hab's dir gesagt«, antwortete Cody mit dem Mund voll Hühnchen. »Es ist einfach passiert. Er hat gemeint, es ist kein großes Ding.«

»Was ist einfach passiert?«, fragte ich.

»Weiß du, ich geh nach Vegas und steig bei *All American Fighter: The Next Generation* ein«, sagte Cody. »Na ja, Hank weiß Bescheid. Matt Kenner kam raus in unsere Schule, um nach Talenten fürs Team Kenner für die neue Staffel von *All American Fighter* zu suchen, wo alle Jungs achtzehn bis einundzwanzig sein müssen. Kennst du die Serie?«

Ich schüttelte den Kopf.

»Da gibt's zwei Mannschaften. Und alle Mitglieder müssen zusammen in einem großen Haus wohnen, wo rund um die Uhr die Kameras laufen. Die kämpfen gegen die andere Mannschaft, und Jungs scheiden aus, und der eine Typ, der am Ende gewinnt, kriegt den AAFC-Vertrag.«

»Kapiert«, sagte ich.

»Du kennst natürlich Matt Kenner, oder?«

Ich zuckte die Achseln.

»Er ist der einzige derzeitige Schwergewichtschampion in der AAFC«, sagte er, als käme ich vom Mars oder so. »Ist übrigens 'n echt cooler Typ und hat gemeint, ich hätte das meiste Potenzial von allen Schülern. Er hat gesagt, ich soll diesen Sonntagmorgen um Punkt acht in seinem Dojo in Vegas sein, da würde an diesem Tag der Dreh für die Sendung anfangen. So eine Gelegenheit lass ich mir doch auf keinen Fall entgehen, oder? Das ist meine große Chance. Er hat mir seine Karte gegeben, guck mal.«

Cody zückte sein Portemonnaie und zog eine Visitenkarte heraus, die er mir reichte. Kenners Name samt Name und Adresse eines Kampfsport-Trainingszentrums in Vegas.

»Okay«, sagte ich und gab ihm die Karte zurück. »Aber was hat das mit Mr. Lovell zu tun?«

»Darauf komm ich noch«, sagte Cody und steckte die Karte wieder in sein Portemonnaie. »Ich hab so um die vier Monate für Mr. Lovell im Kikima gekämpft, hab aber 'nen Jahresvertrag. Er hat mir 'nen Vorschuss gegeben und, na ja, ich schulde ihm noch sieben Kämpfe. Aber ich könnte nicht im Kikima kämpfen, solange ich bei *All American Fighter* bin, und da hab ich ihn gefragt, ob er mich irgendwie früher aus dem Vertrag rauslassen könnte. Na klar, hat er gesagt, wenn ich das Geld zurückzahlen könnte, das er mir gegeben hat. Es ist nur so, dass ich's schon ausgegeben hab.«

Ich fing nun an durchzublicken, worauf das hier hinauslief. Mein fades Frühstück lag mir im Magen wie ein Backstein.

»Okay, Mr. Lovell organisiert also diese anderen Kämpfe. In Mexiko, ohne verbotene Griffe. Alle Schüler machen da mit, ist also kein großes Ding. Egal, Mr. Lovell wollte, dass ich für ihn in Mexiko kämpfe.« Er schaute zu Hank hinüber und dann auf seine Füße. »Er wollte, dass ich den Kampf verliere.«

Hank hielt mit einer weiteren Handvoll Vitamine auf halbem Weg zum Mund inne. »Was?«

»Na ja, was sollte ich denn machen, zum Teufel?«, fragte Cody. »Ich hatte keine andere Möglichkeit, ihn auszuzahlen.«

»Aber du hast den Kampf gewonnen«, sagte Hank. »K. o. in der ersten Runde.«

»Das ist es ja«, sagte Cody. »Das wollte ich gar nicht. Ich hab den Kerl einfach mit dem Knie genau auf den Punkt getroffen. Er ist richtig draufgefallen. Das war irgendwie wie 'n Unfall. Ich sollte in der dritten aufgeben, aber dieses Scheißknie ... Egal, Lovell meinte, er versteht das. Er sagte, ich könnte heute Abend 'nen Wiederholungskampf machen, und er würde verdoppeln. Er sagte, er würd's verstehen, und es wär kein großes Ding.«

»Na ja, 'ne Meute von zugekoksten Schlägern zu schicken, die dich und deinen Vater umlegen, würde ich 'n ziemlich großes Ding nennen«, sagte Hank.

Cody wurde blass.

»Meinst du, es ist meine Schuld?«, fragte er kleinlaut.

»Was soll das heißen?«, fragte ich. »Wir haben keinen Beweis, dass Lovell die Typen geschickt hat.«

»Aber er *könnte*.« Cody stellte seinen Teller auf dem vollen Kaffeetisch ab und stand auf. »Und wenn das wahr ist, dann ist es meine Schuld, dass mein Dad tot ist. Ich hätte mich nie mit ihm treffen dürfen. Wenn ich ihn nicht getroffen hätte, würd er noch leben. Scheiße.«

Selbst wenn es stimmte, dass Lovell für die Schießerei in dem Diner verantwortlich war, hätte Vic schon tausendmal während seines verrückten, selbstzerstörerischen Lebens umkommen können. Ich hätte das Cody gern gesagt, schien aber kein Wort herausbringen zu können. Ich blickte in meinen leeren Kaffeebecher.

Hank stand auf.

»Na, nimm's nicht so schwer«, sagte er.

»Scheiß drauf!«, sagte Cody und verkrampfte sich, als wollte er sich zu einer weiteren Runde Tischeschleudern bereitmachen. Der Kleine hatte offenbar Vics italienisches Temperaments-Gen zuhauf geerbt. »Ich mach ihn kalt.«

»Okay«, sagte ich. »Jetzt reicht's. Das nützt keinem was. Jetzt reiß dich mal zusammen, und dann gehen wir zur Polizei. Du willst doch, dass sie den schnappen, der hinter allem steckt, oder?«

»Das ist Lovell«, sagte Cody. »Das weiß ich, verdammte Kacke.«

»Was hab ich dir über solche Wörter gesagt?«, fragte Hank.

»Okay, hör zu«, sagte ich. »Mal angenommen, es ist Lovell. Du willst doch, dass er für das, was er gemacht hat, verhaftet wird, oder?«

Cody nickte und setzte sich wieder hin.

»Du bist das Opfer hier, mein Kleiner«, sagte ich. »Du hast nichts Unrechtes getan. Aber du kannst nicht einfach selber auf den Kerl losgehen.«

Zum Glück wusste niemand im Zimmer, wie lachhaft ironisch diese Worte sich ausgerechnet von mir anhörten.

»Du kennst mich nicht«, sagte Cody. »Du weißt überhaupt nichts von mir oder von dem, was ich mache. Und ich bin nicht dein Scheißkind.«

»Pass auf, was du sagst, Junge«, sagte Hank mit strenger, ernster Stimme. »Ich hab's dir schon mal gesagt. Ich dulde keine Respektlosigkeit gegenüber Frauen in diesem Haus.«

»'tschuldigung«, sagte Cody. Er wandte den Blick ab und sah zu Boden.

»Hör zu«, sagte ich. »Du bist vielleicht nicht mein Kind, aber du bist Vics Kind, und bevor er starb, hat er mich gebeten, mich um dich zu kümmern, und genau das hab ich auch vor, ob's dir passt oder nicht. Und jetzt geh ich mich saubermachen, und ich möchte, dass du dein Zeug zusammensuchst und fertig bist, wenn ich rauskomme.«

Hank räumte die Reste des Frühstücks weg, während Cody motzte und mit großer Show seine Stiefel anzog. Ich packte meinen Rucksack und ging aufs Klo.

Es war ziemlich dreckig da drinnen, aber nicht eklig. Eine erbärmliche, billige Duschkabine, deren Glas vom harten Wasser trüb und verkalkt war. Alles triefte, als hätte Cody sich nicht damit aufgehalten, die Tür zur Dusche zu schließen. Das einzige Handtuch lag klatschnass und zerknautscht auf dem Boden. Meine Suche nach einem frischen erbrachte jede Menge Mentholsalbe zur Muskelmassage, weitere Kampfsportzeitschriften und sogar noch mehr Pillengläser, wenn das möglich war. Vor allem Mittel gegen Schmerzen und Entzündungen, aber auch anderes Zeug, von dem ich nie gehört hatte. Schließlich fand ich ein sauberes Handtuch, zog Hanks T-Shirt aus und trat unter die Dusche.

Mit dem Haarewaschen musste ich noch warten, da es im ganzen Bad weder Shampoo noch Festiger gab. Ich stellte mir vor, wie Hank seinen Stoppelkopf mit einem Stück Seife wusch, und musste lächeln. Dann fing ich an, ihn mir ganz unter der Dusche vorzustellen, musste diesen Gedankengang aber abwürgen, wenn ich in nächster Zeit hier rauskommen wollte.

Ich trat heraus, trocknete mich ab und schlüpfte rasch in saubere Klamotten aus meinem Notfall-Rucksack. Bequeme Sportsachen, in denen man leicht rennen konnte. Das war so ziemlich alles, was ich überhaupt noch trug. Ich dachte mir, die Kellnerinnenuniform mitzunehmen und sie, nur zur Sicherheit, in einer anderen Stadt irgendwo in einen öffentlichen Müllcontainer zu schmeißen.

7

Als ich aus dem Bad kam, hatte Hank seinen massigen Oberkörper in ein hautenges, langärmeliges schwarzes Elastikshirt gezwängt, auf dem das gleiche miese Logo war, das das T-Shirt zierte, welches ich in der Nacht zuvor getragen hatte. Er schnürte gerade seine abgewetzten Turnschuhe.

»Hast du dran gedacht, dein Topmax zu nehmen?«, fragte ihn Cody.

»Ach ja, genau«, sagt Hank und kramte in einer Schublade zwischen einer Handvoll Pillengläsern herum. »Ich bin mir ziemlich sicher, dass es irgendwo hier drin ist.«

Cody hob ein Glas vom Boden an der Couch auf und warf es Hank zu.

»Und was ist mit dem Klonopin?«, fragte Cody.

»Das würd ich lieber weglassen. Wenigstens bis nach dem Unterricht«, sagte Hank. »Ich bin auch ohne schon dumm genug.«

»Okay, nimm's mit«, sagte Cody. »Nur für alle Fälle.«

»Meine Mama ist seit zweiundzwanzig Jahren tot«, sagte Hank, mit einem Mal gereizt. »Und ich komm sehr gut ohne sie zurecht, herzlichen Dank.«

Hank schluckte zwei Tabletten aus dem Glas, das Cody ihm gab, und schickte noch einige mehr aus verschiedenen anderen Gläsern in der Schublade hinterher.

»Na schön, ihr beiden«, sagte ich. »Ziehen wir los.«

Zu dritt quetschten wir uns in Hanks alten Pick-up. Cody fuhr. Niemand sprach ein Wort.

Wir setzten Hank zuerst an der Kampfsportschule ab, da er Unterricht zu geben hatte. Die Schule befand sich in einer langen, schmalen Ladenstraße, und durch die großen Fenster sah man junge Schüler in Paaren, die übten, sich gegenseitig auf die Matte zu schleudern. Hank stieg mit steifen Gliedern langsam aus, dann drehte er sich um und streckte seine mächtige Pranke aus.

»Es war mir wirklich ein Vergnügen, Sie kennenzulernen«, sagte er. »Selbst unter diesen Umständen. Viel Glück da draußen, Angel.«

Ich nahm seine Hand in meine beiden Hände und hielt sie einen Augenblick länger als nötig, dann ließ ich los.

»Machen Sie's gut, Hammer.«

Er strahlte mich wieder mit seinem breiten Kinderlächeln an, dann schloss er die Tür und wandte sich ab.

Cody sah Hank nach, bis er an der Tür zu der Schule war, dann legte er den Gang ein.

»Er ist 'ne Legende, weißt du?«, sagte Cody. »Einer der Besten. Ohne ihn hätt ich's nie bis zu *All American Fighter* geschafft.«

Cody wartete, bis ein anderer, fast identischer Truck vorbei war, dann fuhr er los.

»Als Junge«, sagte er mit Blick auf die Straße, und nicht auf mich, »war ich die meiste Zeit ziemlich allein. Da war nie jemand, der aufpasste, dass ich meine Hausaufgaben mache oder mir die Zähne putze. Meine Mom … die hatte ihre eigenen Probleme, und mein Dad, na ja, über den weißt du ja Bescheid. Ich hab ständig Streit gehabt. Nichts hingekriegt. Dann hab ich angefangen, bei Richland zu trainieren, und hab Hank kennengelernt.«

»Er scheint ein ziemlich anständiger Kerl zu sein«, sagte ich.

»Die Leute erzählen in den Foren gern allen möglichen Scheiß über ihn; dass er 'n Loser wär und out, und er hat garantiert schwere Zeiten hinter sich, aber als er ganz oben war und in Japan gekämpft hat, Mann, da war er unschlagbar. Kilo für Kilo der gefährlichste Weltergewichtler im Sport, keine Frage. Sogar besser als Richland. So vielseitig, dass man nie wusste, was er einem reinknallen wird. Wenn man im Stehen kämpfen wollte, da haute er einen so schnell und sauber um, dass man unten war, ehe man wusste, was los ist. Wenn man auf den Boden ging, spielte er Schach mit einem, ließ einen ein bisschen kommen, um zu sehen, was man draufhatte, und dann, wenn's ihm langweilig wurde, hat er einen voll am Arsch gekriegt, ohne mit der Wimper zu zucken. Sein Titelkampf gegen Shinya Fujita war eine Scheißunterrichtsstunde. Aber weißt du, die Fans hier wollen keinen Spitzentechniker wie Hank sehen. Die wollen 'nen richtigen groben Schläger, der knallharte Haken schlägt, die sie von den billigen Plätzen aus sehen können. Und deshalb hat Hank hierzulande nie 'ne faire Chance gekriegt.«

Cody fuhr immer weiter so fort, und ich beobachtete ihn einfach nur beim Reden. Wobei ich nicht so sehr auf seine genauen Worte achtete, sondern mehr auf die brennende Leidenschaft dahinter. Er schien den Sport im Allgemeinen und Hank im Besondern zu lieben. Hank hatte es offensichtlich übernommen, die daddyförmige Lücke auszufüllen, die Vic hinterlassen hatte, als der anderswo den Versager spielte. Unwillkürlich fragte ich mich, ob Vic, wenn er noch leben würde, eine Chance hätte, in Hanks ansehnliche Fußstapfen zu treten.

»Werd nicht sauer, wenn ich's sage«, sagte Cody in einem jähen Themawechsel, »aber ich hab dich online in 'n paar Videos gesehen. Dich und meinen Dad zuerst, weil ich versucht hab, was über ihn rauszufinden, aber dann hab ich dich auch mit 'n paar anderen Typen gesehen. Die mit meinem Dad drin konnt ich mir nicht anschauen. Obwohl ich ihn nie richtig gekannt hab, war das … ich weiß nicht. Einfach nicht recht. Aber du? Du warst fantastisch.«

»Danke«, sagte ich mit einem leichten Lächeln und blickte aus dem Fenster.

»Du warst seine Freundin, hm?«, fragte Cody. »Von meinem Dad, meine ich. Du weißt schon, ehe …«

»Das ist lange her.«

»Wie war er so?«

Mann, schwierige Frage. Hundert lebhafte, schmerzliche Erinnerungen schienen über mich hereinzubrechen, von denen keine geeignet war, mit Vics jugendlichem Sohn geteilt zu werden.

Ich erinnerte mich an unsere erste gemeinsame Szene, in der Vic mir die unerhörtesten, komischsten Sachen ins Ohr flüsterte und mich zum Durchdrehen brachte, während ich ganz sexy und ernst bleiben wollte. Ich erinnerte mich an unser erstes Mal ohne Kamera, wo wir uns leise und gemächlich endlos küssten, so eng umschlungen, dass zwischen uns kein Platz für einen Shooter blieb. Ich erinnerte mich an Vic, als er früh um halb fünf total ausrastete und auf meinem Rasen herumbrüllte und alle Nachbarn aufweckte. Ich erinnerte mich an Vic, als er völlig erledigt war und weniger wog als ich und wie eine leere, ausgelutschte Hülle dessen aussah, was er mal gewesen war.

Ich hatte keine Lust darüber zu reden, wie Vic fickte, so wie Cody und Hank darüber geredet hatten, wie sie kämpften. Und ich hatte keine Lust, nur darüber zu reden, wie Vic alles versaut hatte.

»Na ja, er war echt intelligent und witzig«, brachte ich schließlich heraus. »Er brachte immer alle zum Lachen und hat sich nie bierernst genommen. Für seine Freunde hätte er alles getan.« Ich schaute in den weiten Himmel hinauf. »Ursprünglich kam er wie ich aus Chicago und hatte deshalb nicht diese falsche, oberflächliche L. A.-Mentalität, wie sie in der Branche so verbreitet ist.«

»Meine Mom hasste ihn«, sagte Cody leise. »Sie wollte nie, dass ich ihn kennenlerne.«

Ich nickte und schwieg. Wir fuhren weiter.

»Da ist das Revier«, sagte Cody und hielt gegenüber einem schmalen modernen Bau an, vor dem dekorative Wüstenpflanzen wuchsen. »Ich hüpf hier raus, und du kannst Hanks Truck nehmen und ihn am Greyhound-Parkplatz abstellen. Das sind nur ein paar Straßen die 1st runter.« Er zeigte durch die mit Insekten verschmierte Windschutzscheibe. »Bieg an 17th Place nach links ab. Es heißt 17th *Place*, nicht 17th Street. Lass den Schlüssel unter der Matte liegen, ich hol den Truck dann später ab. Das Scheißteil klaut bestimmt keiner.«

»Stimmt«, meinte ich, konnte aber nichts weiter sagen, denn auf einmal wollte ich ihn nicht mehr gehen lassen.

Nicht dass ich einen genialen Gegenvorschlag gehabt hätte oder einen besseren Plan oder so. Ich hatte einfach nur das Gefühl, er sei meine letzte Verbindung zu Vic und meinem früheren Leben.

»Vergiss nicht, mich in *All American Fighter* anzugucken!«, sagte er.

Ich konnte nicht sagen, ob dieser ungebrochene jugendliche Optimismus angesichts all des Chaos und der Morde tapfer war oder bescheuert oder vielleicht ein bisschen von beidem.

»Tu ich nicht«, sagte ich.

Er beugte sich herüber und schlang zu einer stürmischen, atemberaubend engen Umarmung die Arme um mich. Ich selbst hatte es mit Umarmungen nie so gehabt. Ich habe schon millionenmal gehört, ich hätte Probleme mit Nähe, und ich schätze, da ist wahrscheinlich was dran. Das ist eine der wenigen Sachen, bei denen meine verklemmte Seelenklempnerin Lindsey tatsächlich richtig lag. Ehrlich gesagt, wäre es mir bedeutend leichtergefallen, Cody einen zu blasen.

Schließlich ließ er mich los und stieg aus. Ich rutschte rüber auf den Fahrersitz und sah zu, wie er ohne zu gucken die Straße überquerte und eine alte Mexikanerin in einem Corolla dazu brachte, ihn im Vorbeifahren auf Spanisch zu beschimpfen.

Ich hätte erleichtert sein sollen, aber ich konnte das Gefühl übelkeiterregender Bedrohung nicht abschütteln. Ich hatte mir die letzten neun Tage bei Duncan sehr viel Mühe gegeben, nicht an meine eigene Lage zu denken. Duncan war ein Typ, der keine Fragen stellte, und ich hätte sowieso keine richtigen Antworten gehabt. Ich wusste, dass ich mir irgendwann einen realistischen Plan für die langfristige Zukunft ausdenken musste, aber ich war so durch den Wind, emotional so ausgelaugt und abgestumpft und innerlich leer, dass ich eigentlich nicht an einen guten Ausgang glauben konnte. Mein Plan, allem zu entkommen und irgendwo im Ausland, wo es warm und schön war, neu anzufangen, erschien jetzt mit einem Mal genauso kindisch und fantastisch wie damals, als ein alter Freund mir das in der Nacht, in der er starb, vorgeschlagen hatte. Noch mehr sogar.

Von allen genialen Plänen, die ich geschmiedet haben mochte, stand allerdings der, vor einem Polizeirevier rumzuhängen und Aufmerksamkeit zu erregen, ganz unten auf der Liste. Wenn die Typen, die hinter mir her waren, mich im Zeugenschutz aufspüren konnten, dann hatten sie eindeutig starke und mächtige Beziehungen zum Polizeiapparat und konnten mich in derselben Sekunde finden, in der ich als der noch so winzigste Punkt im System aufleuchtete. Besser war es, in Bewegung zu bleiben, den Kopf einzuziehen und nicht auf dem Radar zu erscheinen. Vics Junge würde selbst untergehen oder schwimmen müssen.

Ich wollte gerade losfahren, als Lovells Gecko und sein massiger Indianerkumpel aus einem staubigen Range Rover stiegen und auf die Tür zum Polizeirevier losmarschierten.

8

Als ich damals die vertraute kroatische Stimme in Lindseys Praxis gehört hatte, war das schrecklich und beängstigend, aber auf seltsame Weise war es genau das, was ich brauchte. Als rückte alles scharf und deutlich in den Blick. Ich konnte wieder atmen. Ich hatte dieses falsche Leben geführt, versucht, diese falsche Person zu sein, die es nie gegeben hatte, und dann, in diesem Augenblick, fand ich wieder zu meinem wahren Ich.

Als ich wegfuhr von Lindseys Praxis, dieser unmöglichen Stimme und all dem Schrecklichen, das in der Praxis vorgehen mochte, ging ich im Kopf eine Checkliste durch. Das Auto war aufgetankt, da ich den Tank nie mehr als halbleer werden ließ. Im Kofferraum lag noch die Schaufel. Auf dem Beifahrersitz eine Sporttasche mit Sachen zum Umziehen. Fast ein Tausender in der schmalen Gürteltasche, die ich immer trug, sogar beim Schlafen. Die Sachen in meiner Wohnung waren unwichtig. Kulissen für eine bescheuerte Sitcom, die wegen schlechter Einschaltquoten abgesetzt worden war. Aber ich hatte andere Dinge, Dinge, die wichtig waren. Ich hatte Lindsey nicht von diesen Dingen erzählt, denn dann hätte sie gesagt, ich sei paranoid und könne mich nicht von der Vergangenheit lösen.

In einem heruntergekommenen Gewerbegebiet in der Nähe der Bahngleise lag eine verlassene Tankstelle. Die Werkstatt war abgerissen worden, und übrig geblieben waren nur die verrosteten Tanksäulen, ein paar Brocken Zement und jede Menge Dreck und Unkraut. Von dem Gebäude war nicht mehr genug übrig, um gelangweilte Jugendliche aus der Nachbarschaft anzulocken, die nach einem Ort suchten, wo sie ihre Möchtegern-Gang-Graffiti üben, Bier trinken oder sich schwängern lassen konnten. Es war wie geschaffen für mich.

Ich fuhr zweimal dran vorbei, um sicherzugehen, dass ich nicht verfolgt wurde, bog dann ein und öffnete den Kofferraum, um die Schaufel herauszuholen. Es war heller Tag, und die Sonne wirkte wie ein Spotlight, aber es war niemand in der Nähe. Ein Auto fuhr vorbei, ohne das Tempo zu drosseln, dann ein Holztransporter. Ich wartete noch eine Weile, dann ging ich zurück zu einer verrosteten Karosserie, die von Unkraut fast überwuchert war.

Stechmücken schwirrten um meinen Kopf, und der Duft von zertretenen Stängeln unter meinen Füßen war viel zu sommerlich und harmlos für die ernste Lage, in der ich mich befand. An der Karosserie angekommen, machte ich fünf Schritte von der Spitze zu der Stelle, wo der Motor hätte sein müssen, und fing an zu graben.

Die kleine Kiste aus Militärbeständen, die ich ausgrub, lag seit über einem Jahr da. Sie war schmutzig, aber ansonsten unversehrt. Niemand außer einem Gewimmel aufgescheuchter Mistkäfer sah, wie ich sie aus dem Loch zog, das ich gegraben hatte.

In der Kiste, die dich zurückließ, befand sich ein kleiner Rucksack. Er enthielt Bargeld, etwa vier Tausender, Ersatzklamotten und Laufschuhe, eine Sig P232, zweihundert Schuss und einen ziemlich anständig gefälschten Ausweis von New Hampshire, in dem stand, mein Name laute Jennifer Tate.

Ich legte den Rucksack in den Kofferraum und fuhr ein paar Stunden die 95 entlang. Nachdem ich die Staatsgrenze überquert hatte, hielt ich an einem Schnellrestaurant. Ich wartete, bis sich ein junges Pärchen in sein Auto setzte und wegfuhr, bevor ich ausstieg und den Parkplatz checkte. Jede Menge Autos, aber keine Menschenseele. Ich nahm den Rucksack und die Sporttasche, ließ die Schaufel aber im Kofferraum. Ich tat es nur ungern, aber ich wusste, dass ich das Auto loswerden musste, da es auf Lena Morrow zugelassen war, meinen inzwischen eindeutig unbrauchbaren Zeugenschutznamen.

Ich ging in das Restaurant und schaute mir eine ganze Weile die Gäste an. Ich suchte nach einzelnen Männern und machte drei aus, die vielversprechend aussahen. Nummer eins war ein hochgewachsener, schlaksiger älterer Mann mit Glatze und dem Gesicht eines müden Jagdhunds, der am Tresen saß und in die Reste seiner Mahlzeit starrte. Nummer zwei ein hübscher junger Latino mit halblangen Haaren, der den Blick nicht von meinen Titten reißen konnte. Nummer drei war ein braun gebrannter Hinterwäldler mit einer Baseballmütze und einem Goldkreuz um den Hals.

Der Hinterwäldler war anscheinend religiös, was bedeutete, dass er geil war und wahrscheinlich zu Hause nicht rangelassen wurde. Kleinigkeit, ihn zur Sünde zu verführen, aber möglicherweise ging er auch zu weit und entpuppte sich als Serienkiller. Der Latinotyp sah aus, als würde er meiner Möse überallhin folgen, disqualifizierte sich aber, als eine angesäuerte Freundin von der Toilette zurückkam und ihn dabei erwischte, wie er mich beäugte. Blieb also Nummer eins, der mir von Anfang an als der Beste erschienen war. Er hatte die ausgebrannte, ermattete Körpersprache eines Mannes auf einer langen, öden Fahrt, und ich dachte mir, er würde sich über Gesellschaft freuen. Ich lag richtig.

Er hieß Jim Falmworth und besaß eine kleine Firma, die einen Apparat zur Stimulierung verletzter Muskeln mittels elektrischer Impulse unterschiedlicher Stärke und Intervalle herstellte. Er war auf der Fahrt entlang der Ostküste, um die Praxen von Chiropraktikern und Physiotherapeuten aufzusuchen und ihnen die neue, verbesserte Version des Apparats zu verkaufen. Er stand auf Analsex, aber seine Frau machte da nicht mit. Ich schon. Ich fuhr mit Jim den ganzen Weg bis South Carolina.

9

Wenn ich für jedes Mal, wenn ich dachte, ich solle besser abhauen, es aber nicht tat, ein Zehncentstück bekäme, könnte ich mir meinen Traum von einer Südseeinsel erfüllen. Überflüssig zu sagen, dass ich nicht wegfuhr. Ich blieb und wartete schwitzend auf dem Fahrersitz. Ich versuchte mir einzureden, die beiden Männer seien aus irgendeinem anderen Grund hier, der nichts mit Cody zu tun hätte, aber insgeheim wusste ich, dass es töricht gewesen war, darauf zu vertrauen, die Behörden könnten alles richten. Wer, wenn nicht ich, hätte das besser wissen sollen?

Minuten später bestätigten sich meine Ängste, als die beiden Männer mit einem bleichen, verängstigten Cody in ihrer Mitte wieder herauskamen. Sie steckten ihn so schnell hinten in den Rover, dass keine Zeit zum Nachdenken blieb, was ich tun sollte. Sie fuhren los, und da mir nichts Besseres einfiel, folgte ich ihnen.

Nicht dass ich irgendeinen Schimmer hatte, was ich tun würde, wenn ich sie einholte. Ich hatte mir nur in den Kopf gesetzt, dass ich nicht zulassen konnte, dass sie Cody verschwinden ließen. Sie flitzten auf der 95 in südlicher Richtung, wo der Verkehr so dünn war, dass ich fürchtete, entdeckt zu werden. Die Landschaft war überwiegend ödes Farmland. Wir kamen an dem Kikima Casino vorbei, das Cody erwähnt hatte, ein niedriges, glänzendes Gebäude mit dem ausgelutschten, schäbigen Glamour einer Nutte am frühen Morgen. Ich fing schon an, mir Sorgen zu machen, sie wollten die Grenze überschreiten, als sie mit einem Mal das Tempo drosselten und in die Auffahrt eines von mehreren großen Anwesen einbogen. Große, aber geschmack- und einfallslose Wohnhäuser, die direkt am Highway hingestellt worden waren, obwohl es dahinter hektarweise freies Land gab. Dasjenige, das sie betraten, war bei weitem das größte der Gruppe und auch das schreiend geschmackloseste. Ein automatisches, mit fauchenden Löwen geschmücktes Eisentor öffnete sich und schloss sich hinter dem Rover. Mir blieb nichts übrig, als weiterzufahren.

Als ich das Gefühl hatte, ich könne umdrehen, ohne zu viel Aufmerksamkeit zu erregen, fuhr ich wieder zurück, um es mir noch mal anzuschauen. Da ich in der Nähe nirgends parken konnte, ohne deutlich gesehen zu werden, fuhr ich lediglich langsam an dem Anwesen vorbei und versuchte, mir jede Einzelheit einzuprägen. Cody und die beiden Männer waren schon drinnen.

Im Vorgarten war ein Springbrunnen, der nackte griechische Nymphen darstellte, die knallbunt angemalt waren. Pfirsich-orangefarbene Haut, kanariengelbes Haar und knallrote Brustwarzen. War das Lovells Haus? Soweit ich sehen konnte, schien es nirgends eine Hausnummer zu geben, ganz zu schweigen von etwas so Praktischem wie einem Namen auf einem Briefkasten.

Da ich nicht das Gefühl hatte, ich könnte noch mal umdrehen, fuhr ich einfach weiter.

Es kostete mich einige Mühe, aber schließlich fand ich den Weg zurück zu Hanks Kampfsportschule. Durch die Fenster konnte ich sehen, wie er eine Art Abrollen vorführte, ein Drehmanöver, das ganz ähnlich aussah wie das, mit dem Cody in dem Diner dem Schützen den Arm gebrochen hatte. Die Schüler, eine gemischtgeschlechtliche Gruppe im Alter zwischen sechs und zehn, teilten sich danach in Paare auf und übten sich darin, übereinanderzurollen und sich gegenseitig die Arme langzuziehen. Hank ging um die Matte herum und korrigierte hier und da die Technik. Er bemerkte mich nicht.

Ich stellte den Motor des Trucks ab und stieg aus. Es war schon heiß, aber ich spürte eine kalte Spirale aus Furcht in meinem Bauch, die mich erschauern ließ, als ich zur Tür der Schule ging. Auf dem Schild darüber stand in abblätternden roten Buchstaben »Richland MMA Academy«. Dasselbe hässliche Logo wie auf dem T-Shirt, in dem ich in der Nacht zuvor geschlafen hatte. Darunter aggressiv spitze schwarze Buchstaben, die aussahen wie in einem Highschoolkurs entworfen, sie forderten mich auf, meinem Kriegergeist freien Lauf zu lassen. Ich trat ein.

Ganz vorn war ein kleiner Empfangsbereich. Ein Schreibtisch, an dem niemand saß. Ein Schuhgestell, über dem auf einem Schild handschriftlich stand: »KEINE Schuhe auf der Matte. KEINE AUSNAHMEN«. Auf der einen Seite befanden sich zwei Türen, die mit »Männer« und »Frauen« gekennzeichnet waren. Dazwischen wurden in einem Glaskasten Handschuhe, Verbände und Schutzpolster zum Kauf angeboten, zusammen mit verstaubten Exemplaren einer billig gebundenen Autobiografie des namengebenden AAFC-Champions Steve Richland. Über dem Kasten hingen ein Haufen gerahmter Fotos sowie Regale mit Pokalen, die alle Richland und seiner Frau, der AWKA-Muy-Thai-Meisterin Truly Richland, gewidmet waren.

Der Mann war gut aussehend, hatte ein markantes Kinn und war anscheinend tot. In der Mitte der ganzen Fotos hing ein großes kitschiges Gemälde von Richland, der fingerlose Handschuhe und einen Meisterschaftsgürtel trug. Hinter ihm schwebte lauernd ein asiatischer Drache mit einem seltsam lüsternen Blick auf dem langen Hundegesicht, und darunter standen sein Name und offenbar sein Geburts- und Todestag. Letzterer lag fünf Jahre zurück.

Die Frau sah aus, als müsste sie in der Pornobranche arbeiten. Knallrotes Miss-America-Haar. Fette falsche Titten. Collagengepolstertes Fischmaul. Eine winzige, chirurgisch verkleinerte Stupsnase. Sie hatte einen makellosen, topfitten Körper und einen atemberaubenden Hintern, der aussah, als könne man Walnüsse damit knacken. Auf den meisten Fotos war sie im Tanga, nur nicht auf den Kampffotos, wo sie weite pinkfarbene Satinshorts und einen Sport-BH trug. Außerdem gab es ein Foto der trauernden Witwe am Grab in einem billigen, geschmacklosen Kostüm, das viel zu viel von ihren Plastiktitten sehen ließ.

»He, Sie da«, sagte eine weibliche Stimme hinter mir. »Sind Sie eine von den Müttern?«

Ich drehte mich um und stand der lebensechten Truly Richland gegenüber. Die Bilder waren eindeutig stark mit Photoshop überarbeitet worden, aber der Body unter ihrem Richland-MMA-Academy-Unterhemd und den winzigen Shorts war immer noch erstaunlich. Sie war in meinem Alter oder vielleicht ein bisschen älter und hatte ein mürbes, gezwungenes Lächeln. Ihre Südstaatenstimme war klebrig. Aus der Nähe wirkte ihre Nase abstoßend. Ich war froh, dass ich meine nie hatte richten lassen.

»Ich bin …« Mit einem Mal unsicher, was ich sagen sollte, stotterte ich. Ich beschloss, mal auf den Busch zu klopfen, was Cody betraf. »Ich suche Cody Noon. Haben Sie ihn gesehen?«

Ich war gefasst auf etwas Negatives in Bezug auf die Schwierigkeiten, in denen Cody anscheinend steckte, aber die jähe Napalmflamme der Eifersucht in ihren Augen überraschte mich. Sie hätte die Tatsache, dass sie mit ihm fickte, nicht deutlicher zum Ausdruck bringen können, wenn sie mir ein Video gezeigt hätte.

»Woher kennen Sie Cody?«, fragte sie mit einem Blick, als wollte sie mir gleich eine knallen.

Ich ruderte zurück und versuchte, mir rasch etwas Harmloses auszudenken. Hinter mir stolperten zwei Jugendliche durch die Tür und ließen sich geräuschvoll auf die Bank neben dem Schuhgestell plumpsen. Sie alberten herum und kicherten und schrieben einhändig SMS, während sie ihre Sneakers auszogen.

»Ich bin die Freundin von seinem Vater«, sagte ich. Ich fragte mich, ob sie wohl von der Schießerei im Diner gehört hatte, ob Vics Leiche schon gefunden worden war. »Sein Vater hat sich Sorgen gemacht, sagte, er könnte in Schwierigkeiten stecken. Haben Sie irgendwas gehört?«

Sie nickte, einen Moment lang sichtlich erleichtert, bevor es ihr gelang, einen passenderen besorgten Lehrerinnenblick aufzusetzen.

»Ich weiß nicht«, sagte sie. »Aber ich habe Gerüchte gehört. Natürlich rate ich meinen Schülern strikt davon ab, an ungenehmigten Kämpfen irgendwelcher Art teilzunehmen, aber Sie wissen ja, Jungs sind nun mal Jungs.«

In diesem Augenblick klingelte das Telefon auf dem Schreibtisch.

»Würden Sie mich bitte entschuldigen?«, fragte Truly.

Ich nickte, und sie drehte sich um und nahm ab.

Während sie sich in einer eingehenden Erläuterung der Mitgliedsbeiträge erging, ließ sich einer der beiden barfüßigen Jugendlichen hören.

»Der ist am Arsch.«

Ich wandte mich zu den Jungs auf der Bank. Der eine, der gesprochen hatte, sah ein bisschen älter aus als sein Freund. Er war Latino, vielleicht auch Indianer, mit Cornrows-Frisur und schlechter Haut. Sein Freund war ein braun gebrannter Flachsblonder mit bescheuert nach einer Seite gekämmten Haaren und einer unterwürfigen Beta-Männchen-Körpersprache.

»Wir bitte?« Ich trat einen Schritt näher.

»Cody«, sagte der ältere Junge. »Der ist am Arsch.«

»Wie kommst du darauf?«, fragte ich.

»Hey, Mann«, sagte der Flachsblonde, der mich beäugte, als könnte ich beißen, aus dem Mundwinkel. »Die könnte 'n Cop sein.«

»Na klar«, antwortete der ältere Junge mit einem spöttischen Schnauben. »Die ist kein Cop.«

»Woher willst du das wissen?«

»Weil ich's weiß, *puto*.« Er boxte dem Flachsblonden gegen den Arm. »Sind Sie nicht«, sagte er zu mir. »Stimmt's?«

»Stimmt«, antwortete ich. »Ich bin nur eine Freundin.«

Der ältere Junge stand auf.

»Okay, kommen Sie mit«, sagte er. »Aber ziehen Sie die Schuhe aus.«

Ich zog die Schuhe aus, stellte sie auf das Gestell und folgte den beiden Jungs in einen kleinen Raum mit Gewichten an der Seite der großen blauen Matten, die den größten Teil der langen, offenen Fläche einnahmen. Hank war immer noch damit beschäftigt, den kleinen Kindern zu zeigen, wie man einander die Knochen bricht. An der Rückwand hing eine große Uhr, die 9:45 zeigte.

»Wann ist der Unterricht zu Ende?«, fragte ich.

»Um zehn«, sagte der ältere Junge. »Wieso?«

»Ich muss mit Hank sprechen. Es ist wichtig.«

Der Junge nickte und führte mich zu einer Reihe von Spinden auf der anderen Seite des Gewichteraums. Mir fiel ein schwarzer Kunststoffdummy in Menschengestalt ins Auge, der wacklig an der Wand neben dem Gewichtegestell lehnte. Jemand hatte ihm ein pinkfarbenes Spitzenhöschen über die steifen, zylindrischen Beine geschoben. Das glatte, leere Gesicht schien uns zu beobachten.

»Also … Mr. Lovell organisiert Kämpfe unten in San Luis, hinter der Grenze. Und die Jungs, die da kämpfen, so wie Cody, na ja, Mr. Lovell lässt sie Zeug mit nach Hause bringen. Bodybuilding-Mittel, die man in den Staaten nicht kriegt.«

»Mittel?«, sagte ich. »Du meinst so was wie Steroide?«

»Vitamine mein ich nicht«, sagte er.

Dem kleinen Blonden schien das Gesprächsthema zunehmend unbehaglich zu werden. Er schwenkte langsam ab und fing an, mit bloßen Fäusten auf den schweren Sack einzuschlagen.

»Nimmt Cody Steroide?«, fragte ich. Ich wusste nicht genau, wieso mich das überhaupt scherte, hoffte aber, die Antwort wäre nein.

»Nee«, sagte er. »Der ist total von AAFC besessen. Und die machen Tests.«

»Okay, aber was sind dann die Schwierigkeiten, in denen er steckt?«, fragte ich. »Was haben die mit Steroiden zu tun?«

»Na ja, die packen die Scheiße in Dosen mit Proteinpulver, und man soll die Dosen im Spind liegen lassen, wenn man über die Grenze gekommen ist. Mr. Lovell schickt seine Jungs, die sie am nächsten Morgen abholen und einen Umschlag mit Kohle dalassen. Und es war so, dass Codys Lieferung zu leicht war, als sie sie abholen wollten.«

»Du hast doch gesagt, er nimmt keine Steroide«, sagte ich stirnrunzelnd mit einem Blick auf die Wand aus verbeulten Spinden.

»Tut er auch nicht«, sagte der Junge und verdrehte die Augen, als sei ich die dümmste Schlampe, die er je getroffen hätte. »Aber er nimmt das Geld.«

Allmächtiger. Das Motorrad. Die teuren Klamotten. Seine Schulden. Aber wieso beklaute er Lovell, um sie zu begleichen? Es sei denn, Cody hatte überhaupt nicht vor, Lovell etwas zurückzuzahlen. Vielleicht dachte er, er sei sicher, sobald er ins Fernsehen kam. Das war jetzt nicht rauszukriegen. Vielleicht überhaupt nie mehr, wenn Lovell beschloss, es sei am besten, Cody draußen in der Wüste zu verscharren. Vielleicht hatte er's ja schon getan, und das alles hier spielte gar keine Rolle mehr.

Ich schaute auf die Uhr. Es war zehn. Der Kinderkurs war zu Ende, und Hank stand blinzelnd und in Gedanken versunken allein am Mattenrand.

Ich bedankte mich bei dem Jungen mit der Cornrows-Frisur für die Infos und ging rüber zu Hank. Als er meine nackten Füße auf der Matte hörte, hob er den Kopf und strahlte mich mit seinem breiten, jungenhaften Grinsen an. Er schien nicht im Mindesten erstaunt zu sein, mich zu sehen.

»Wir müssen uns unterhalten«, sagte ich.

Sein Lächeln erstarb ein bisschen.

»Na schön, okay«, sagte er.

»Nicht hier.« Ich schaute mich um. Teenager und Anfangzwanziger drängten herein, während gehetzte Eltern die jüngeren Kinder zusammentrieben und durch die Eingangstür führten. »Irgendwo, wo wir allein sind.«

»Okay«, sagte er, nahm mich am Arm und führte mich in ein kleines Büro hinter dem Gewichteraum. »Aber machen Sie's kurz. Ich hab gleich wieder Unterricht.«

Auch das Büro schmückten gerahmte Fotos und Pokale, diese jedoch zeugten von der illustren kämpferischen Laufbahn eines gewissen Hank »The Hammer« Hammond. Obwohl ich besorgt und durcheinander war, fiel mir unwillkürlich auf, dass das jüngste Foto mit 2002 datiert war.

»Lovell hat Cody erwischt«, sagte ich, sobald die Tür sich hinter uns geschlossen hatte.

»Gott …«, setzte er an, schluckte den Fluch aber hinunter, ehe er ausgesprochen war, »… segne Amerika.« Er fuhr sich mit der Hand über die Augen. »Was ist passiert?«

Ich erzählte ihm alles, was ich gesehen hatte, und ergänzte es um das, was der Junge mit der Cornrows-Frisur gesagt hatte.

»Lovell bringt ihn nicht um«, sagte Hank. »Jedenfalls jetzt noch nicht.«

»Was macht Sie da so sicher?«, fragte ich.

»Weil er was haben will für sein Geld. Wenn Cody tot ist, kann er nicht mehr kämpfen, und wenn er nicht mehr kämpfen kann, kann er nicht verlieren und ersetzen, was Lovell letzte Woche seinetwegen verloren hat.«

Ich nickte und versuchte, mich zu konzentrieren, um mir einen genialen Plan einfallen zu lassen, der Cody das Leben retten würde, aber mein Blick fiel immer wieder auf das große Foto eines nicht gerade schönen, aber jüngeren, weniger verbeulten Hank, mit erhobenen Fäusten in Handschuhen, in winzigen schwarzen Shorts und sonst nichts. Ich war alles andere als genial.

»Und was machen wir jetzt?«, fragte ich.

»Na ja«, sagte er, und brach mit finsterem Blick ab. »Wie war noch mal Ihr Name?«

Ich schaute ihm in die hellen Augen, um zu sehen, ob er

einen Witz machte. Er machte keinen. Langsam drängte sich mir der Gedanke auf, er habe vielleicht ein paar Schläge zu viel auf die Birne bekommen.

»Angel«, sagte ich.

»Okay, Angel, ich denk mir das so. Wir haben Zeit bis mindestens neun Uhr heute Abend, es hat also keinen Zweck, schon jetzt die Pferde scheu zu machen. Ich stehe heute Abend auch auf dem Programm, und wenn ich hier für heute fertig bin, machen wir uns einfach auf den Weg nach San Luis, als wäre alles normal. Natürlich müssen Sie fahren, da ich ja nicht mehr darf wegen meiner Migräne.«

»Ich hab eigentlich gar keinen Führerschein«, sagte ich. »Genau genommen hab ich überhaupt keinen Ausweis, ich komm also auf keinen Fall über die Grenze.«

Hank schüttelte lächelnd den großen Kopf.

»Wir sind schon zwei«, sagte er. »Wieso haben sie ihn Ihnen weggenommen?«

»Das ist 'ne lange Geschichte«, sagte ich.

»Na ja, dann können Sie sie mir ja auf dem Weg nach San Luis erzählen«, sagte er.

»Ich hab Ihnen grade gesagt, dass das nicht geht«, erwiderte ich.

»Klar geht das«, sagte Hank. »Ich kenne alle Grenzkontrolleure, und die achten 'nen Scheiß auf 'nen Amerikaner, der raus will. Schon gar nicht auf so schöne Amerikanerinnen wie Sie. Mit dem Zurückkommen ist das was anderes, aber das können wir uns überlegen, wenn's so weit ist.«

»Das kann ich einfach nicht riskieren«, sagte ich. Ich wusste, wie ernst Grenzüberschreitungen bei der weltweiten Terroristenhysterie inzwischen genommen wurden. Genau das war ja der Grund, weshalb ich alles daran gesetzt hatte, einen neuen Pass zu ergattern, der einzige Grund, weshalb ich überhaupt mit Duncan zusammen gewesen war. Und ich war so nahe dran gewesen, ehe das alles losging.

»Hören Sie zu«, sagte Hank. »Wir reden darüber, wenn ich mit dem Unterricht fertig bin. Inzwischen können Sie sich gerne hier aufhalten. Sie können trainieren, die Gewichte benutzen oder die Sandsäcke bearbeiten. Wenn Sie Lust haben, können Sie sogar Unterricht bei mir nehmen. Die erste Stunde ist umsonst.«

»Ich hab noch nie …« Ich schaute wieder zu der Fotowand, und mein Blick fiel auf eine Aufnahme von Hank im Ring mit blutüberströmtem Gesicht, während ein japanischer Kampfrichter seine Hand hob. »Ich meine, ich hab 'n bisschen Kickboxen gemacht, zur Fitness. Aber so was noch nie.«

»Der nächste Kurs, der drankommt, ist wahrscheinlich ein bisschen zu fortgeschritten für Sie«, sagte er. »Aber der nach dem Mittagessen ist für Anfänger. Sie brauchen nur vorne 'nen Zettel zu unterschreiben, dass es nicht an mir liegt, wenn Sie tot umfallen.«

Ich grinste.

»Wenn ich sterbe, dann müssen Sie mir versprechen, alles zu tun, um Cody zu retten«, sagte ich.

»Darauf können Sie sich verlassen«, antwortete Hank. »Der Junge ist wie mein eigener. Den lass ich nicht im Stich.«

10

Die folgende Stunde vertrieb ich mir in Richlands MMA-Academy mit Seilhüpfen und Gewichtestemmen. Ich trieb mich bis zur Grenze meiner Leistungsfähigkeit und versuchte, nicht an Cody zu denken. Es gab nichts, was ich an der Lage ändern konnte. Entweder Hank hatte recht und Lovell würde Cody vor dem Kampf nichts antun, oder er lag falsch und es war schon zu spät.

Aber zumindest konnte ich mir überlegen, wie ich an den Pass kommen sollte, den Duncan mir versprochen hatte.

Ich hatte Duncan Schenck am Ende einer Reihe ungewaschener, wild blickender Crackjunkies, Überlebenskünstler und anderer ausgesuchter Nichtbürger kennengelernt, die außerhalb des üblichen Schemas auf unterschiedlichen Stufen verzögerter sexueller Entwicklung und persönlicher Hygiene lebten. Die meisten waren entweder echt total durchgeknallt oder voll mit Scheiße, ewige Jugendliche, die ihre jeweiligen spätachtziger, post-apokalyptischen Kinofantasien auslebten. Ich bin sicher, es gibt eine Million schlauerer, schnellerer, besserer Methoden, sich einen falschen Ausweis zu beschaffen, aber ich wette, dass die meisten davon viel mehr Geld kosten, als ich zusammenkratzen könnte, wenn ich ein ganzes Jahr lang Brummifahrern einen bliese.

Der Typ, der mir den Tipp mit Duncan gegeben hatte, war fett und ätzend und hatte hinter seiner colaflaschendicken Brille ein erstaunlich hübsches Gesicht. Seinen Namen hatte er mir nicht nennen wollen, aber er sagte so viel, dass mir vielleicht ein gewisser Schenck helfen könnte. Soweit er verstanden hätte, hatte dieser Schenck-Typ Beziehungen, würde aber nur Frauen helfen. Schönen Frauen. Hörte sich an, als wäre er genau der Richtige für mich.

Kurz vor Ladenschluss kreuzte ich in dem einzigen Kleid, das ich noch besaß, in Duncan's Diner auf. Zum ersten Mal seit über einer Woche hatte ich Lippenstift aufgelegt. Ich saß am Tresen und trank Kaffee und flirtete mit ihm durch den Durchgang, und als es Mitternacht war, fragte er mich, ob ich wüsste, wohin ich gehen sollte, und ich klimperte mit den Wimpern und gestand ihm unter Tränen, dass ich pleite sei und allein und nur Kaffee trinken würde, weil ich nicht genug Geld für Essen hätte. Er machte mir ein Steak und erzählte, dass sein kleines Wohnmobil draußen zwar nicht viel hermache, aber ziemlich gemütlich sei.

Nachdem ich für mein Steak bezahlt hatte, lagen wir in seinem schmalen Bett, und ich erzählte ihm die Geschichte, die ich mir über einen gewalttätigen Freund ausgedacht hatte, der Cop war, und dass ich verschwinden, die Staaten verlassen müsse. Duncan unterbrach mich, er brauche die blutigen Details nicht zu wissen. Ihm genüge, dass ich verschwinden müsse. Er würde mir helfen, ohne Fragen zu stellen. Natürlich sei ihm klar, dass ich nicht das Geld hatte, um mir eine völlig neue Identität inklusive einwandfreiem Pass mit getürkten lückenlosen Visa zuzulegen. Aber darüber solle ich mir nicht meinen hübschen kleinen Kopf zerbrechen, denn obwohl das normalerweise an die zehntausend Dollar kostete, Onkel Duncan hatte Beziehungen. Onkel Duncan würde sich um alles kümmern, solange ich mich weiter um ihn kümmern würde. Er sagte, eine Frau wie ich brauche sowieso kein Geld, aber dass er mir gerne einen Kellnerinnenjob, schwarz natürlich, besorgen würde, für ein bisschen was nebenbei, um mir ein paar schöne Klamotten zu kaufen, während ich auf den falschen Pass wartete. Ich erzählte ihm nichts von den ungefähr drei Riesen, die noch in meiner Gürteltasche steckten.

Er sorgte dafür, dass ein hübscher junger Latino rüberkam und mich fotografierte, aber sonst traf ich niemanden, der mit der Sache zu tun hatte. Duncan behauptete, seine Beziehungen, das seien böse, gefährliche Männer, und er wolle mich nicht in ihrer Nähe haben. Zu meiner eigenen Sicherheit natürlich. Er hatte tatsächlich Tag für Tag einen ziemlich stetigen Strom zwielichtiger und zweifelhaft wirkender Besucher. Aber als er schließlich anfing, mir zu vertrauen und mich mit in den Bunker unter seinem Wohnmobil nahm, um mir seine »Babys« zu zeigen, wurde mir klar, das diese Besucher nichts mit gefälschten Ausweisen zu tun hatten.

Ich hatte bereits erwähnt, dass Duncan ein Waffennarr war, aber nicht, dass er sich für eine bestimmte Sorte von Feuerwaffen besonders begeisterte, deren Privatbesitz vom Staat Arizona sehr ungern gesehen wird. Ich erwähnte außerdem nicht, dass er diese Begeisterung gegen unanständig hohe Einkünfte unter dem Ladentisch mit Sammlerkollegen aus allen Ecken des Landes teilte.

Am Abend bevor Vic auftauchte und alles den Bach runterging hatte ich Duncan, natürlich auf die girliehafteste, hilfloseste und unbedrohlichste Art, gefragt, ob mein Pass in nächster Zeit fertig sein würde. Er sagte mir, er müsse nur noch die zweite Hälfte dessen bezahlen, was er dafür schuldig sei, und dann, denke er, werde es in ein, zwei Tagen so weit sein. Das war genau das, was er mir seit fast zwei Wochen erzählte. Ich fragte mich allmählich, ob er nicht vielleicht ein Spielchen mit mir trieb, aber mir blieb nichts anderes übrig, als abzuwarten. Dann passierte diese ganze Schießerei, und ich konnte gar nichts mehr machen.

Aber dabei konnte ich es nicht belassen. Es musste einen Weg geben, an den Pass zu kommen, und während ich noch seilhüpfte, fing ich an, mir das Gerüst zu einem Plan zurechtzulegen. Um zu wissen, ob er funktionierte, musste man es ausprobieren und herausfinden, aber damit würde ich warten müssen, bis Hanks Unterricht zu Ende war. Mir blieb nur, zu schwitzen und abzuwarten.

11

Ich trug mich bei Truly für Hanks Kurs ein und übernahm offiziell die gesamte Haftung für alles, von der verstauchten Fußzehe bis zum gebrochenen Hals. Ich dachte mir, ich könne noch ein paar Tipps gebrauchen, wie man anderen Leuten wehtut.

In dem Kurs waren vor allem Jugendliche und ein paar Anfangzwanziger. Ich war eindeutig die Älteste. Es gab nur noch zwei andere Frauen. Eine war eine minderjährige blonde Zicke mit einem billigen Flittchentattoo. Die andere eine schüchterne kleine Indianerlesbe. Im Unterschied zu mir wussten die beiden, was auf sie zukam.

Also, eigentlich bin ich ja ganz gut in Form. Toll in Form, würde ich sogar sagen. Ich trainiere zwanghaft, und ich bin ziemlich stolz auf meine Ausdauer, aber ich sag Ihnen was: In den ersten zehn Minuten von Hanks »Anfängerkurs« wurde mir eine doppelte Portion Bescheidenheit eingeschenkt.

Es ging los mit Laufen im Kreis. Kinderleicht. Dann verschiedene Laufvariationen: seitwärts, Ausfallschritte, Kriechen und eine Art Entengang in der Hocke. Danach Schattenboxen, flach auf den Bauch fallen lassen und wieder aufspringen, dann Brücken, bei denen man nach hinten über den Kopf greift, während man den Bauch zur Decke drückt.

Als wir dann mit einer besonders sadistischen Übung anfingen, bei der man mit dem Rücken zur Wand saß und bis in den Stand daran »hochkletterte«, wozu man nur die Schultermuskeln benutzte, war ich dem Kotzen nahe. Die eigentlichen Handgreiflichkeiten hatten noch gar nicht angefangen, und ich war schon drauf und dran aufzugeben. Ich tat es nicht. Ich blieb dabei. Ich wollte nicht, dass Hank mich für ein Weichei hielt.

Als das Aufwärmen zu Ende war, wurde ich mit der angefressenen Minderjährigen zusammengesteckt. Sie sagte, ihr Name sei Lynette und sie komme aus Ohio, sei aber mit ihrer Großmutter nach Yuma gezogen, als ihre Eltern sich scheiden ließen. Sie sagte, sie würde sparen, um mit achtzehn nach Los Angeles zu ziehen. Ich hegte keinen Zweifel daran, dass sie in der Branche enden würde.

Wir fingen etwas zu üben an, das »die geschlossene Klammer durchbrechen« hieß. Es wirkte ganz einfach, als Hank es vorführte, aber irgendwie ging es drunter und drüber, als ich es versuchte.

»Kennst du Cody Noon?«, fragte ich Lynette aus einem Impuls heraus, während ich zwischen ihren Beinen kniete, als wollten wir eine Dildo-Nummer durchziehen.

»Na klar«, sagte sie, wobei sie die Worte zu zwei langgezogenen Silben dehnte, während sie mir die Beine um die Taille schlang. »Er war, na ja, der erste Typ im Kurs, mit dem ich's getrieben hab.« Sie beugte sich dicht zu mir und dämpfte die Stimme zu einem verschwörerischen Flüstern. »Und, du meine Güte, er hat echt den dicksten Pimmel, den ich je live gesehen hab.«

Lächelnd schüttelte ich den Kopf. Diese Eröffnung erstaunte mich nicht im Geringsten. Schlief Cody etwa mit jeder Heterofrau in Yuma? Auch das überraschte mich nicht. Ich packte Lynette am Bund ihrer Shorts, schob ihr mein Knie unter den Arsch und stocherte mit den Ellbogenspitzen zwischen ihren Oberschenkeln.

»Ich glaub, du musst zuerst noch dein anderes Knie anziehen«, sagte Lynette.

Dann war plötzlich Hank neben uns.

»Na los«, sagte er. »Versuchen Sie's noch mal.«

Ich tat wie geheißen, aber es fühlte sich immer noch nicht richtig an. Er machte Lynette Zeichen aufzustehen und kniete sich neben mir auf die Matte.

»Kommen Sie«, sagte er, legte sich mit gespreizten Beinen rückwärts auf die Matte und streckte die Hände nach mir aus. »Kommen Sie in meine Klammer.«

Ich tat, was er sagte, und er schlang mir die Beine um die Taille und zog mich in eine Art seltsam verdrehter Missionarsstellung.

Ich spürte deutlich seinen Unterleib, der sich gegen meinen Bauch presste. Er roch gut. Ich war mir ziemlich sicher, dass das nicht für mich galt.

»Sollte das nicht eigentlich andersrum gehen?«, scherzte ich, um meine Verlegenheit zu kaschieren.

»Nein«, sagte er mit ruhigem, ernstem Gesicht. »So ist es richtig.«

So viel zu meiner Schlagfertigkeit.

»Jetzt müssen Sie darauf achten, genau den Druckpunkt auf der Innenseite, direkt über dem Knie zu treffen.« Er schob seine Hand locker innen an meinem Oberschenkel abwärts. »Genau hier.«

Ich erschauerte und unterdrückte dann einen mädchenhaften Aufschrei, als er den Daumen in die weiche Stelle innen an meinem Knie drückte, worauf ein heißer Schmerz an der Innenseite meines Beins emporschoss.

»Kapiert?«, fragte er.

Ich nickte. Mein Gesicht glühte. Ihm derart nahe zu sein, machte mich ganz dumm, und ich brauchte drei weitere Versuche, bevor es mir gelang, die verfluchte Technik hinzukriegen, aber er blieb cool und saß bei mir, bis ich den Dreh raushatte.

Bei Lynette ging es viel einfacher, aber ich stellte fest, dass ich nicht aufhören konnte, Hank aus dem Augenwinkel zu beobachten. Irgendwie hoffte ich, dass er mich auch beobachtete. Wenn ja, dann erwischte ich ihn nie dabei.

Er war wirklich ein begabter Lehrer. Geduldig, aber beharrlich, aufmerksam und ermutigend gegenüber jedem Schüler und sehr, sehr ernsthaft, was das Ringen anging. Beim Unterricht war er total konzentriert. Keine Spur jener gedankenlosen Vergesslichkeit. Ich konnte sehen, wieso Cody ihn anhimmelte.

Als die Stunde um war, fühlte ich mich reif fürs Altenheim. Ich hatte versehentlich Lynettes Ellbogen abgekriegt und hatte zwar kein richtiges blaues Auge, aber einen hübschen Bluterguss gleich unter der Augenbraue. Jedes Gelenk meines Körpers tat weh, besonders meine Schultern. Meine gesamten Hauptmuskeln schmerzten, als würde ich ein Korsett aus glühendem Eisen tragen.

»Toll gemacht, Angel«, sagte Hank. »Sie lernen wirklich schnell.«

»Im Moment komm ich mir nicht sehr schnell vor«, sagte ich.

»Sie waren fürs erste Mal besser als die meisten«, sagte er. »Sie sind ein richtiges Naturtalent. Sie sind sehr stark für Ihre Größe, und Ihre Gelenkigkeit ist hervorragend, vor allem in den Hüften.«

»Da kennen Sie noch nicht mal die Hälfte von«, sagte ich.

Diesmal kapierte er es. Er wurde rot.

»Okay ...«, setzte er an, verstummte aber.

Ich weiß, es ist lächerlich, aber es ging mir gleich viel besser.

Ich duschte im Frauenraum, meine zweite Dusche des Tages. Erfreut stellte ich fest, dass es sowohl Shampoo als auch Festiger gab. Als ich trocken war, zog ich meine letzten sauberen Klamotten an. Ich frisierte mein feuchtes Haar und überprüfte mich im Spiegel, um ein Inventar dessen anzulegen, was ich zu bieten hatte. Ich war ein bisschen schwerer, als es mir lieb war, aber das zusätzliche Gewicht war gut verteilt. Es füllte meine Titten aus und ließ mein Gesicht glatter und jugendlicher wirken als früher, als ich dünner war. Und während ich mit der Diät aufgehört hatte, hatte ich mich stattdessen darauf konzentriert, stärker zu werden und meine Ausdauer zu verbessern. Das Ergebnis war, dass ich viel dicker wurde als früher. Fetter vielleicht, aber tougher. Ich sah immer noch ziemlich gut aus.

Ich merkte, dass ich, obwohl das vermutlich eine ganz, ganz schlechte Idee war, vorhatte, Hank bei der ersten sich bietenden Chance an die Wäsche zu gehen.

Dann dachte ich an Vic und Cody und was ich hier eigentlich machte und verspürte den leichten Kälteschauer eines Schuldgefühls. Ich musste aufhören, mich von meiner Möse leiten zu lassen, und mich darauf konzentrieren, Cody aus dem Schlamassel zu helfen, in dem er steckte. Alles andere musste zurückstehen.

Aber ich zog mein Unterhemd herunter, um ein bisschen mehr Ausschnitt zu zeigen. Denn, hey, es konnte ja nicht schaden, gut dabei auszusehen.

12

Hank wartete am Empfang. Er hatte auch noch mal geduscht und Jeans und ein ärmelloses T-Shirt angezogen. Der größere Ausschnitt fiel ihm sofort auf, und er gab sich sichtlich Mühe nicht reinzulinsen.

»Ich hab 'ne Idee«, sagte ich zu ihm. »Ich erzähl sie Ihnen unterwegs.«

In seinem Truck auf dem Weg nach Norden erzählte ich ihm alles über Duncan und den Pass. Ich berichtete ihm von einem Typen namens Lenny, von dem ich keinen Nachnamen wusste und der laut Duncan Mitglied der F. A. A. A. oder auch Full Auto Association of America war. Er war der Einzige von Duncans Freunden, bei dem ich tatsächlich zu Hause gewesen war.

»Das abgefahrenste Abendessen, bei dem ich je war«, erzählte ich Hank. »Lennys komische minderjährige Frau hat uns das Essen serviert wie eine Art Sklavin. Sie selber aß nichts, weil sie, laut Lenny, zu fett war. Er hätte sie auf Diät setzen müssen. Sie konnte nicht viel mehr als fünfzig Kilo wiegen. Er war genauso groß und lag näher bei hundertundzehn.«

»Hört sich an wie 'n echtes Prachtstück«, sagte Hank. »Und wieso sollen wir dem Typen noch mal 'nen Besuch abstatten?«

»Weil«, sagte ich, »er der einzige Mensch ist, der mir einfällt, der wissen könnte, wer meinen Pass hat.«

»Was meinen Sie, wie viel Duncan noch für den Pass bezahlen muss?«, fragte er.

Ich zuckte die Achseln.

»Duncan sagte, normalerweise würd er zehn Riesen kosten, aber vielleicht hat er auch übertrieben, damit ich ihm dankbarer bin. Ich hab keine Ahnung, was er schon bezahlt hat, wenn überhaupt. Ehrlich gesagt, würd ich ihm zutrauen, dass er sich die ganze Geschichte ausgedacht hat, um mir an die Wäsche zu kommen.«

»Das könnte ich mir gut vorstellen«, sagte Hank. »Schöne Frauen wie Sie kriegen sicher so gut wie jeden Tag allen möglichen Mist von Männern zu hören.«

»Tja, na ja ...« Ich lächelte. »Es gibt nur einen Weg, es rauszufinden.«

Wir fuhren vor dem ersten Sicherheitstor auf Lennys Privatweg vor. Ich beugte mich aus dem Fenster auf der Fahrerseite, damit die Kamera sowohl meinen Ausschnitt als auch mein Gesicht sehen konnte.

»Geben Sie Ihr Anliegen an«, forderte eine knisternde Stimme durch einen kleinen Plastiklautsprecher.

»Lenny«, sagte ich. »Hier ist Julie. Ist das nicht schrecklich mit Duncan? Hör mal, ich muss unbedingt mit dir reden.«

Ein Summer ertönte, und das automatische Tor schwang langsam auf.

»Julie?«, sagte Hank stirnrunzelnd. »Wie komm ich auf Angel? Ich war mir sicher, dass das stimmt.«

»In Wirklichkeit heiße ich Angel«, sagte ich. Ich hielt mich nicht damit auf, ihm zu erzählen, dass dieser Name auch erfunden war, auch wenn er mir realer vorkam als der, mit dem ich geboren wurde. »Ich will nur nicht, dass Lenny meinen richtigen Namen weiß.«

»Ah ja, klar«, sagte er mit dem feierlichen Ernst eines Kindes, das gerade einen Eid ablegen musste. »Okay, Sie können sich auf mich verlassen. Ich sag nichts.«

»Danke«, sagte ich. »Halten Sie sich einfach zurück, und überlassen Sie mir das Reden.«

Wir mussten noch durch zwei weitere schwere Stahltore kurven, ehe wir endlich an Lennys freudlosem Betonbunker ankamen. Lenny stand persönlich in der offenen Tür, um uns in Badeshorts mit knallbuntem Hibiskusdruck und einem Schulterholster zu begrüßen. Sein korpulenter Leib war dicht mit weißen Haaren bedeckt wie ein kleiner, aufrecht stehender Eisbär. Er sah viel zu eingeölt aus, um vom Schwimmen zu kommen, und ich konnte mich ohnehin nicht erinnern, dass er einen Pool hatte.

»Wer ist das?«, fragte er mit einem misstrauischen Blinzeln und einem Ruck seiner zahlreichen Kinne in Hanks Richtung.

»Nur ein Freund«, erwiderte ich. »Alleine hatte ich Angst, seit …«

»Kommt besser rein«, sagte Lenny. Er setzte ein winziges Fernglas an die Augen und schaute die Straße hinunter. »Ist nicht sicher hier draußen.«

Innen war Lennys Festung mit Gemälden geschmückt, die aussahen, als gehörten sie an die Seite von 'nem Partyvan aus den frühen Achtzigern. Wölfe und Flammen und vollbusige Frauen mit Schwertern. Die Möbel in dem großen Hauptraum waren eine erbärmliche Ansammlung aus nicht zusammenpassendem Müll, auf dem ich nur ungern in Shorts Platz genommen hätte. Der Teppich war voller Flecken und potthässlich. Überall lagen Bierdosen herum, die sich in den Ecken zu Bergen türmten. Lenny merkte, wie ich nach den Dosen sah und schrie:

»Layla, du faule Schlampe, schieb deinen fetten Arsch hier rein!«

Layla, die minderjährige kleine Spießerbraut, kam im Schlafanzug aus rosa Flanell, einem fast durchsichtigen Unterhemd und Häschenschlappen ins Zimmer geschlurft. Es war gegen fünf Uhr nachmittags.

»Ich dachte, ich hätte dir gesagt, du sollst die Sauerei wegmachen«, sagte Lenny.

Er hob eine Dose auf und warf sie nach ihr. Die Dose prallte von ihrer Hüfte ab, aber sie reagierte nicht. Sie bückte sich nur und fing an, die Dosen aufzulesen.

»Na schön«, sagte er zu mir, ohne Hank zu beachten. »Komm mit in mein Büro.«

Ich folgte ihm mit Hank durch einen engen Flur in sein Büro. Nicht dass er wirklich irgendeiner Arbeit nachging, von der ich gewusst hätte. Soweit ich es verstanden hatte, lebte Lenny von einer Art Schenkung und vertrieb sich die meiste Zeit damit, liberale Blogger zu terrorisieren und anonyme Morddrohungen an Politiker zu verschicken, die sich für die Verschärfung der Waffengesetze oder für »Sodomie und Pädophilie«, sprich die Rechte von Schwulen, einsetzten.

Die grässliche »Kunst« an seinen Bürowänden zeigte noch mehr vollbusige Frauen in noch weniger Kleidung. Die meisten von ihnen hielten Schusswaffen. Außer einem Schreibtisch und einem Bürosessel gab es keine Möbel. Lenny parkte eine feiste Arschbacke auf der Schreibtischkante und musterte mich bedächtig.

»Na, worüber wolltest du reden?«, fragte er.

Ich brauchte einen Augenblick, um mich zu sammeln und mir den besten Ansatzpunkt einfallen zu lassen. Man konnte sicher davon ausgehen, dass er außer der demonstrativen 44er AutoMag in seiner verschwitzten Achselhöhle mindestens drei oder vier weitere Kanonen irgendwo im Zimmer in Reichweite hatte. Brutale Gewalt würde wahrscheinlich nicht funktionieren. Ich musste das Spiel richtig spielen, denn noch eine Chance würde ich nicht bekommen.

»Hast du etwas gehört, wer die Typen waren, die Duncan erschossen haben?«, fragte ich.

Lenny schüttelte den Kopf.

»Wohl irgendwelche bescheuerten Hinterwäldler«, sagte er. »Wollten den Laden ausräumen, schätze ich. Ich hab gehört, draußen an der Indian Rock Road haben sie 'nen Typen tot in seinem Auto gefunden. Stellte sich raus, dass er 'n fetter Pornostar aus Los Angeles ist. Sie versuchen immer noch rauszukriegen, wie der in die Geschichte passt.« Er bekam schmale Augen. »Du weißt nicht zufällig was darüber, hm?«

Kaltblütig schüttelte ich den Kopf. Hatte er mich als Angel Dare entlarvt? Online gesucht und den ganzen, widerlichen Alptraum aufgedeckt, den ich hinter mir hatte? Dachte er etwa, er könne mich irgendwie erpressen?«

»Du weißt, dass die Cops dich suchen, Julie«, sagte er.

»Davor hatte ich ja Angst«, antwortete ich, bemüht, langsam und mit ruhiger Stimme zu sprechen. »Deshalb brauch ich ja den Pass so schnell wie möglich. Du kennst nicht zufällig den Kerl, den Duncan beauftragt hat, ihn für mich zu machen, oder?«

»Klar«, sagte er. »Aber mit so ’nem gefährlichen Burschen willst du nichts zu tun haben.«

»Letztlich hab ich keine andere Wahl, oder?«

»Na klar hast du eine«, sagte Lenny. »Hör zu, mit der richtigen Motivation wär ich vielleicht bereit, mich für dich einzusetzen. Duncan war wie ’n Bruder für mich, und er hat sehr gut von dir gesprochen. Sehr gut.«

Mir war klar, worauf das hinauslief, lange bevor Lenny sich vorbeugte und sagte: »Er hat mir erzählt, du könntest ’nem Mann glatt das Herz durch die Schwanzspitze saugen.«

Seufzend fand ich mich schon damit ab, zu tun, was ich tun musste, um den Ausweis zu bekommen, aber da Hank links hinter mir stand, sah ich nicht, wie er sich anspannte wie eine gereizte Kobra. Ich sah nur eine blitzartige Bewegung, als er vorstieß und Lenny sein lüsternes Grinsen aus der Fresse knallte.

Lenny fiel um, als hätte eine Kugel ihn getroffen, knickte seitlich ein und schlug sich auf dem Weg nach unten den Kopf an der Schreibtischkante auf. Er war k.o., ehe er auch nur dran denken konnte, seine Kanone zu ziehen.

Kaum war er unten, griff ich zu und schnappte mir die schwere AutoMag aus seiner Achselhöhle. Seine Beine zuckten wie bei einem Hund im Traum, und er machte mit flatternden Lippen ein komisches Schnarchgeräusch.

»Hank«, sagte ich. »Er hätte Sie umlegen können.«

»Na, ich werd doch nicht hier rumstehen und zulassen, dass er so mit Ihnen redet.« Hank ging neben mir in die Knie, zerrte den schlappen Lenny an seinem Holsterriemen hoch und schüttelte ihn. »Und jetzt kein ordinäres Gerede mehr, kapiert?«

Lenny gab ein paar feuchte, unartikulierte Geräusche von sich wie ein Besoffener. Seine Augenlider flatterten, und sein Kopf rollte von einer Seite auf die andere. Hank packte Lennys Hand, drehte sie um und klappte sie Richtung Handgelenk nach oben. Eines von Lennys gebrummelten Halbworten spitzte sich zu einem Schmerzensschrei. Seine Augen weiteten sich, aber er war immer noch nicht richtig bei sich.

»Sie wollten uns was erzählen«, erinnerte ihn Hank. »Wie wär's, wenn Sie der Lady endlich verraten, wo sie ihren Pass kriegt?«

»Scheiße!«, sagte Lenny und wollte es gerade noch mal sagen, als Hank ihm das Handgelenk noch höher drehte, was wieder in einem Kreischen endete.

»Ich schwör's Ihnen«, sagte Hank. »Wenn ich noch ein Wort aus Ihrem dreckigen Maul höre, das keine Adresse ist, dann fang ich an und brech Ihnen die Finger.«

Ich trat zurück und fing mit der AutoMag einen Tropfen von Lennys schwitzender Stirn auf.

»Du machst besser, was der Mann sagt«, ermahnte ich ihn.

»Na schön, na schön«, sagte Lenny, jetzt plötzlich wieder wach. »Mann. Der Typ heißt Earl Wyman. Wohnt gleich hinterm Golfplatz bei Sierra Sands. 4515 East Nine Iron Drive.«

»Schon besser«, sagte Hank.

Ich legte die AutoMag auf Lennys Schreibtisch und riss ein Verlängerungskabel von der Wand, mit dem ich ihn fesselte. Er war kein bisschen gelenkig, und ich hatte Mühe, die Hände hinter seinem behaarten Rücken zusammenzubekommen. Das dünne Kabel schnitt tief in seine Handgelenke, und seine Finger waren schon kalt und blau, ehe ich mit seinen Füßen fertig war.

»Ich finde dich«, sagte Lenny und reckte sich auf der Seite hoch. Speichelflocken flogen von seinen Lippen. »Du wirst schon sehen, du Scheißnutte!«

Hank holte aus und trat ihm fest gegen die Brust, gleich unterhalb des rechten Brustmuskels. Lenny wurde weiß, stieß ein atemloses Grunzen aus und hätte sich wie ein Fötus zusammengekrümmt, wäre er nicht gefesselt gewesen.

»Was hab ich dir von wegen dreckiger Redensarten gesagt?«, fragte Hank. »Und wenn ich dir nicht die Leber bis ins nächste County kicken soll, dann achte lieber auf deine Manieren.«

Er zog den Fuß zurück, als wollte er seine Drohung wahrmachen, und Lenny krümmte sich kreischend und kniff die Augen zu.

»Um Himmels willen, nicht«, keuchte er. »Bitte, lieber Gott.«

Wir ließen Lenny bettelnd und keuchend in seinem Büro zurück. Auf dem Weg nach draußen entdeckte ich die mausige Layla mit einem Plastiksack voller Bierdosen im Wohnzimmer. Lenny schrie nach ihr, sie solle ihn losbinden. Einen Augenblick lang schaute sie mich seitlich durch ihre Haare an, machte aber keine Anstalten, Lenny zu helfen. Sie bückte sich nur und las weiter Bierdosen auf.

13

Der Sierra-Sands-Golfplatz wirkte verlassen, melancholisch und vernachlässigt, sein einst vermutlich sattes Grün wurde rasch von der Wüste rundum erobert. Auf dem Gelände sah man ein paar große, elegante Häuser, aber mehr als die Hälfte stand entweder zum Verkauf oder zur Zwangsversteigerung. Der Nine Iron Drive war ein langer Streifen totgeborener Möglichkeiten; zahllose leere Bauplätze warteten auf Häuser, die nie gebaut werden würden. Am Ende der Sackgasse stand ein einzelnes verwaistes Gebäude.

Das Haus sah aus, als sei es à la Zauberer von Oz von einem launischen Tornado aus einer hübschen Rentnergemeinde herausgerupft und hier abgesetzt worden. Es war in pseudospanischem Stil gebaut mit einem Dach aus Terrakottaziegeln, pfirsichfarbenen Stuckmauern und einem hübschen kleinen Sukkulenten-Vorgarten. Auf einem kitschigen Holzschild in Form eines Saguaro-Kaktus stand »CARR & WYMAN«. Nicht gerade das, was man bei einem gefährlichen Kriminellen erwartete.

Ich blieb eine Weile in Hanks Truck sitzen, um die Lage abzuschätzen. Ich langte in meinen Notfall-Rucksack, überprüfte die Sig und gab sie Hank.

»Ich hab echt keine Ahnung, was ich zu erwarten habe«, sagte ich und nahm die winzige Warthog für mich. Hätte ich nur Lennys AutoMag behalten. »Wir würden das natürlich lieber ohne Gewalt regeln, aber da das bei Lenny nicht so richtig geklappt hat, denke ich, wir machen uns besser auf alles gefasst.«

Auf dem Schotterweg zur Haustür nahm ich mir einen

Moment Zeit und überlegte, wie ich Hank erklären sollte, dass er sich zurückhalten und mich machen lassen solle, falls sich herausstellte, dass sich die Sache mit einem Blowjob am reibungslosesten erledigen ließ.

Der Mann, der uns öffnete, war Mitte bis Ende sechzig, klein und sehr braun gebrannt, und er hatte eine große, klobige schwarze Brille auf, die sein kleines, dreieckiges Gesicht beherrschte. Um den Hals hatte er ein knallrotes Tuch, am kleinen Finger einen fetten Ring und auf dem Kopf ein speckiges rotbraunes Toupet.

»Kann ich Ihnen helfen?«, fragte er und blinzelte wie ein Uhu durch seine dicke Brille.

»Ich bin …« Ich hielt inne und überlegte, was ich sagen sollte. »Ich bin eine Freundin von Duncan.«

»Ah«, antwortete er. »Ich dachte mir doch, dass ich Sie kenne. Kommen Sie rein.«

Wir traten ein. Keine bewaffneten Wächter. Keine Kampfhunde. Keine sichtbaren Sicherheitsmaßnahmen. Nur ein angenehmes, gemütliches Wohnzimmer mit einem Sofa, auf dessen Rückenlehne eine fette Katze schlief. Die Wände hingen voll mit knalligen, fast fotorealistischen Gemälden staubbedeckter, wettergegerbter Cowboys. Als ich näher hinschaute, sah ich die Signatur. Wyman.

»Normalerweise«, sagte der Mann, »verhandle ich nicht direkt mit der Kundschaft. Das gehörte zur Abmachung. Allerdings, unter diesen Umständen … Es ist schrecklich, nicht wahr?«

»Schrecklich«, stimmte ich zu. »Sind die Bilder von Ihnen?«

»Na ja, ja, stimmt«, sagte er und bleckte erfreut die Zähne, die zu perfekt waren, um echt zu sein. »Das ist meine eigentliche Arbeit. Das andere Zeug mach ich nur … Na ja, sehen Sie, meine …«

Er schaute zu einem Foto auf dem Sims mit zwei lächelnden Jungs mit Cowboyhüten, etwa 1975. Sonstige Familienfotos gab es nicht.

»Meine … meine Frau ist kürzlich gestorben«, sagte er. »Da kamen eine Menge Rechnungen.«

»Mein Beileid«, sagte ich.

Mir wurde klar, dass ein Blowjob nicht infrage kam. Jedenfalls nicht von mir. Ich wollte Wyman sagen, dass er hinsichtlich seines toten Partners bei mir nicht zu lügen brauchte, aber ehe mir etwas Taktvolles dazu einfiel, hatte er das Thema gewechselt.

»Ihr Freund hier hat einen Charakterkopf«, sagte er. »In dem Gesicht kann man Geschichten lesen. Ich würde ihn gerne malen.« Er wandte sich zu Hank. »Besteht die Chance, Sie dazu zu überreden, irgendwann einmal für mich zu sitzen?«

»Mich malen?« Hank lächelte. »Bei allem schuldigen Respekt, Sir, ich glaub, Sie brauchen mal 'ne neue Brille.«

»Ich male keine schönen Gesichter«, sagte Wyman. »Ich male echte Gesichter. Ein schönes Gesicht ist langweilig, bedeutungslos wie eine Zahnpastareklame. Glauben Sie mir, ich muss es wissen. Ich habe fünfunddreißig Jahre in der Werbebranche gearbeitet, und als ich in Rente ging, habe ich mir geschworen, nie mehr ein schönes Gesicht zu malen.«

»Na ja«, sagte Hank. »Schön bin ich nicht, so viel ist mal sicher.«

»Kommen Sie mit ins Atelier«, sagte Wyman. »Erledigen wir das andere Geschäft.«

Wir folgten Wyman durch einen Flur in sein Atelier. Vermutlich erwartete ich etwas mehr alte Schule. Ölfarben und Leinwände und Pinsel und Staffeleien. Die gab es natürlich auch, aber beherrscht wurde der Raum vor allem von mehreren hochmodernen Computern, einer Reihe riesiger Monitore und einem gewaltigen Laserdrucker. Mehrere Profikameras, digital und analog. Ein umgedrehtes Grafiktablett zeigte die halbfertige Zeichnung eines steingesichtigen Mexikaners mit Pistole. All das war interessant und faszinierend, aber mein Blick fiel sofort auf ein halbtransparentes Glassin-Couvert auf dem Schreibtisch. In dem Couvert steckte ein deutlich marineblaues Rechteck, das ein Reisepass sein musste. Mein Reisepass.

»Also«, sagte ich so locker wie möglich. »Was schulde ich Ihnen?«

Wyman schaute mich fragend an.

»Nichts«, sagte er und reichte mir den Umschlag. »Duncan hat alles im Voraus bezahlt. Er ist seit einer Woche fertig und wartet darauf, von ihm abgeholt zu werden.«

Gegen meinen Willen musste ich lachen. Dieser Scheißkerl. Das sah ihm ähnlich.

»Aber wenn Sie in Spendierlaune sind und ein paar Minuten erübrigen könnten«, sagte Wyman, »dann würde ich gerne ein paar Fotos von Ihrem nicht ganz so hübschen Freund machen.«

Ich zuckte die Achseln.

»Hank?«

»Ich muss doch nicht die Klamotten ausziehen oder so was?«

»Keineswegs«, antwortete Wyman.

»Dann wüsste ich nicht, warum nicht«, sagte Hank.

Während Wyman Nahaufnahmen machte von Hanks Gesicht, das eine Vielzahl von Gefühlen ausdrückte, schaute ich mir meinen Pass an. Erstaunt stellte ich fest, dass zwischen den Seiten ein passender Führerschein steckte. Beides Meisterwerke. Weich, an den Ecken leicht abgenutzt, aber nicht zu sehr, als hätte ich sie schon ewig in der Handtasche. Der Pass war ein bisschen mehr als drei Jahre zurückdatiert, und in dieser Zeit hatte ich offenbar fünf Auslandsreisen unternommen. Großbritannien, Costa Rica, die Bahamas und zweimal Mexiko. Mein neuer Name war Janet Miller. Ich machte mir kurz Sorgen, ob Hank sich einen neuen Namen würde merken können, dachte mir aber, dass Angel sich so nach einem Kosenamen anhörte, dass kaum jemand mit der Wimper zucken würde.

»Okay«, sagte Wyman zu Hank. »Wie wär's jetzt mit Bedauern?«

»Bedauern?«, fragte Hank.

»Denken Sie einfach an etwas, von dem Sie sich wünschen, es nicht getan zu haben«, sagte Wyman. Es blitzte. »Hervorragend! Das ist fantastisch!«

Ich wandte mich wieder zu Hank und sah den Ausdruck, der Wyman so glücklich gemacht hatte. Ich fragte mich, woran Hank wohl dachte.

»Toll«, sagte Wyman. »Könnte ich jetzt noch rasch ein paar Aufnahmen von Ihren Händen machen?«

Hank streckte die Hände aus, die schwieligen Knöchel nach oben. Über Wymans Schulter schaute er mich an. Die Kamera blitzte.

»Jetzt Fäuste, bitte«, sagte Wyman.

Hank tat ihm den Gefallen.

»Diese Fäuste erzählen genauso viele Geschichten wie Ihr Gesicht«, sagte Wyman, während er die Kamera hob und auf dem kleinen Digitalbildschirm die Aufnahmen überprüfte. »Wunderschön. Vielen Dank, dass Sie sich die Zeit für einen alten Knacker wie mich und sein dämliches Hobby genommen haben.«

»Gern geschehen«, sagte Hank.

»Da haben Sie sich einen guten Mann ausgesucht«, sagte Wyman zu mir. »Einen richtigen Mann. Sie wissen ja, Hollywood ist voll von schönen nichtssagenden Männern, aber richtige Männer gehören zu den bedrohten Arten.«

Ich lächelte.

»Vielen Dank für den hier«, sagte ich und hielt den Pass hoch.

»Ich schätze, meine kurzlebige kriminelle Karriere ist jetzt vorüber«, sagte Wyman mit einem bedauernden Lächeln. »Oder ich versuche mich als Fälscher. Ich mache einen verdammt guten Ben Franklin.«

Er brachte uns zur Tür.

14

Auf der Fahrt nach Mexiko vergingen wir vor Hitze in Hanks Truck ohne Klimaanlage. Obwohl ich erst geduscht hatte, kam ich mir schon wieder schmierig und hässlich vor, schweißgebadet und mit Wüstenstaub in den Haaren. Hank auf dem Beifahrersitz schwitzte ebenfalls, aber bei ihm sah es sexy aus. Er war so hässlich, dass es schon nicht mehr hässlich war und irgendwie scharf wirkte. Ich schien immer mehr auf ihn abzufahren, je länger wir zusammen waren. Es war etwas total Unlogisches, rein Körperliches, das ich bei allem, was hier abging, brauchen konnte wie ein Loch im Kopf, aber anscheinend konnte ich den Blick nicht von ihm losreißen. Ich musste mich echt bemühen, die Augen auf der Straße zu lassen.

»Woher kommen Sie eigentlich ursprünglich, Hank?«, fragte ich, nur um etwas anderes zu sagen als *Ich geh kaputt, wenn du nicht auf der Stelle mit mir fickst.*

»Reidsville, North Carolina«, antwortete er. »Bin mit siebzehn abgehauen und habe nie wieder einen Fuß darauf gesetzt. Und Sie?«

»Ich bin in Chicago aufgewachsen«, sagte ich. »Dann nach Los Angeles gezogen und nie wieder zurückgegangen.«

»Vermissen Sie's?«, fragte er. »Chicago, mein ich.«

»Ich vermisse die Stadt«, sagte ich. »Aber nicht meine Familie.«

»Versteh ich«, sagte er. »Meine nichtsnutzigen Cousins und Onkels und Schwäger in Reidsville fehlen mir bestimmt nicht. Meine Mama ist an Krebs gestorben, grade mal drei Monate, nachdem sie ihren Job in der Lucky-Strike-Fabrik verloren hatte. Und als sie nicht mehr da war, gab's keinen Grund mehr, da noch rumzuhängen.«

Nachdem wir noch ein weiteres Stück Highway hinter uns hatten, sagte ich: »Erzählen Sie mir was über Lovell.«

»Lovell«, sagte Hank. »Na ja, er ist halber Indianer, behauptet er jedenfalls. Ehrlich gesagt, weiß man bei Vernon Lovell nie genau, was stimmt und was nicht. Ich arbeite jetzt sein ungefähr vier Jahren für ihn. Er war so ziemlich der Einzige, der mir noch Guten Tag sagte, nachdem … na ja … als ich rauskam.«

»Rauskam?« Ich schaute ihn fragend an. »Aus dem Gefängnis?«

Hank nickte und schaute aus dem Beifahrerfenster, dann zog er eine Pillendose aus der Hüfttasche und schluckte zwei Pillen trocken.

»Weswegen?«, fragte ich.

»Körperverletzung«, sagte er, ohne meinen Blick zu erwidern. »Total bescheuert, hab einfach die Beherrschung verloren und dann drei Jahre von meinem Leben. Aber ehrlich gesagt, hätt ich was viel Schlimmeres verdient für das, was ich getan hab.« Er schaute zu mir hoch, mit einem Mal distanziert. »Schätze, jetzt wollen Sie nichts mehr mit mir zu tun haben.«

»Körperverletzung«, wiederholte ich und schüttelte lachend den Kopf. »Das ist doch gar nichts. Ich würde wegen mehrfachen Mordes sitzen, wenn ich nicht bereit gewesen wäre, gegen einen Haufen Drecksäcke auszusagen, die minderjährige Mädels aus dem Ostblock für Sex importierten. Ich bin eine kaltblütige Mörderin, Hank. Eine ›Rachegöttin‹. Ich habe wohl kaum das Recht, über die Sünden anderer Leute zu urteilen.«

Hank machte große Augen.

»›Rachegöttin‹?«, wiederholte er.

»Genau«, sagte ich. So hatten sie mich in den Schlagzeilen genannt. *Porno-Rachegöttin. Dirty Harriet. Killerlady.*

»Dass Sie 'n harter Brocken sind, hab ich auf den ersten

Blick gesehen, aber Mord?« Er schüttelte den Kopf. »Das ist echt ’n Ding. Egal wer die Kerle waren, ich wette, sie hatten’s verdient.«

»Mehr als irgendjemand, den ich kenne«, sagte ich.

Eine schweißtreibende Minute lang fuhren wir schweigend weiter. Dann: »Möchten Sie’s mir erzählen?«

Ich schaute zu Hank hinüber, dann schüttelte ich den Kopf. Das war ein Sack, den ich nicht aufmachen wollte.

»Ein andermal. Im Moment möchte ich mehr über Lovell hören.«

»Okay«, sagte er. »Na ja, als ich frisch rauskam, kriegte ich Streit mit einem von den Lovell-Boys. Der Kleine wollte nicht nachgeben, hat mich andauernd geschubst.« Er wandte den Blick ab. »Am Ende landete er im Krankenhaus. Lovell meinte, er sähe keinen Grund, meinen Bewährungshelfer da mit reinzuziehen, vorausgesetzt ich würde für ihn arbeiten.«

»Und so kam’s, dass Sie bei Richland unterrichten.«

»Tja, genau. Lovell brachte Truly dazu, mich in der Schule anzustellen, damit ich einen richtigen Job hatte und mein Bewährungshelfer zufrieden war, aber das ist nicht die eigentliche Arbeit, die ich für Lovell erledige.«

Ich sagte nichts und fuhr weiter, bis er bereit war, mehr zu erzählen.

»Meistens geht’s ums Eintreiben«, sagte Hank achselzuckend. »Ich red mit jedem, der Lovell was von den Kämpfen schuldet, und sorg dafür, dass er zahlt.« Er wischte sich die Hände an seiner Jeans ab, als wären sie schmutzig. »Ich hasse das, aber wenn ich’s nicht mache, dann lässt Lovell mich in null Komma nichts wieder einbuchten. Ist ’n richtiger Teufelskreis, denn je mehr ich für ihn mache, desto mehr hat er mich in der Hand.«

Er betrachtete mich aus dem Augenwinkel, um meine Reaktion abzuschätzen. Ich fuhr eine gute Minute lang ohne Kommentar weiter, bevor ich etwas sagte.

»Hören Sie, es gibt hier keine guten Jungs«, sagte ich. »Sie tun, was Sie tun müssen.«

Er nickte. Das war unsere letzte Unterhaltung, bevor wir die Grenze erreichten.

Der Grenzübertritt erwies sich als völlig problemlos. Der neue Pass funktionierte wie ein Zauber. Zehn Minuten später waren wir in Mexiko und auf dem Weg zu Codys Kampf.

15

Wir fuhren schon so lange durch staubiges mexikanisches Nichts, dass ich den Mittelstreifenkoller gekriegt hätte, wenn da überhaupt Streifen auf dem ausgefahrenen Feldweg gewesen wären. Als wir an einem Autowrack vorbeikamen, wirkte es viel aufregender, als es hätte wirken dürfen. Ein trostloser Haufen Betonklötze wirkte wie eine wimmelnde Stadt. Als die Sonne untergegangen war, fing ich an, helle, reflektierende Augenpaare zu sehen, die uns aus dem Unterholz am Straßenrand beobachteten.

Dann endlich Lichter in der Ferne. Knallbunte Blitze, von denen man Kopfschmerzen bekam, und viel zu viel Neon, ein unmöglicher Fiebertraum nach dem Reizentzug in der dunklen Wüste. Unser Ziel entpuppte sich als ein abgefahrenes, verirrtes Bruchstück von Las Vegas, gefangen hinter Stacheldraht. Ein Hochsicherheits-Fast-Food-Schuppen.

Das gesamte Gelände war von einem Natodrahtzaun umgeben, in dem ein Schiebetor offen stand. Die Front des langen, schmalen Gebäudes war gestaltet wie ein Felsen, aus dem in unregelmäßigen Abständen Plastikorchideen ragten, während mehrere kleine Wasserfälle sich in schäumende Plastikbecken voller grünlicher amerikanischer Pennys ergossen. Auf einem großen, rot pulsierenden Leuchtschild stand »CLUB OASIS« geschrieben, und flackernde Neonfrauen schwenkten roboterartig ihre Hüften.

»Ist das ein Stripladen?«, fragte ich stirnrunzelnd den gelangweilt wirkenden Burschen mit Schutzweste und einer AK47, der uns auf dem umzäunten Parkplatz einwies.

»Das ist ein Alles-was-du-dir-leisten-kannst-Laden«, antwortete Hank. »Aber die wirkliche Action ist hinten. Los, kommen Sie.«

Kaum waren wir ausgestiegen, bemächtigte sich eine siebenköpfige Mannschaft in roten Westen Hanks klapprigen Trucks. Hank verteilte großzügig Trinkgelder an alle, einschließlich des Burschen mit der AK47, dann bot er mir seinen Arm und geleitete mich zum Haupteingang.

Die Tür war auch auf Stein getrimmt, fühlte sich aber an wie Schaumstoff auf Walzblech. Als wir eintraten, empfingen uns drinnen noch mehr auffällig bewaffnete Burschen, die mich gute drei Minuten lang filzten, bevor sie uns durch einen roten Samtvorhang winkten.

Auf der anderen Seite des Vorhangs stand ein kleiner, dienernder Mann ohne Kinn in einem engen Smoking, der fast perfekt englisch sprach. Er scharwenzelte um Hank herum, nannte ihn »Señor Hammer« und beugte sich zu ihm, um ihm zu verraten, dass er zehn Mäuse auf Hanks Kampf gesetzt hatte.

Ich beachtete die beiden nicht und checkte den Laden ab. Was die Inneneinrichtung betraf, so hatten sie das ganze Oasenthema fallenlassen und sich auf einen billigen schwarzgoldenen Pseudo-Deko-Look beschränkt, der aus einer Zeit stammte, bevor ich in die Branche eingestiegen war. Jede Menge verstaubter goldener Spiegel mit schwarzen Streifen.

Es gab eine Bühne von annehmbarer Größe mit einem langen Catwalk auf der linken Seite und vier kleineren Go-go-Podesten auf der rechten. Im Augenblick war niemand auf der Bühne, aber alle vier kleinen Podeste waren besetzt, und sechs weitere Frauen durchstreiften den Raum nach Interessenten für einen Lapdance oder wer weiß was sonst.

Die Girls hatten erstaunliche Klasse. Viel schmerzhaft augenfällige Chirurgie und ein paar ziemlich verhärtete Gesichter unter der Kriegsbemalung, aber zum größten Teil waren sie unter dreißig und sahen besser aus als so manche Mädchen, mit denen ich in L. A. zusammengearbeitet hatte. Die Girls an den Stangen waren vollkommen nackt, während die im Raum atemberaubend geschmacklose Stripkleidchen aus billigem Elastikstoff trugen. Ich sah zu, wie sich eines von ihnen im Raum neben einen schnauzbärtigen Typen setzte, der aussah wie ein Statist aus einem *narcotrafficante*-Film, ihm den Hosenladen aufmachte und anfing, ihm nonchalant einen runterzuholen. Sie gab sich nicht die geringste Mühe, zu kaschieren, was sie da machte. Und da fiel mir auf, dass auf jedem Tisch eine goldene Box mit Gratis-Wischtüchern stand.

Die Mädchen schauten mich alle wütend an, als wir vorbeigingen, als hätte ich vor, mich in ihre Action einzumischen. Die Männer musterten mich von oben bis unten, als sei ich die Spezialität des Tages. Hank schüttelte grinsend den Kopf und schlang schützend einen Arm um mich. Als ob ich vor so etwas hätte beschützt werden müssen.

Er führte mich an der DJ-Box und mehreren bewaffneten Wächtern vorbei durch eine Doppelschwingtür in eine andere Welt.

Der riesige hintere Raum war nicht verputzt, nur Betonwände und freiliegende Trockenmauer, gespenstisch beleuchtet von flackernden Neonröhren wie in der Schulkantine. In der Mitte eines Kreises aus billigen Klappstühlen befand sich ein Käfig mit einem Ring. Darin hockte ein dickes, dunkelhäutiges Mexikanergirl über einem blutverschmierten, blonden Etwas, während über ihnen ein Widerling in schwarzweiß gestreiftem Hemd stand, der aussah, als würde er gleich den Schwanz herausziehen. Jeder Platz wäre besetzt gewesen, hätte die Meute nicht in einem misstönenden Mix aus Spanisch und Englisch heulend und johlend auf den Füßen gestanden.

Hank führte mich hinter der letzten Sitzreihe vorbei. Der Beton unter uns war fleckig und schmutzig, und ein klebriges Gewirr aus blutigen Federn in den Ecken zeugte davon, dass in diesem Raum nicht nur Menschen gegeneinander kämpften. Wir kamen durch einen billigen blauen Plastikvorhang, der in einem Türrahmen hing, in eine Art Aufenthaltsbereich für Kämpfer.

Hier waren etwa sechs Typen, zwei Amerikaner und der Rest Mexikaner. In den Amerikanern erkannte ich Schüler aus der Schule wieder. Hände wurden bandagiert und Wunden vernäht. Kämpfer trainierten, machten Dehn- und Konzentrationsübungen. Es roch schwer nach Umkleideraum, abgetönt mit dem metallischen Geruch nach frischem Blut.

»Warten Sie hier«, sagte Hank. »Ich red mal rasch ein Wörtchen mit Mr. Lovell.«

Er drehte sich um, nahm sich Zeit, um überall auf Schultern zu klopfen und Hände zu schütteln, bevor er wieder durch den Plastikvorhang nach draußen schlüpfte.

Dann kam da aus einer kleinen, schrankähnlichen Toilette Cody.

Mit freier Brust, grinsend, lebendig und unverletzt. Er trug fingerlose Handschuhe und weite, knielange rot-schwarze Shorts, die am Außensaum hoch geschlitzt waren. So weit sie auch waren, es sah immer noch so aus, als wollte er in seinem Sackhalter eine mexikanische Papaya rausschmuggeln. Cody kam rüber und umarmte mich wie eine langvermisste beste Freundin, wobei er mich länger und fester als nötig an sich drückte. Ich spürte, wie sich mir ein riesiger, unnachgiebiger Tupperbehälter in den Unterleib bohrte. Er war ein bisschen verschwitzt und roch leicht nach einem Frauenparfüm.

»Angel, wow, ich bin ja so froh, dass du's geschafft hast.« Er zog mich in eine zweite Umarmung. »Ist Hank mitgekommen?«

Ich nickte stirnrunzelnd und wich zurück.

»Bist du okay?« Ich senkte die Stimme. »Ich dachte, die Kerle würden dich umbringen.«

Er lachte; seine Augen glänzten viel zu stark.

»Nee, das war nur 'n Riesenmissverständnis. Alles klar. Lovell wollte nur sichergehen, dass ich nicht vor dem Match heute Abend abhaue. Er spielt immer den Knallharten, aber er ist wirklich kein übler Kerl.« Er schlug ein paar schnelle Kombinationen in die Luft. »Zu blöd, dass das mein erster Kampf ist, den du siehst. Ich würd dir viel lieber zeigen, wie ich ’n paar in die Mangel nehme! Na ja, es gibt immer ein nächstes Mal, stimmt’s?«

»Aber Cody«, fragte ich, schon ein bisschen seekrank von seinem Gehüpfe und Gewedle. »Was ist mit den fehlenden Mitteln?«

»Wovon redest du da?« Er hielt inne und zog die Augenbrauen zusammen. »Meinst du die Steroide? Die fehlen gar nicht, ich hab sie gestern Abend in den Spind eingeschlossen, genau wie immer. Woher weißt du überhaupt davon?«

Ich erzählte ihm, was der Kleine in der Schule mir erzählt hatte.

»Ach, Beto hat nur Scheiße im Kopf«, sagte Cody. »Davon hat Lovell überhaupt nichts zu mir gesagt. Und überhaupt waren die Steroide nur ’ne Nebensache für ’n bisschen Kohle extra. Ich nehme den Scheiß nicht, bei mir ist alles Natur. Muss ja, du weißt schon, wegen dem Fernsehen. Lovell ist nicht mal ausgesprochen sauer auf mich wegen dem letzten Kampf. Und weißt du, was noch? Er hat mir gesagt, dass er mit der Sache im Diner überhaupt nichts zu tun hat. Er hat sogar noch Witze drüber gemacht und gesagt, wenn er mich umlegen wollte, dann würd er’s richtig machen, und ich würd nicht so rumlaufen wie jetzt. Nicht dass das so witzig wäre, was passiert ist, ich mein nur. Egal, ist jedenfalls kein großes Ding mit Lovell. Alles cool. Nur zu schade, dass du nicht siehst, wie ich ’n paar in die Mangel nehme.«

Er fing wieder mit seinen blitzschnellen Kombinationen an, während ich in meinem Bauch eine kriechende kalte Übelkeit aufsteigen spürte.

»Cody«, fragte ich. »Bist du high?«

Als er mich mit diesem Scheiß-Thick-Vic-Grinsen anstrahlte, hätte ich ihm am liebsten eine in die Fresse geknallt.

Natürlich nicht, Baby, sagte Thick Vic in meinem Kopf, genau wie er’s tausendmal gesagt hatte, als wir zusammen waren.

»Nee«, sagte Cody. Dann wieder das Grinsen. »Na ja, ’n bisschen vielleicht. Kein großes Ding. Lovell hatte nur ’n paar Girls drüben, die ’n bisschen feiern wollten vor dem Kampf. Ist kein Problem oder so. Echt kein großes Ding.«

Kein großes Ding. Vic war tot, dieselben Kerle hatten auch versucht, ihn umzubringen, und auf einmal hielt der Kleine das alles anscheinend für kein großes Ding mehr. Ich bekam allmählich Angst, dass das Ganze in Wirklichkeit ein sehr großes Ding war. Irgendwas an Codys Geschichte haute einfach nicht hin. Nicht dass ich annahm, dass Cody log, aber ich war mir sicher, dass hier mehr lief, als irgendeiner von uns wusste. Mir gefiel nicht, dass Lovell Koks an Cody verteilte, und angesichts dessen, dass die Typen, die Vic abgeknallt hatten, ebenfalls zugekokst waren, fragte ich mich, ob Lovell wirklich nichts mit dem Vorfall im Diner zu tun hatte.

Ehe ich irgendetwas davon aussprechen konnte, steckte ein mürrisch blickender Mexikaner mit einer hässlichen Stoppelfresse den Kopf durch den Duschvorhang.

»Noon y Guzman!«, rief er.

»Ich bin dran«, sagte Cody zwinkernd. »Ich seh dich später.«

Beim Weggehen bemerkte ich, dass hinten auf seinen Shorts »OUTLAW« geschrieben stand, als Gegenstück zu dem Tattoo auf seinem Bauch. Ich fragte mich, was zum Teufel ich mir dabei gedacht hatte, hierherzukommen.

Da mir keine Antwort einfiel, folgte ich Cody in den Hauptraum, wo die Menge johlte und pfiff und »Out-LAW! Out-LAW! Out-LAW!« skandierte.

Dann kam Codys Gegner Guzman heraus, ein hochgewachsener, schmächtiger Junge mit dem wilden Profil eines Conquistadors. Die beiden betraten den Ring durch eine schmale Tür in dem Käfig, und der Kampfrichter überprüfte sie rasch und sprach mit leiser Stimme zu ihnen, die wegen der johlenden Menge nicht zu hören war. Cody und Guzman schlugen die Handschuhe aneinander, und dann begann der Kampf.

Anfangs umkreisten sich beide Kämpfer vorsichtig. Cody wirkte straff gespannt und schien vor aggressiver Energie zu summen, während sein Gegner bedächtiger war, sich zurückhielt und darauf wartete, dass Cody den ersten Schritt machte. Nach einer Serie von Finten und Scheinangriffen ließ Cody endlich ein paar schnelle, heftig aggressive Schläge los, die Guzman hüpfend und tänzelnd konterte. Cody bekam eine harte Rechte ab, bei der die Menge zischte und pfiff, aber er schien sie kaum zu spüren. Er warf sich nach vorn, zielte mit der Schulter auf Guzmans Mittelpartie, und ehe ich mich versah, hatte Cody seinen Gegner über eine Schulter gelupft und auf die Matte geschleudert.

Was sie dann auf der Matte machten, konnte ich nur schwer verfolgen. Ich konnte über den Köpfen der Zuschauer kaum etwas sehen. Als ich einen Blick erhaschte, sah es aus, als sei gar nicht viel passiert, außer dass Cody jetzt irgendwie mehr seitlich als in Missionarsstellung Bauch auf Bauch, so wie er angefangen hatte, oben lag.

Ich hörte auf, die Action im Ring zu verfolgen, und fing an, mir die Menge anzuschauen. Ich war erstaunt, mehr amerikanische als mexikanische Gesichter zu sehen. Eine Menge wunderschöner Frauen und Kerle in teuren Anzügen. In dem Schuppen hier floss echt dicke Kohle.

Ein riesiger Aufschrei ließ mich wieder zum Ring blicken. Cody stand vornübergebeugt und hielt sich den Unterleib. Der Ringrichter schien sich für diese Entwicklung der Dinge nicht zu interessieren, obwohl sogar ich, die ich mich in diesen Dingen so gut wie nicht auskannte, mir ziemlich sicher war, dass man dem anderen Typen nicht in die Eier hauen durfte. Ich schätze, Cody hatte nicht gescherzt, als er gesagt hatte, es gäbe keine verbotenen Griffe. Guzman lag auf dem Rücken und hatte die Beine in die Luft gestreckt, als warte er darauf, die Windeln gewechselt zu bekommen. Cody nutzte diese würdelose Stellung, indem er auf seinen gefällten Gegner mehrmals eintrat und dann mit angezogenem Ellbogen zwischen Guzmans wedelnde Beine abtauchte. Eine Sekunde lang fürchtete ich, Cody sei wieder zu weit gegangen, habe es vielleicht einfach nicht drauf, einen Kampf absichtlich zu verlieren. Aber anstatt seinem benommenen Gegner den Todesstoß zu versetzen, wich er zurück und machte Guzman ein Zeichen, aufzustehen. Er fesselte das Publikum mit einem großspurigen Showgehabe, auf das Vic stolz gewesen wäre. Die Menge fraß ihm aus der Hand. Irgendwie imponierte mir das mehr als seine Fähigkeit, schwierige Ringergriffe auszuführen. Das hier verriet mir, dass Cody wirklich das Zeug zum Star hatte. Vorausgesetzt es gelang ihm, demjenigen aus dem Weg zu gehen, der ihn tot sehen wollte.

Dann läutete es, und die Kämpfer gingen in ihre Ecken. Da ich sah, dass Hank den Käfig betrat, um Cody zu betreuen, dachte ich mir, der Kleine sei in guten Händen.

An der gegenüberliegenden Seite des Käfigs fielen mir ein kleiner Klapptisch mit verschlossener Geldkassette und eine Schiefertafel mit Angaben zu den Kämpfen, Vergleichsdaten und Wettquoten auf. Hinter dem Tisch saß, ohne auf die Action im Ring zu achten, ein mexikanisches Mannweib in einem tief ausgeschnittenen schwarzen Kleid und las in einem kleinen, quadratischen Liebescomic. Neben und leicht hinter ihr stand ein weiterer Wächter mit AK47, der versuchte, ihr entweder in den Ausschnitt zu linsen oder über ihrer Schulter mitzulesen. Die Wetten waren eindeutig geschlossen, jetzt, wo die Kämpfe liefen.

Auf der anderen Seite des Wetttischs waren zwei Türen. Eine war geschlossen und mit »Privat« beschriftet. Die andere stand offen und führte in einen kleinen Lagerraum. Von meinem Standplatz aus konnte ich Stapel identischer Pappkartons erkennen.

Nachdem ich unauffällig zur anderen Seite der offenen Tür geschlendert war, konnte ich die Etiketten auf den Kartons lesen. »UltraSalud: Proteína de Soya«. Mein Spanisch war nicht toll, aber das musste Soja-Protein heißen. Das mussten die berüchtigten Mittel sein. Ich beschloss, dass ich mir das genauer anschauen musste.

Es läutete, und der Kampf ging weiter. Cody legte sofort mit einem weiteren spektakulären Wurf los. Der bewaffnete

Wächter schaute vom Ausschnitt des Mannweibs hoch und erhob sich auf die Zehen, um über die Köpfe des stehenden Publikums hinwegzusehen. Rasch schlüpfte ich durch die offene Tür, ehe ich darüber nachdenken konnte, was für eine grottenschlechte Idee das war.

In dem kleinen Lagerraum waren die Kartons höher als mein Kopf gestapelt, aber ein Karton stand allein auf der gegenüberliegenden Seite. Offenbar war er geöffnet und mit einem anderen Klebeband wieder verschlossen worden. Ich kauerte mich daneben, zupfte eine Ecke des Bandes ab und öffnete den Karton.

Drinnen Dosen mit Proteinpulver, Vanillegeschmack. Ich zog eine heraus, machte sie auf, schüttelte sie und schmeckte den Vanillestaub auf den Lippen. Sie schien zu enthalten, was draufstand. Ich vergewisserte mich einen Moment, dass niemand mich bemerkt hatte, dann bohrte ich die Finger in die Dose und rechte blind durch das Pulver. Ich schüttelte die Dose erneut und grub mich unter die Oberfläche des Zeugs, bis ich mit den Fingerspitzen auf Erz stieß.

Ich bin zwar keine Expertin, was Steroide betrifft, aber ich bin mir ziemlich sicher, dass das Zeug in Pillenform oder als Injektionsflüssigkeit geliefert wird. Ganz sicher weiß ich, dass es nicht als Pulver, fest in weiße Ziegel gepackt und in durchsichtiges Plastik gewickelt wird.

Ich hatte keine Steroide vor mir. Das hier war Kokain.

16

Ich steckte den Koksziegel wieder in die Dose und schob das Proteinpulver darüber. Ich schraubte gerade den Deckel wieder auf, als ich die kalte Mündung einer Kanone in meinem Nacken spürte.

»Hoch«, sagte jemand. Ich vermutete, dass es der bewaffnete Wächter vom Wetttisch war, hatte aber zu viel Angst, mich umzuschauen. Ich stand auf.

Der Typ streifte mir den Rucksack von der Schulter, packte mich am Arm und führte mich aus dem Lagerkabuff in den Raum, an dem »Privat« stand.

Endlich, Mr. Lovell.

Er sah ganz anders aus, als ich erwartet hatte. Ich weiß nicht mal, was ich erwartete, aber ganz bestimmt nicht den Cowboybruder von Nick Manning.

Lovell hatte die gleiche schulterlange Frisur, wie Nick sie auf dem Höhepunkt seiner Karriere in der Pornobranche getragen hatte. Lovell hatte außerdem ein ähnlich längliches, hübsches Gesicht, aber seine Augen waren dunkel und leer. Er trug einen Westernanzug, Schwarz-in-Schwarz mit schmalem, glänzendem Lederrevers und Onyxknöpfen, passend zu seinem Onyx-Cowboyhalsband. Auf dem Tisch lag noch ein schwarzer Cowboyhut. Jeder andere wäre in dieser Art übertriebener Westernfetisch-Kluft total tuntig und billig rübergekommen, aber dieser Typ wirkte kalt und seelenlos wie eine Schaufensterpuppe, die daran gewöhnt ist, die Kleidung eines toten Country-&-Western-Sängers zu präsentieren. Er strahlte etwas seltsam Altersloses aus. Er hätte dreißig oder sechzig oder irgendwas dazwischen sein können.

»Wer ist das?«, fragte er den Wächter, als sei ich eine Postwurfsendung. Aufgrund der schicken Cowboykluft hatte ich einen Südstaatenakzent erwartet, aber seine tiefe Stimme war so neutral und künstlich wie die eines Nachrichtensprechers.

»Weiß nicht«, sagte der Wächter mit einem nur ganz leichten mexikanischen Akzent. »Sie hat an der Lieferung rumgefingert.«

Von der anderen Seite der Tür kam eine heftige Welle von Gejohle und Pfiffen.

»Ich hab jetzt keine Zeit, mich darum zu kümmern«, sagte Lovell. »Ich hab alle Hände voll zu tun mit der Cody-Geschichte.«

Er griff nach einem Walkie-Talkie auf seinem makellosen Schreibtisch.

»Bin ich glücklich?«, fragte er.

»Er hat abgeklopft«, antwortete eine krachende, körperlose Stimme.

Lovell nickte.

»Braver Junge. Ich will ihn hier im Büro sehen, sobald er aus dem Ring kommt.«

»Wird gemacht«, sagte die Stimme.

»Was soll ich mit ihr machen?«, fragte der Wächter und stupste mich erneut mit der Knarre.

Lovell drehte sich um und schaute mich an, ohne zu blinzeln.

»Sie wird einfach warten müssen.«

Was zum Teufel hätte ich sonst tun sollen? Ich wartete.

In dem kleinen Büro war es heiß und stickig, trotz der kleinen, lauten Klimaanlage, die auf vollen Touren lief. Mein Kumpel mit der Knarre schwitzte durch sein billiges Aftershave, und das olfaktorische Ergebnis war nicht gerade angenehm. Lovell nahm hinter seinem Schreibtisch Platz und wartete reglos wie ein Steinfisch.

Als es an der Tür klopfte, schreckte mein Kumpel mit der Knarre so zusammen, dass ich fürchtete, er würde mich erschießen.

»Komm rein«, sagte Lovell und legte die Handflächen flach auf den Schreibtisch.

Es war Cody, der von einem riesigen mexikanischen Biker mit schütterem Pferdeschwanz begleitet wurde. Cody hatte seinen Kampfdress gegen Trainingshosen und ein T-Shirt vertauscht, auf dem »HAYABUSA« stand und die Silhouette eines fliegenden Vogels vor einer roten Sonne zu sehen war. Um den verschwitzten Hals trug er ein Handtuch, und sein hübsches Gesicht schien zu glänzen und war unregelmäßig verquollen, die Augen zu Schlitzen zusammengekniffen. Seine großen Hände waren von den engen Verbänden und den Handschuhen rot und gerunzelt.

Als Cody den Raum betrat, passierte mit Lovells Gesicht etwas, was ich nicht für möglich gehalten hätte, hätte ich es nicht mit eigenen Augen gesehen. Sein kaltes, ausdrucksloses Gesicht lief rosa an, und es erschien ein breites, freundliches Lächeln. Es war, als hätte jemand den Menschlichkeitsschalter hinter seinen Augen umgelegt.

»Cody«, sagte er. »Fantastisch.«

»Was gibt's?«, fragte Cody. Dann drehte er sich um und bemerkte mich. »Oh, hey Angel.« Er hielt inne und riss die Augen auf, als er meinen Kumpel mit der Knarre sah. Mit gerunzelter Augenbraue wandte er sich wieder an Lovell. »Äh …«

Lovell nickte dem Muskelprotz zu, der Codys Arme packte und hinter dessen Rücken festhielt.

»Boah ey«, sagte Cody. »Was soll 'n der Scheiß?«

Lovell kam mit einer kompakten Neun-Millimeter in der Hand hinter seinem Schreibtisch vor. Er presste den Lauf an Codys Stirn, so dass der schielen musste. Lovell lächelte immer noch.

»Was soll 'n der Scheiß«, sagte Cody erneut. »Ich hab doch genau gemacht, was Sie gesagt haben!«

Lovell senkte die Kanone, gab Cody mehrere Klapse auf die Wange und schüttelte den Kopf wie ein gutmütiger Onkel.

»Cody, Cody, Cody«, sagte er, die Kanone weiterhin allgemein in Codys Richtung haltend. »Du brichst mir gerade das Herz. Das weißt du doch.«

»W-was …« Cody stotterte. »Aber ich …« Mit angstvollem Blick wandte er sich zu mir. »Angel …«

»Ist das deine Frau?«, fragte Lovell und schwenkte die Kanone auf mich.

»Nein.« Cody schüttelte den Kopf. »Nein, ich meine, sie ist nur 'ne Freundin. Aber …«

»Eine Freundin, die du geschickt hast, um mich zu bestehlen?«, fragte Lovell. »Hast du mir nicht schon genug gestohlen?«

Cody schaute mich an, dann wieder Lovell. »Ich versteh nicht …«

Die ganze Zeit über beobachtete ich Codys Gesicht und versuchte, es zu deuten. Entweder war er der beste Schauspieler der Welt oder er hatte absolut keine Ahnung, was hier abging.

»Er hatte nichts damit zu tun«, sagte ich. »Ich wollte überhaupt nichts mitnehmen; ich hab nur geschnüffelt.«

»Geschnüffelt?« Lovell wandte mir sein grauenvolles Lächeln zu, und ich wünschte, ich hätte den Mund gehalten. »Und bist du's auch gewesen, die heute Morgen in Codys Spind geschnüffelt hat?«

Mit in gelindem Interesse hochgezogenen Augenbrauen kam Lovell zu mir und drückte mir die Mündung seiner Kanone ans Brustbein.

Mitte der neunziger Jahre hatte ich mir die Piercings aus den Brustwarzen entfernen lassen. Nach fünf Jahren hatte ich die Ringe satt und nahm sie raus, aber darum geht es nicht.

Es war nämlich so, dass es ein richtiger Schock war, als die Nadel zum ersten Mal durchging. Der Schmerz war heftig, plötzlich und unerwartet, und dann war der Ring drinnen, und mein Herz raste und ich dachte: *Wow, ich hab's gemacht. Es ist vorbei.* Und dann fing der Piercer an, die andere Brustwarze zu durchstechen.

Bei der war es tausendmal schlimmer. Beim ersten Mal hatte ich keine Vergleichsmöglichkeit, keine Ahnung, was auf mich zukam, beim zweiten Mal schon. Bei diesem zweiten Mal wusste jeder einzelne Nerv in meinem Körper genau, was kommen würde. Es war der schlimmste Schmerz, den ich je empfunden hatte. Okay, vor der ganzen Rachegöttin-Geschichte jedenfalls.

Ich will damit Folgendes sagen. Als Lovell fragte, ob ich sein fehlendes Kokain hatte, kam mir blitzartig die Erinnerung an einen anderen Mann, der mich nach etwas gefragt hatte, was vermisst wurde. Der mich gefoltert hatte. Mit einem Schlag war jeder Anschein von hartem Knochen, den ich seither kultiviert hatte, wie weggeblasen. Leuten, die denken, sie würden in einer solchen Situation cool bleiben, ist noch nie richtig wehgetan worden.

»Lassen Sie sie in Ruhe«, sagte Cody, der tapfer versuchte, gegen den Griff des Muskelprotzes anzukämpfen. »Sie hat überhaupt nichts gemacht.«

»Du gibst also zu, dass du es warst?«, fragte Lovell.

»Dass ich was war?«, fragte Cody mit krächzender Stimme. »Was reden Sie ’n da für ’n Scheiß?« Dann dämmerte es ihm plötzlich. »Okay, Moment mal. Wollen Sie sagen, dass wirklich was von der Lieferung gefehlt hat?«

»Ja«, sagte Lovell. »Genau das will ich sagen.«

»Wieso sollte ich Steroide klauen wollen, verflucht noch mal?«, fragte Cody. »Sie wissen genau, dass ich wegen dem Fernsehen den Scheiß nicht nehmen darf. Das muss Beto gewesen sein oder sonst jemand aus der Schule.«

»Steroide.« Lovell schaute Cody schief an. »Genau. Wer hat sonst noch die Kombination zu deinem Spind?«

»Na ja ...« Cody hielt inne. »Na ja, niemand, außer Ihrem Abholer. Woher wollen Sie wissen, dass der’s nicht genommen hat.«

»Weil ich es einfach weiß«, sagte Lovell. »Genauso wie ich weiß, dass du es gewesen bist, der die fehlende Dose genommen hat.«

»Ich hab überhaupt nichts genommen«, beharrte Cody. »Sie sind ja verrückt.«

Lovell erstarrte, und sein joviales Lächeln schmolz dahin.

»Okay«, sagte er. »Mir reicht's jetzt.«

Er wandte sich von uns ab und stand reglos da, während der Biker Cody die Hände mit einem dreckigen, splissigen Seil auf den Rücken fesselte. Ich gestehe beschämt, dass ich eine ungeheure, knieerweichende Erleichterung verspürte, als klar wurde, dass Lovell mich nicht foltern würde. Jedenfalls nicht gleich hier und jetzt.

»Mr. Lovell, hören Sie«, sagte Cody. »Das ist irgendein schreckliches Missverständnis, okay? Kommen Sie, können wir da nicht mal 'ne Sekunde drüber reden?«

Der Biker stopfte Cody einen Lappen in den Mund, den er hinter seinem Kopf verknotete. Offensichtlich nicht.

»Ich schreibe das ab«, sagte Lovell zu niemandem speziell, während er sich an seinen Schreibtisch setzte.

»Gehen wir, Baby«, sagte mein Kumpel mit der Knarre, packte mich am Oberarm und drängte mich aus dem Büro. Cody und der Biker folgten dichtauf.

Draußen im Hauptraum mit dem Ring nahm niemand Notiz oder Anteil, als wir hinter der letzten Sitzreihe entlangmarschierten. Alle waren zu sehr vom Kampf in Anspruch genommen.

Als ich zum Ring hochguckte, sah ich, dass Hank da oben war.

Sein Gesicht war gerötet, die Lippen vom Mundschutz pferdeartig gespannt. Ein Auge war blutig und zugeschwollen, aber er schien mich im selben Augenblick zu bemerken wie ich ihn. Er drehte den Kopf, und sein heiles Auge weitete sich beim Anblick des Kerls mit der Knarre hinter mir. Hanks hübscher mexikanischer Gegner nutzte den Sekundenbruchteil der Ablenkung, um eine vernichtende Rechte zu landen, die Hank in einer trunkenen Pirouette durch den Ring schleuderte. Die Menge schrie und johlte, und der Typ mit der Knarre scheuchte mich weiter auf eine große metallene

Feuertür hinten im Raum zu. Ich warf einen letzten Blick zum Ring und sah Hank mit dem Gesicht auf der Matte, während der Ringrichter über ihm kauerte und mit den Armen wedelte. Ich war mir voller Grauen sicher, dass ich Hank zum letzten Mal gesehen hatte.

17

Die Feuertür führte auf einen umzäunten Parkplatz. Gleich vor dem Tor stand im Leerlauf ein verbeulter weiß-blauer Suburban aus den Siebzigern, als hätte er auf uns gewartet. Hinter dem Steuer saß ein älterer Typ mit fettigen weißen Haaren und stoischem Indiogesicht. Er nickte, stieg aus, spuckte aufs Pflaster und ging nach hinten, um die Hecktür zu öffnen.

Der Biker führte Cody nach vorn, band ihm die Füße zusammen und warf ihn wie einen verschnürten Rehbock hinten in den Wagen. Der Weißhaarige setzte sich wieder hinters Steuer, und eine Sekunde lang war ich mir sicher, er würde mit Cody wegfahren, und das war's dann. Mir schwirrte sogar eine halb ausgegorene Entschuldigung an Vic durch den Kopf, als mein Kumpel mit der Knarre mich zum Beifahrersitz zerrte und meinen Rucksack reinschmiss, danach stieg er selbst ein und zog mich auf seinen Schoß.

Ich versuchte, meine Angst und Wut auszuschalten, genau wie den sehnlichen Wunsch, dem Kerl die Fummelfinger zu brechen, die immer wieder den Weg unter mein T-Shirt fanden. Ich versuchte, mich zu konzentrieren und an nichts anderes zu denken als daran, wie nahe der Notfall-Rucksack war, der mir gegen den Fuß knallte, während der dicke, alte SUV über gewundene, ungepflasterte Straßen nach Gottweißwohin raste. Mein Kumpel hatte seine lange Knarre an der Seite, aber eigentlich war gar nicht genug Platz, um sie zu benutzen. Er und der Fahrer führten gerade eine angeregte Debatte auf Spanisch. Es musste eine Möglichkeit geben, an die winzige Warthog in der Seitentasche meines Rucksacks zu kommen, aber ich wollte auch nicht den kleinsten Hinweis darauf geben, dass ich etwas anderes war als ein verängstigtes kleines Mädchen, bis ich sicher war, es auch beweisen zu können.

Ich stellte mir vor, wie der gefesselte Cody hinten schmerzhaft herumgeschleudert wurde. Was ihm wohl durch den Kopf ging? War er wirklich so ahnungslos, wie er tat? Er schien tatsächlich zu glauben, dass es hier nur um Steroide ging. Oder zumindest wollte er, dass ich das dachte. Er hatte ganz offensichtlich die Vorliebe seines Vaters für Betäubungsmittel geerbt. Und es gab keinen Grund, wieso er nicht auch Vics Fähigkeit geerbt haben sollte, mir mit vollem Ernst und ganzem Herzen ins Gesicht zu lügen.

Ich hätte Cody nur zu gern geglaubt. Ich *musste* ihm glauben, wenn ich weiterhin den Kopf hinhalten sollte, um seinen Arsch zu retten. Aber wenn ich ganz ehrlich war, musste ich zugeben, dass ich von seiner Aufrichtigkeit nicht völlig überzeugt war.

Bevor mir etwas eingefallen war, wie ich an die Warthog käme, waren wir unversehens angekommen, wo wir hinwollten. Der Streit wütete noch, als sie ausstiegen und mich mit sich hinauszerrten. Wir waren im Niemandsland, einer speziellen Art von ödem, leerem Wüstenniemandsland, die mir leider nur allzu vertraut war. Die Art von Nirgendwo, wohin man Leute brachte, die nicht zurückkommen sollten.

Mein Kumpel mit der Knarre wurde immer handgreiflicher, zupfte an meinen Brüsten und griff mir an den Arsch. Mir wurde klar, dass die Debatte darum ging, ob man mich vorher ficken sollte oder besser nicht. Nicht dass ich den Wunsch verspürte, mit dem Kerl zu ficken, aber ich war trotzdem alles andere als begeistert, als er den Streit offenbar verlor. Das hieß lediglich, dass sie umso schneller zum Umlegen kommen würden und ich noch weniger Zeit hatte, mir etwas einfallen zu lassen.

Der Weißhaarige wuchtete Cody aus dem Fond des Suburban und band ihm die Füße los, damit er gehen konnte. Er führte ihn mit einem kleinen Revolver vom Auto weg, während der andere eine Schaufel packte und sie mir reichte.

»Graben«, sagte er und zeigte mit seiner Knarre auf eine sandige Stelle etwa fünfzehn Meter vor der vorderen Stoßstange des Autos.

Ich schaute zu Cody. Er war blass und schwitzte, seine Augen waren riesig, und sein Kinn war nass vom Sabber wegen des Knebels. Er warf den Kopf hin und her und machte jede Menge theatralischer *Mmmmmmphs* durch das Tuch. Auf keinen Fall durfte ich das so enden lassen. Ich packte fest die Schaufel und überlegte, wie ich sie für etwas anderes als zum Schaufeln benutzen konnte. Ich wusste, ich hatte nur eine einzige Chance.

Um Zeit zu gewinnen, fing ich an zu graben. Der Typ mit der Knarre stand links von mir und ein bisschen näher als Cody und der Fahrer rechts von mir. Ich dachte, dass mir mindestens eine Stunde blieb, da ich allein arbeitete. Diese Art eintöniger, schwerer Arbeit lässt dem Hirn jede Menge Raum für Fantasien, und ich spürte, wie sich allmählich so etwas wie ein Plan bildete.

Ich konnte sehen, dass es meinem Kumpel mit der Knarre langweilig wurde. Er versuchte, weiterhin bedrohlich zu wirken, aber ich ertappte ihn immer wieder dabei, wie er in den nächtlichen Himmel starrte oder wie ein ungeduldiges Kind nach Steinchen trat. Ich stand inzwischen fast hüfthoch in dem Loch und kam zu dem Schluss, es sei Zeit.

Schwer atmend, wurde ich allmählich langsamer und tat so, als würde mir die Schaufel zu schwer. Als hätte die Arbeit mich ausgelaugt und ich wäre der Erschöpfung nahe. Mein Kumpel beachtete es kaum. Meine Muskeln flatterten, und mir war übel vor Adrenalin, als ich tief die staubige Luft einsog und, so hoffte ich, hübsch mädchenhaft in Ohnmacht sank.

Ich hörte meinen Kumpel leise fluchen und dann das Knirschen von Schritten hin zum Rand des Lochs. Die Schaufel an die Brust gedrückt, lag ich flach auf dem Rücken am Boden. Ich spürte ein aufgescheuchtes Insekt über meinen Hals krabbeln, bewegte mich aber nicht, um danach zu schlagen. Ich wartete ab.

Er kniete sich hin, um mich raufzuzerren, und als das Oval seines Kopfs über der Lochkante erschien, zog ich ihm fest die Schaufel über.

Blitzartig war ich auf den Beinen, schlug noch ein zweites und drittes Mal mit dem Schaufelblatt zu, bis der Drecksack im Sand lag.

Ich war darauf gefasst, dass der Fahrer jeden Moment anfing zu schießen, und wollte schon wieder ins Loch abtauchen, aber als ich mich zu ihm umdrehte, sah ich ihn verkrümmt auf der Erde liegen, und Cody trat ihm die Scheiße aus dem Leib. Der Junge hatte seine Hände eindeutig nicht nötig. Alles, was er gebraucht hatte, war ein Sekundenbruchteil der Ablenkung, um den Revolver dorthin zu kicken, wo er jetzt lag, nämlich neben einem glatten, flachen Stein in etwa drei Meter Entfernung. In diesem Moment war ich bereit, Cody alles zu verzeihen, was er möglicherweise angestellt hatte, um uns überhaupt in diese Lage zu bringen.

Ich verpasste meinem Kumpel noch eins mit der Schaufel, schnappte mir die heruntergefallene Knarre und rannte zu Cody, der über dem Fahrer stand. Der ältere Mann war k. o. und blutete in den Sand. Inzwischen versuchte mein Kumpel, eine Hand an die blutende Nase gedrückt, sich auf die Knie aufzurappeln. Ich hätte Cody gern die Fesseln und den Knebel abgenommen, hatte aber die Hände voll mit der Knarre und der Schaufel, und es war einfach keine Zeit dazu.

»Lass uns von hier verschwinden, bevor sie hochkommen, verflucht noch mal«, sagte ich.

Cody nickte, und wir rannten zu dem Suburban. Ich ließ die Schaufel fallen, aber nicht die Knarre, dann hockte ich mich hinters Steuer und griff nach der Zündung.

Keine Schlüssel.

»Scheiße«, sagte ich und kletterte wieder aus dem Wagen. »Der Fahrer muss die Schlüssel haben.«

Cody, immer noch gefesselt und geknebelt, *mmmmphte* laut mit aufgerissenen Augen und gestikulierte wild mit dem Kinn in Richtung der Männer am Boden.

»Was?«, fragte ich und hob eine Hand, um den Knebel abzunehmen.

Er trat mir so heftig in die Kniekehlen, dass sie einknickten. Ich fiel unangenehm nach hinten auf den rauen Sand, und in meinem Mund formte sich halb ein Fluch. Aber kurz bevor ich aufschlug, hallte das Krachen eines kleinkalibrigen Schusses über die Felsenzacken und Flussläufe.

Ich rollte mich unter den Suburban und drückte die Knarre an die Brust. Ich konnte nicht sehen, wo Cody war, aber da ich ihn auch nicht tot auf der Erde liegen sah, dachte ich mir, dass er wohl irgendwo hinter dem Fahrzeug noch auf den Füßen sein musste.

Noch ein Knall, und ich stützte mich auf die Ellbogen, stellte die Knarre auf Halbautomatik ein und zielte in die Richtung des Lärms, wobei ich Duncans Geist einen stummen Dank sandte für alles, was er mir über die ehrwürdige alte Kalaschnikow beigebracht hatte.

Soweit ich sehen konnte, war der Fahrer außer Gefecht, aber der Typ, dem ich einen mit der Schaufel verpasst hatte, schien widerstandsfähiger zu sein. Er musste auf uns geschossen haben. Ich suchte die Dunkelheit ab und entdeckte einen flachen, kriechenden Schatten, den blutige weiße Haare krönten. Der Fahrer regte sich, versuchte wegzukriechen. Ich glaubte immer noch nicht, dass er fit für einen Schusswechsel war. Ich zielte mit der Knarre auf die letzte Stelle, wo ich den größeren Typen gesehen hatte, und drückte ab, in der Hoffnung, dass er sich verriete. Es funktionierte. Der Revolver antwortete mit einem weiteren Schuss, der in die Erde neben dem großen Vorderreifen ein Stück links von mir ging, und ich sah das Mündungsfeuer aufblitzen. Der Drecksack saß in dem Loch, das ich gegraben hatte.

»Cody!«, rief ich. »Wenn du mich hören kannst, sieh zu, dass du dir die Schlüssel schnappst. Ich geb dir Deckung.«

Ich feuerte noch mal in Richtung Loch. Mit der Knarre war ich klar im Vorteil, aber der große Typ brauchte nur einen einzigen glücklichen Schuss, um Cody auszuschalten. Ich war versucht, auf Vollautomatik zu schalten und es mit der Bleifeuerspritze zu versuchen. Das würde den Typen garantiert für ein paar Angstsekunden unten halten, wahrscheinlich würde er sich auch in die Hosen machen, aber ich wollte nicht meine ganze Ladung auf einmal verschießen. Cody brauchte mehr Zeit. Meine Hände waren verschwitzt und zitterten.

In einem kurzen Aufblitzen sah ich Cody, der zu dem Fahrer hinrannte, und deckte ihn mit einem Dutzend rascher, aber gezielter Schüsse. Ich achtete nicht auf Cody. Ich beobachtete das Loch, versuchte willentlich, meine Nachtsicht zu verbessern. Ich hoffte, die Pause würde den großen Typen verleiten, den Kopf zu heben.

Ich schaute kurz nach Cody und sah, dass er, den Kopf zum Sternenhimmel gereckt, neben dem Fahrer auf dem Rücken kauerte, in dessen Jacke er blind fummelte.

Eine verwaschene Bewegung lenkte meinen Blick wieder zu dem Loch zurück, und ich drückte ab. Ich bin bestimmt kein Scharfschütze, und so dachte ich nicht, dass ich gut getroffen hätte, aber ich musste ihn wohl zumindest gestreift haben, denn er jaulte auf und fluchte, als sei er von einer Biene gestochen worden.

Als ich wieder nach Cody schaute, rannte der gerade auf den Suburban zu. Ich wusste nicht, ob er die Schlüssel hatte oder nicht. Ich krabbelte unter dem Auto hervor und gab noch ein weiteres Dutzend Schüsse ab, um Codys Rückzug zu decken, aber der große Typ war zu klug, um noch mal aufzutauchen.

Cody klimperte laut mit den Schlüsseln, die er auf dem Rücken hielt, und schlüpfte in den Wagen. Ich folgte, schmiss mich hinters Steuer und warf die Knarre nach hinten. Cody beugte sich vor und drehte mir seine Hände zu. Ich nahm die Schlüssel, steckte sie ins Zündschloss und ließ den Motor an.

Als ich Gas gab und in einem Schotterregen anfuhr, zersplitterte Codys Fenster, und mir blieb fast das Herz stehen. Ich war darauf gefasst, ihn blutend und sterbend mit einem Schuss ins Gesicht zu sehen, als ich mich umdrehte, aber er war in Ordnung. Geknebelt und schreckensstarr, aber in Ordnung, unverletzt. Neben ihm auf dem Sitz lag ein faustgroßer Stein. Wir schauten beide auf ihn hinunter und dann uns an.

Ein weiteres lautes Scheppern von hinten, und als ich in den Spiegel blickte, sah ich den großen Kerl, der hinter dem Suburban herrannte und Steine schleuderte wie ein Major-League-Werfer. Mann, war der stinkig. Ich gab Gas, bis ich außer Reichweite war und seine wütende Fresse in der Dunkelheit verschwand.

18

Ich trat das Gaspedal noch fünf bis zehn Minuten lang bis zum Anschlag durch. Als ich an eine Kreuzung kam, fuhr ich rechts ran, weil ich mir dachte, ich sollte, anstatt weiter panisch auf gut Glück weiterzudüsen, lieber feststellen, wohin wir fahren sollten. Nachsehen, ob im Handschuhfach eine Karte war. Mein Herz raste immer noch, und meine Hände zitterten so stark, dass ich dachte, ich würde das Steuer aus der Lenksäule reißen. Etwa drei Meter vor uns in der Erde steckte ein kleines hölzernes Kreuz, das mit verstaubten Plastikblumen umwunden war. Es war das einzige sichtbare menschliche Zeichen. Meilenweit keine Häuser oder Gebäude. Kein Mensch zu sehen.

Ich drehte mich zu Cody um. Sein Gesicht war rot angelaufen, die Augen aufgerissen. Einen Moment lang saß er nur reglos und schweigend da, dann fing er hinter seinem Knebel zu lachen an. Kopfschüttelnd beugte ich mich rüber, um ihm die Hände loszubinden. Als sie frei waren, zog er sich den Knebel aus dem Mund, schlug mit den Händen aufs Armaturenbrett und johlte wie ein wild gewordener Sportfan. Er riss die Beifahrertür auf, taumelte hinaus und heulte mit weit ausgebreiteten Armen lachend den Mond an.

Ich ließ den Suburban laufen, schaffte es, meine eigene Tür zu öffnen, und stieg mit wackligen Knien aus auf die steinige Straßenböschung. Ich fühlte mich wie eine gerade geborene Giraffe. Codys Gelächter war ansteckend.

»Junge«, sagte er mit noch einem wilden Lachen. »Hast du das Gesicht von dem Kerl gesehen? Scheiße noch mal, ich kann nicht glauben, dass wir noch leben.«

»Glaub's ruhig«, sagte ich ebenfalls lachend.

Er packte mich an den Handgelenken und wirbelte mich herum.

»Du warst unglaublich«, sagte er, hielt inne und fasste mich an den Händen. »Ernsthaft. Machst du so was öfter?«

»Nein«, sagte ich. »Ich versuche, so was zu vermeiden.«

Er schaute auf mich runter, mit verschatteten Augen, in denen nichts zu sehen war als die winzigen Leuchtpunkte der reflektierten Scheinwerfer. Dann schob er mir den Arm um die Hüfte und zog mich wieder in eine seiner heftigen Ganzkörperumarmungen. Diesmal ließ er mich nicht los, und mit einem Schlag war alles anders.

Ich spürte, wie sein fetter Pagliuca-Schwanz unter seiner Trainingshose aufwachte und sich an meiner Hüfte rieb. Er atmete zu schnell, und seine Hände in meinem Kreuz schwitzten.

Ehe ich mich versah, knutschten wir wie wild.

Nach endlosen, schwindelerregenden Minuten machte ich mich los, um wieder zu Atem zu kommen und klaren Verstand zu bewahren.

»Okay«, sagte ich. »Okay, Moment mal.«

Ich langte in den Fond des Autos nach meinem letzten Gummi in einer Tasche meines Rucksacks.

»Hier«, sagte ich und warf ihm die kleine Plastikpackung zu.

»Klar, okay«, sagte er und riss sie mit den Zähnen auf, während ich mir die Shorts und das Höschen über die Schuhe streifte.

Ich sah zu, wie er sich fast eine Minute lang heldenhaft abmühte, um das Kondom überzuziehen, bis es schließlich in zwei Teile zerplatzte. Zurückblieb ein straffer Gummischlauch, der komisch bis halb nach unten reichte. Ich hätte es ihm einfach mit dem Mund drüberschieben sollen.

»Scheiße«, fluchte er, riss sich das Bruchstück runter und warf es in den Dreck. »Sorry. Hast du noch 'nen anderen?«

Ich schüttelte den Kopf.

»Scheiße«, sagte er.

Einen Moment lang stand er einfach nur mit gesenktem Kopf unsicher da, war aber noch steif. Ich bin nicht stolz auf das, was ich dann machte.

»Scheiß drauf«, sagte ich.

Sie müssen wissen, dass ich schon keinen ungeschützten Sex mehr gehabt hatte, seitdem Cody zur Welt gekommen war. Es war grundfalsch, aber es war auch gottverdammt gut. Der Kleine war heiß und ausgehungert, und nach nicht mal einer Minute spritzte er gewaltig in mir ab, aber er machte weiter, ohne einen Stoß auszusetzen. Noch so 'ne klassische Thick-Vic-Nummer. Zu seiner besten Zeit war Vic dafür berühmt gewesen, es auf zwei bis drei satte Abgänge pro Nummer zu bringen, ohne aus dem Takt zu kommen. Auch wenn Cody nicht über Vics Erfahrung und Raffinesse verfügte, war er doch seines Vaters Sohn.

Darüber dass ich schwanger werden könnte, machte ich mir überhaupt keine Sorgen, da ich in meiner leichtsinnigen Jugend mehrere unschöne Beckenentzündungen gehabt und mein Frauenarzt mir gesagt hatte, ich würde wahrscheinlich nie Kinder bekommen können. Außerdem konnte ich mich bei Lage der Dinge glücklich schätzen, wenn ich noch lange genug lebte, um mir über Schwangerschaften oder Geschlechtskrankheiten Gedanken machen zu müssen. In den folgenden zwanzig Minuten dachte ich an nichts anderes als daran, wie schön es war, zu leben.

Dann musste ich plötzlich an Hank denken und daran, wie sein Körper sich an meinen gepresst hatte, als er mich auf der Matte herumgeworfen hatte. Daran, wie sehr ich mich danach gesehnt hatte, die Kontrolle über diesen kraftvollen, gefährlichen Körper zu übernehmen und ihn bis an seine Grenzen zu treiben. Ihn zu steuern wie einen Rennwagen. Ich war dicht an der Schwelle, und die Gedanken an Hank stießen mich heftig darüber.

Danach musste ich wieder an Vic denken, daran, wie er mich gebeten hatte, mich um Cody zu kümmern. Daran, wie er gestorben war. Mit einem Mal kam es mir ganz komisch vor, mit seinem Sohn zu schlafen, der jung genug war, um *mein* Sohn zu sein. In diesem Augenblick wollte ich dem einfach nur ein Ende machen und schaltete deshalb im Kopf auf Profimodus um. Ich machte mich los und bückte mich, um ihn mit dem Mund zu befriedigen.

»Scheiße!«, fluchte Cody ungläubig langgezogen, als ich fertig war. »Das war der Wahnsinn.«

Ich gluckste leise. Wenigstens hatte er nicht *unglaublich* gesagt.

Er langte nach mir, als wollte er mich zu einer neuen Knutscherei an sich ziehen, aber ich wich aus und machte mich auf die Suche nach meinem Höschen. Als ich es verkrumpelt und dreckig neben dem Vorderreifen des Suburban fand, warf ich es weg und zog meine Shorts so an.

»Ich hab noch nie 'n Mädel getroffen, das mich so bis zum Anschlag reingekriegt hat«, sagte er, während er seinen Pimmel wieder in die Hose stopfte. »Das war echt der irrste Blowjob aller Zeiten.«

»Freut mich, dass es dir gefallen hat, Kleiner«, antwortete ich. »Das wird nämlich nie wieder passieren.«

»Verflucht«, sagte er. »Ich wollte dich grade fragen, ob du mich heiratest.«

Kopfschüttelnd ging ich zurück zur Fahrerseite.

»Guck mal ins Handschuhfach«, sagte ich zu ihm, als ich die Tür öffnete und auf den Fahrersitz rutschte. »Schau mal, ob du 'ne Karte findest, damit wir rauskriegen, wo zum Teufel wir stecken.«

19

Es stellte sich heraus, dass es nirgends in dem Suburban eine Karte gab, und so schlugen wir die Richtung ein, die am ehesten nach Norden zu führen schien, und fuhren los. Cody schlief praktisch sofort auf dem Beifahrersitz ein und ließ mich mit meinen düsteren, wirren Gedanken allein.

Eine Stunde später ging uns einfach die Straße aus.

Es war unmöglich zu sagen, ob die Straßenbauer schlicht das Interesse verloren hatten oder ob die Wüste die Straße unter glattem Flugsand geschluckt hatte, aber aus welchem Grund auch immer, wir steckten in einer Sackgasse. Der Zeiger der Benzinuhr senkte sich bedenklich. Unter dem Fahrersitz fand ich eine Zwei-Liter-Colaflasche, die halbvoll mit irgendeinem schleimigen Fusel war, aber Wasser gab es keins. Jetzt, wo das putschende Adrenalin abgebaut war, war ich erschöpft. Am Horizont kroch die Morgendämmerung heran und tauchte die fernen Berge in fiebriges Rosa. Bald würde es sehr heiß sein.

Es war wie ein geschmackloser Witz. Ich hatte jede Menge menschlicher Killer überlebt, aber jetzt, in der Zeit von GPS und Smartphones, war ich ohne Essen oder Wasser in der mexikanischen Wüste gestrandet. So viele Möglichkeiten zu sterben mir auch eingefallen waren, die hier gehörte eindeutig nicht dazu.

Natürlich war mindestens einer der Kerle, die uns hatten umbringen und verscharren sollen, da draußen noch am Leben und vermutlich immer noch stinksauer. Anders als wir hatte er wahrscheinlich ein Handy und Freunde, die kommen und ihn abholen würden. Außerdem kannte er die Gegend viel besser als wir und fuhr uns vielleicht gerade hinterher. Möglicherweise würden wir gar nicht die Chance bekommen, an Entkräftung zu sterben.

»Wach auf, Kleiner«, sagte ich zu Cody.

Cody regte sich auf dem Beifahrersitz und rieb sich die verschlafenen Augen.

»Wo zum Teufel sind wir?«, fragte er.

»Keine Ahnung«, sagte ich. »Aber ich sag dir, was ich weiß. Wahrscheinlich haben wir nicht mehr genug Benzin, um wieder zu der Kreuzung zu kommen, von der wir losgefahren sind.«

»Hinten hab ich ’nen Benzinkanister gesehen«, sagte Cody. »Bin ein paarmal mit dem Kopf drangeknallt, und er hat sich nicht leer angefühlt.«

»Gottverdammmich, danke!«, sagte ich.

Ich warf Cody die Schlüssel zu. Er hüpfte aus dem Auto und ging nach hinten, um die Heckklappe zu öffnen. Im Rückspiegel sah ich, wie er mit einer Hand einen verbeulten Benzinkanister aus rotem Metall hochhob und mit der anderen das Daumen-hoch-Zeichen machte. Er füllte mit dem Kanister den Tank, während ich dasaß und mit Mühe die Augen offen hielt.

Ich stieg aus dem Wagen, um meine schmerzenden Muskeln zu strecken, und beschloss, die Knarre wegzuschmeißen. An der Grenze warteten genügend potenzielle Probleme auf uns, auch wenn wir nicht versuchten, ein automatisches Gewehr in die Staaten zu schmuggeln. Ich steckte das Ding mit dem Lauf voran in den Sand und ließ es als eine Art kitschiges politisches Statement zurück. Natürlich hatte ich noch meine beiden Handfeuerwaffen, aber die würde ich auf keinen Fall aufgeben. Das war ein Risiko, das ich einfach eingehen musste.

Ich ging um den Suburban herum zu der Stelle, wo Cody mit dem leeren Kanister stand.

»Ich muss dich was Wichtiges fragen«, sagte ich.

»Okay«, antwortete er.

»Ich hab nicht vor, über dich zu urteilen oder dir zu sagen, was du zu tun hast«, sagte ich. »Und ich werd dir nach wie vor helfen, egal, was du sagst, aber ich muss die Wahrheit wissen. Hast du Lovells Kokain genommen?«

»Na klar, ein bisschen«, sagte er mit zusammengezogenen Augenbrauen. »Nur 'n paar Lines, wenn ich drüben bei ihm zu Hause war, aber das hab ich dir doch schon gesagt.«

»Das hab ich nicht gemeint«, sagte ich. »Ich hab gemeint, ob du die fehlende Dose aus Lovells Lieferung geklaut hast.«

Er blinzelte mich an. »Die Steroide meinst du?«

»Ich hab in die Dosen reingeschaut«, sagte ich. »Die waren randvoll mit Kokainziegeln, nicht mit Steroiden. Willst du mir erzählen, du hättest das nicht gewusst?«

»Ehrlich?«, fragte er. »Bist du dir sicher? Ich meine, hast du's probiert?«

»Cody, verarsch mich nicht«, sagte ich.

»Tu ich nicht!« Er wirkte gekränkt und ehrlich verdattert. »Ich ... na ja ... ich mein ja nur ... Scheiße.«

»Du hattest also keine Ahnung?«, fragte ich. »Schau mir in die Augen und sag's mir.«

»Mann, Angel«, sagte er mit einem tiefen Blick in meine Augen. »Ich hatte keine Ahnung. Wieso sollte ich dich bei so was anlügen?«

Ich musterte sein Gesicht, wohl wissend, dass ich, wenn er ein genauso guter Lügner war wie sein Vater, die Wahrheit wahrscheinlich nie erfahren würde.

»Okay, in Ordnung«, sagte ich. »Ich bin fix und fertig. Du fährst.«

Er lächelte.

»Na klar, Baby«, sagte er. »Rutsch rüber.«

Ich verdrehte die Augen und setzte mich auf den Beifahrersitz. Ich holte einen leichten Kapuzenpulli aus meinem Rucksack, streifte ihn über und zog mir die Kapuze über die Augen. Ich war schon weg, ehe Cody wieder im Auto saß.

Wir brauchten den größten Teil des Tages, um wieder zur Grenze zurückzufinden, aber mit Händen und Füßen und seinem unbekümmerten Pidginspanisch gelang es Cody, einer Gruppe amüsierter Prostituierter vor einem armseligen kleinen Rasthaus eine ziemlich genaue Wegbeschreibung zu entlocken, die uns in die richtige Richtung führte. Von Lovells Männern keine Spur. Irgendwann versuchte ich halbherzig, Cody dazu zu überreden, in die andere Richtung zu fahren. Überhaupt nicht in die USA zurückzukehren. Bei den ganzen Leuten, die einen von uns oder beide tot sehen wollten, wäre das weit sinnvoller gewesen, aber Cody wollte nichts davon hören. Dem Kleinen ging es um nichts anderes, als am Sonntagmorgen um acht Uhr früh zu seinem Fernsehdebüt bei *All American Fighter* in Vegas zu sein. Als wir an der Grenze ankamen, war es dunkel.

Die äußerst braun gebrannte, äußerst durchtrainierte Blondine an der Grenze nahm meinen nagelneuen Reisepass, hielt ihn hoch ins Licht und musterte ihn viel zu lange. Ihr Blick huschte immer wieder von meinem Gesicht zu dem Foto und zurück, und als sie einen ihrer Zöllnerkollegen rief, damit er sich ihn auch ansah, war ich mir sicher, dass es das gewesen sei.

Sie ließ mich fast eine Minute schmoren. Cody wurde ganz nervös und ungeduldig. Ich fürchtete, er würde anfangen, sich zu beschweren und einen Aufstand zu machen. Er hatte keine Ahnung, dass mein Pass gefälscht war. Keine Ahnung, wie nahe wir dran waren, aufzufliegen.

Dann gab sie mir den Pass zurück und winkte uns durch.

»Was zum Teufel sollte das denn?«, fragte Cody nach einer Weile.

»Ich weiß nicht«, sagte ich. Dann: »Hör zu, wir müssen diese Kiste loswerden.«

»Geht klar«, sagte Cody. »Aber zuerst muss ich noch mal bei mir zu Hause vorbeifahren.«

»Auf keinen Fall.« Ich schüttelte den Kopf. »Nein. Unmöglich. Das ist eine ganz schlechte Idee.«

Ich erwähnte nicht, dass ich zu Hank fahren wollte, um zu sehen, ob bei ihm alles in Ordnung war. Ich wusste, das war auch eine ganz schlechte Idee, aber das hielt mich nicht davon ab, es zu wollen.

»Tut mir leid«, sagte Cody. »Ich kann dich vorher irgendwo absetzen, wenn du willst, aber ich muss nach meiner Mutter sehen. Sie wird … Ich muss einfach nach ihr sehen.«

Nach allem, was passiert war, wollte ich den Kleinen auf keinen Fall mehr aus den Augen lassen. Ich hatte es Vic versprochen, und wenn ich auch nicht vorhatte, für den Rest meines Lebens Codys pistolenschwingende Patenfee zu spielen, so hatte ich mir doch in den Kopf gesetzt, wenn ich ihn nach Vegas zu seiner gottverdammten Fernsehsendung brächte, sei ich aus dem Schneider. Niemand würde ihn vor laufender Kamera umbringen, und so wie er es beschrieben hatte, liefen die Kameras rund um die Uhr. Ich könnte in dem Gefühl gehen, Vics letzten Wunsch erfüllt zu haben. Aber im Augenblick schien Vegas ganz weit weg zu sein.

Codys Zuhause befand sich in einem rauen, heruntergekommenen Viertel voll mit Wohnmobilen, Pitbullzüchtern und Drogenlabors. Es war ein schäbiges L-förmiges kleines Haus mit schweren Gittern an allen Fenstern, das sich von seinen Nachbarn nur dadurch unterschied, dass nicht mehrere schrottreife Autos davorstanden. Der einzige Wagen in der Auffahrt war ein kleiner, armseliger Ausländer mit eingeschlagenem Scheinwerfer. Der Vorgarten bestand vor allem aus nackter steiniger Erde und ein paar braunen, vertrockneten Kakteen. Ich rätselte, ein wie schlechter Gärtner man sein musste, um Kakteen umzubringen.

Ich ließ Cody zweimal dran vorbeifahren, um sicherzugehen, dass niemand auf der Lauer nach uns lag. Es sah sauber aus, aber trotzdem holte ich die Warthog aus dem Rucksack und steckte sie in die Tasche meines Kapuzensweatshirts. Cody parkte und stieg aus. Ich folgte ihm, blieb aber vorsichtig und auf der Hut und versuchte, mir am Hinterkopf Augen wachsen zu lassen. Nichts. Wenigstens nichts, soweit ich sehen konnte. Es war dunkel, kurz nach neun Uhr abends. Cody schloss die Haustür auf und winkte mich hinein.

Drinnen roch es seltsam unsauber nach verschütteter Milch, überlagert von einem künstlich-süßlichen Luftreiniger. Der dunkelblaue Teppich war abgelaufen, aber frisch gesaugt. Die Möbel waren meist billig und geschmacklos, bis auf einen lachhaft teuren Ledersessel, einen mit Getränkehaltern und eingebauter Shiatsu-Massage und mehr Schaltknöpfen als das Spaceshuttle. Außerdem war da noch eine nagelneue Xbox, und ein riesiger Flachbildfernseher lief mit abgedrehtem Ton. Zweifellos von Lovells Kohle. Ich hätte plötzlich Cody gern noch mal gefragt, ob er Lovells Koks genommen hatte, und hätte es wohl auch getan, wenn ich nicht Hank bemerkt hätte, der mit seinem Revolver im Schoß in dem Ledersessel saß.

»Hank!«, schrie Cody, stürzte sich auf ihn und warf ihm die Arme um die Brust. »Gott, bin ich froh, dich zu sehen!«

Es war mir ein bisschen peinlich, wie froh auch ich war, Hank zu sehen, aber irgendwas stimmte hier nicht, und so blieb ich im Hintergrund und hielt den Mund.

Nachdem Cody ihn losgelassen hatte, saß Hank eine Weile einfach nur da und schaute auf seine Kanone. Dann fing er an zu sprechen.

»Ihr setzt euch besser alle hin«, sagte er.

Cody ließ sich mit besorgt gerunzelter Stirn aufs Sofa fallen. Ich setzte mich neben ihn; die Sache gefiel mir immer weniger.

»Ist alles okay?«, fragte Cody. Er sprang wieder auf. Panik war in seiner Stimme. »Ist was mit Mom? Geht's ihr gut?«

»Ihr geht's gut«, sagte Hank. »Kannst du dich 'ne Sekunde wieder hinsetzen?«

»Sorry«, sagte Cody. Er setzte sich wieder. »Was ist los?«

»Es ist so«, sagte Hank und brach ab.

Er schwieg eine ganze Weile, als überlege er, wie er sagen sollte, was gesagt werden musste. Als er endlich wieder sprach, verstand ich, wieso.

»Cody«, sagte er. »Lovell schickt mich, damit ich dich umbringe.«

20

Ich steckte die Hand in die Tasche, schloss die Finger um den kurzen Schaft der Warthog und hielt, ohne es zu merken, den Atem an. Cody lachte gezwungen und viel zu laut, dann verstummte er.

»Du machst Witze, stimmt's?«, fragte er.

Hank schüttelte bekümmert den Kopf.

»Ich wollte, es wär so«, sagte er.

»Ja, aber …« Cody blickte finster. »Ich meine … du machst das doch nicht wirklich. Oder?«

Hank antwortete nicht sofort. Ich spürte, wie das kalte, aufputschende Adrenalin durch meinen ausgelaugten Körper rauschte, war mir aber nicht sicher, ob ich noch lange durchhalten würde.

»Ich sitz hier jetzt schon 'ne ganze Weile und denk drüber nach«, sagte Hank und senkte den Blick wieder auf die Kanone. »Und ich bin zu dem Schluss gekommen, dass ich's nicht tu. Ich kann's nicht. Ganz einfach. Schätze, er bringt mich um, wenn ich's nicht tu. Aber so wie ich das sehe, ist das 'n fairer Tausch.«

»Was?«, sagte Cody. »Was redest du 'n da? Das ist doch verrückt!«

»Du hast noch 'ne ganze Karriere vor dir«, sagte Hank. »Ich hab gar nichts.«

»Mann«, sagte Cody. »Hank, red nicht so 'n Zeug. Du hast doch uns, stimmt's? Mich und Angel.« Er drehte sich um und schloss mich in eine verzweifelte Geste ein. »Außerdem brauch ich dich in meiner Ecke, wenn das mit dem AAFC klappen soll. Ohne dich schaff ich das nicht!«

»Natürlich schaffst du's«, sagte Hank. »Du hast doch Matt Kenner. Der ist als Kämpfer doppelt so gut, wie ich's je war, und er bringt nichts durcheinander und vergisst nicht die Hälfte, so wie ich.«

»Blödsinn!«, sagte Cody. »Nein, das ist Blödsinn. Das lass ich mir nicht einreden. Es muss noch 'ne andere Möglichkeit geben.«

»Ihr macht euch am besten auf den Weg«, sagte Hank. »Ich hab mit Mrs. Dean nebenan gesprochen, dass sie sich um deine Mama kümmert. Du brauchst dir um nichts Sorgen zu machen, außer nach Vegas zu kommen.« Hank wandte sich mit einem undeutbaren Ausdruck zu mir. »Tut mir leid, Ihnen das aufzuhalsen, Angel, aber ich schätze, von jetzt ab müssen Sie 'n Auge auf den Kleinen haben.« Er lächelte, worauf sein hartes, hässliches Gesicht nur noch resignierter wirkte. »Ich weiß, er ist in guten Händen.«

Ich hatte es dick bis obenhin mit zum Untergang verurteilten Männern, die mich baten, auf Cody aufzupassen.

»Es muss nicht so enden, Hank«, sagte ich. »Kommen Sie mit uns. Wir können Lovell zuvorkommen, aber ich brauche Sie. Alleine schaff ich das nicht.«

»Ich glaub nicht …«, setzte Hank an, aber Cody schnitt ihm das Wort ab.

»Du musst mitkommen, Hank«, sagte er. »Es ist wie Angel sagt, wir schaffen's nicht ohne dich. Du musst uns helfen!«

»Ich weiß nicht«, sagte Hank, aber ich konnte sehen, dass seine Entschlossenheit wankte.

Cody stand auf, packte Hank am Handgelenk und zog ihn hoch.

»Hör zu, es ist entschieden. Du kommst mit.«

»Du lässt wohl nicht locker, was?«, fragte Hank.

»Nee«, antwortete Cody und grinste, als hätte er schon gewonnen.

»Cody?«, rief eine dünne, zittrige, ältlich klingende Stimme von der anderen Seite des Zimmers.

Als ich mich umdrehte, erwartete ich eine kleine, alte Dame. Zu sehen bekam ich Codys Mutter. Skye West. Oder sollte ich sagen, die Person, die früher mal Skye West gewesen war?

Wenn ich nicht gewusst hätte, dass sie es ist, hätte ich sie niemals erkannt. Damals war sie gertenschlank gewesen, eine sommersprossige kleine Hippie-Lolita mit einem süßen Gesicht und naturblonden Locken, großen grünen Augen und einem versteinerten ewigen Lächeln. Jetzt war sie eher aufgedunsen als übergewichtig, mit blassem, geschwollenem Gesicht, und ihr einst gelenkiger Körper war teigig und unförmig wie ein vollgestopfter Wäschesack. Ihr farbloses Haar war kurz geschnitten und dünn, und sie trug ausgebleichte Trainingshosen und ein fleckiges T-Shirt. Langsam und wie unter Beruhigungsmittel schlurfte sie auf Cody zu.

»Mom«, sagte Cody. »Mom, ist alles in Ordnung?«

»Ich hab jemanden reden hören«, sagte sie und beäugte mich misstrauisch.

»Das waren nur ich und Hank«, sagte Cody und nahm ihre Hände. »Mom, wieso ziehst du nicht eins von den hübschen neuen Kleidern an, die ich dir gekauft hab?«

»Wer ist das?«, fragte sie mit schmalen, ängstlichen Augen und deutete mit dem Kinn nach mir. Sie schien mich nicht zu erkennen.

»Das ist meine Freundin Angel«, sagte Cody, und sofort wünschte ich, er hätte es nicht gesagt.

Skye musterte mich, taxierte mich, als wollte sie mich gleich testen. Ich wartete auf das Gewitter, aber erstaunlicherweise kam es nicht.

»Hank ist da«, sagte sie zu Cody.

»Ich weiß, Mom«, erwiderte Cody. »Ich seh ihn.«

»Er hat gesagt, du gehst weg von mir«, sagte sie, mit einem Mal bockig wie ein Kind.

»Ich muss nur kurz nach Vegas«, erklärte Cody. »Aber Shelley Dean kommt jeden Tag rüber und schaut nach dir und sorgt dafür, dass du isst und nicht vergisst, deine Medikamente zu nehmen. Ich ruf an, sooft ich kann, und wenn ich zurückkomme, dann hab ich so viel Geld, dass ich dir ein neues Haus und ein neues Auto kaufen kann. Was für ’n Auto hättest du gerne? ’nen Porsche?«

»Du gehst wirklich weg!«, heulte sie. »Ich hab’s gewusst!«

»Okay, Mom, wein doch nicht.« Er legte den Arm um sie und flüsterte Hank und mir über die Schulter zu: »Dauert nur ’ne Minute.«

Er führte seine Mutter aus dem Zimmer und sprach dabei leise auf sie ein. Ich blieb zusammen mit Hank stehen und wartete ab. Hank sagte nichts, sondern hielt nur die Kanone an der Seite und schaute auf seine Füße. Wieder überkam es mich, wie froh ich war, ihn zu sehen und dass er bereit war, mitzukommen. Ich hatte keine Ahnung, was nicht mit mir stimmte oder wie ich es hinkriegte, so auf einen Typen abzufahren, dem geradewegs *Schlechte Idee* auf der Stirn tätowiert hätte stehen können. Aber nach meinem schlecht beratenen Quickie mit Cody schien ich in Sachen Schlechte Ideen einen echten Lauf zu haben.

In der Hoffnung auf Ablenkung schaute ich rüber zum Fernseher. Eine Werbung für irgendwas, was ich nicht brauchte. Dann Lokalnachrichten. Als Allererstes ein Foto von Duncan’s Diner, gefolgt von der Zeichnung, die irgendein Polizeikünstler von mir gemacht hatte. Da der Ton abgestellt war, hatte ich keine Ahnung, was sie über mich sagten, aber das brauchte ich eigentlich gar nicht zu wissen. Die Tatsache, dass mein Gesicht aus irgendeinem Grund im Fernsehen war, war die schlechtestmögliche Entwicklung. Ich musste davon ausgehen, dass die Kroaten, die hinter mir her waren, das auch gesehen hatten. Wenn sie nicht schon hier waren, waren sie garantiert auf dem Weg. Als hätte es nicht schon genug Gründe gegeben, wie der Teufel aus Yuma zu verschwinden.

Dankenswerterweise wählte Cody diesen Moment, um zurückzukommen. Über einer Schulter trug er einen schwarzroten Duffelbag mit einem Logo, das so gezackt war, dass ich es nicht lesen konnte.

»Wird sie's schaffen?«, fragte Hank Cody.

»Ich hoffe«, sagte Cody. Er schaute über die Schulter nach der geschlossenen Tür, als sei er sich nicht so ganz sicher. »Du weißt, welche Sorgen ich mir um sie mache, Hank, aber ich kann nicht ewig hierbleiben und mich um sie kümmern. Ich muss mein eigenes Leben leben, stimmt's?«

»Na klar«, sagte Hank. »Und jetzt nichts wie raus hier, bevor ich mir's anders überlege.«

»Klar, okay«, sagte Cody.

Cody ging zur Haustür und öffnete sie. Auf der anderen Seite der Tür standen der Gecko mit dem Cowboyhut und sein massiger Indianerfreund. Hinter ihnen, den schwarzen Hut tief in die Augen gezogen, war Mr. Lovell.

21

Der Gecko hatte eine Pistole in der Hand. Er rammte Cody den Lauf in den Magen und schob ihn ins Haus zurück. Der große Typ trat beiseite, um Lovell vorbeizulassen, kam dann selbst rein, schloss die Tür und blieb davor stehen wie ein Rausschmeißer.

»Ich bin nicht überrascht, dass du so handelst, Hank«, sagte Lovell. »Nur zutiefst enttäuscht.«

»Okay, ich würd dir gern sagen, was du mit deiner Enttäuschung anstellen kannst, Vernon«, sagte Hank. »Aber ich tu's nicht, weil eine Lady anwesend ist.«

»Kanonen«, sagte der Gecko. »Her damit.«

Hank warf dem Gecko seinen Revolver auf den Teppich vor die Füße. Ich machte es genauso mit der Warthog, dachte mir jedoch, den Rucksack über der Schulter zu behalten, bis sie mir ausdrücklich etwas anderes befahlen. Die Sig steckte in einer Innentasche, und ich spürte ihr Gewicht im Kreuz, hatte jedoch keine Ahnung, wie ich hineingreifen sollte, ohne dass es auffiel.

Der Gecko las die Kanonen auf und steckte beide in die Tasche.

»Bringt zuerst das Weib um«, sagte Lovell.

Ich wollte gerade nach der Sig greifen, scheiß auf die Konsequenzen, sah aber über der Schulter des Geckos, dass Codys Mom sich wieder ins Zimmer geschlichen hatte.

»Cody?«, sagte sie mit dünner Stimme. »Ich dachte, du wärst schon weg. Ich ...«

Alle im Zimmer drehten sich zu ihr um, als sie die Hand hob und sie öffnete, um ein leeres Tablettenröhrchen zu zeigen. Ihr Arm war an der Innenseite vom Handgelenk bis zum Ellbogen aufgeschlitzt. Das Tablettenröhrchen rollte aus ihrer Hand und fiel auf den Teppich.

Ich nutzte die Ablenkung aus, um die Sig zu ziehen und auf Lovell zu richten.

»Mom!« Cody wollte auf sie zustürzen, aber der Gecko packte ihn am T-Shirt und schob ihm die Pistole unters Kinn.

»Jetzt mal langsam, Cody«, sagte der Gecko. »Und du …« Er gestikulierte in meine Richtung. »Lass die Kanone fallen.«

Codys Mom machte stockend einen Schritt, stolperte und fiel auf die Knie.

»Lass mich, verdammte Scheiße«, schrie Cody und wand sich panisch im Griff des Geckos.

»Sag deinem Jungen, er soll Cody loslassen«, sagte ich zu Lovell.

»Vergiss es«, gab Lovell zurück, der meinen Blick erwiderte, ohne mit der Wimper zu zucken. »Wenn du abdrückst, stirbt der Junge mit mir.«

»Herrgott, Mom«, sagte Cody. »Jemand muss den Notarzt rufen!«

»Hier wird niemand gerufen«, sagte Lovell.

Hank kniete neben Skye nieder, zog sich das Hemd aus und wickelte es um ihren Unterarm.

»Halten Sie durch, Mrs. Noon«, sagte Hank.

»Hört mal, erschießt mich, wenn ihr müsst«, sagte Cody, »aber bitte, ihr müsst jemanden rufen. Meine Mom braucht 'nen Arzt. Sie hat euch nie was getan.«

»Weißt du, Cody, ich fänd's wirklich gut, wenn's mir was ausmachen würde«, sagte Lovell. »Aber ich fürchte, das tut's nicht.«

Das war's. Cody riss sich von dem Gecko los und stürzte sich auf Lovell. Der Gecko fluchte und hatte keine Ahnung, wohin er zielen sollte, als Cody und Lovell der Länge nach übers Sofa fielen und auf den Boden rollten. Der massige Typ verließ seinen Posten an der Tür, schnappte sich Cody und riss ihn von Lovell runter.

Cody wehrte sich und schlug um sich, aber der Kerl stand wie eine Mauer. Der Gecko hatte inzwischen entschieden, wohin er zielen sollte. Auf mich. Ich revanchierte mich, und wir standen uns reglos und gereizt gegenüber und starrten einander in die Mündungen. Aus dem Augenwinkel sah ich, dass Lovell sich wacklig aufrappelte. Er war vor Wut dunkelrot angelaufen und blutete aus der Nase.

»Knallt jetzt bitte mal jemand diesen Scheißjungen ab«, sagte er.

»Nicht«, sagte ich zu dem Gecko, konnte aber sehen, dass der große Kerl nach seiner Kanone griff. »Nicht!«, wiederholte ich wie ein Hund, der bellt. Nichts als ein verzweifelter, wütender Laut ohne wirkliche Bedeutung.

Dann sah ich, dass Hank geduckt auf sie losstürmte. Er trat dem großen Kerl gegen das Knie, so dass es ekelhaft in die falsche Richtung abknickte. Der Kerl schnaubte wie ein Bulle, der gebrandmarkt wird, fasste sich ans Bein und brach zusammen, wobei er den billigen Couchtisch mitriss. Hank hatte keine Mühe, ihm die Kanone wegzunehmen.

»Fallen lassen«, sagte er und ging auf den Gecko zu.

Jetzt in Unterzahl ließ der Gecko langsam die Pistole sinken. Ich nutzte die Gelegenheit, um näherzutreten und ihm die Sig ins Ohr zu stecken.

»Her damit«, sagte ich mit einer Handbewegung in Richtung seiner Kanone.

»Leck mich«, sagte er. »'n Scheißdreck kriegst du von mir, Lady.«

»Cody«, sagte Hank, die Pistole immer noch auf den Gecko gerichtet. »Geh und ruf den Notarzt für deine Mama.«

Cody nickte und ging quer durchs Zimmer zu dem schnurlosen Telefon.

»Ist sowieso zu spät«, sagte Lovell.

»Was?« Cody wandte sich zu Lovell und ballte die Fäuste.

»Schau sie dir doch an«, sagte Lovell. »Die ist tot. Überdosis. Ausgeblutet. Ihr Unterarm ist offen bis auf den Knochen. Ehrlich, mich wundert, dass sie nicht früher abgekratzt ist.«

»Mom?« Cody fiel neben seiner auf dem Bauch liegenden Mutter auf die Knie. »Mom?«

»Echt tragisch.«

»Vernon«, sagte Hank. »Wenn du noch mal das Maul aufreißt, dann knall ich dich mit Vergnügen ab. Ich hab endgültig die Nase voll von dir.«

»Mom!«, heulte Cody.

»Hast noch viel zu lernen, Cody«, sagte Lovell. »Man muss 'n richtiger Mann sein, wenn einem beide Scheißeltern abgemurkst werden.«

Getreu seinen Worten schoss Hank Lovell ins Gesicht.

Von dem Knall aufgeschreckt, wirbelte der Gecko herum, und es gelang mir, ihm die Kanone aus der Hand zu schlagen und danach aus seiner Reichweite zu tänzeln. Ich hob die Sig und zeichnete eine Perle auf seine Stirn, die ihm mitten im Schritt stoppte. Lovell stolperte ein paar komische kleine Schritte rückwärts, wedelte mit den ausgestreckten Armen, als wollte er sich über einen Blinden lustig machen, dann brach er zusammen und schlug neben dem großen Kerl auf dem Teppich auf.

»Hank«, sagte ich. »Wir müssen hier raus, und zwar sofort.«

»Steh auf«, sagte Hank zu dem großen Kerl.

»Ich kann nicht, Mann«, antwortete der Typ. »Mein Bein ist hin.«

Einen Augenblick lang regte sich niemand. Dann passierten mehrere Dinge gleichzeitig. Der große Kerl schnappte nach der heruntergefallenen Pistole des Geckos. Der Gecko packte meine Hand mit der Kanone, bohrte den linken Daumen in die weiche Unterseite meines Handgelenks und drückte es nach unten, während er eine harte Rechte an meinem Gesicht landen wollte. Ich drehte gerade noch rechtzeitig den Kopf, so dass sie mich auf die Wange traf, anstatt auf die Nase, und mir wurde rot vor Augen. Ich hörte einen Schuss. Dann noch einen.

Kopfschüttelnd taumelte ich zurück. Dann wurde mein Blick klarer, ich fürchtete mich fast, hinzusehen.

Aber ich tat es. Der große Typ lag tot auf dem Rücken, in die Brust geschossen, die Kanone des Geckos in der Hand. Der Gecko war auch getroffen, aber noch nicht ganz tot. Er lag mit dem Gesicht nach unten vor dem Sessel, und seine Hände krabbelten schwach wie selbständige Wesen, die zu flüchten versuchen.

Hank stand mit der Kanone in der Hand über dem großen Kerl.

»Geht's Ihnen gut, Angel?«, fragte er.

Ich berührte die pochende Stelle an meinem Wangenknochen, wo die Knöchel des Geckos getroffen hatten. Ich hatte schon Schlimmeres erlebt.

»Alles klar«, sagte ich. »Wir schaffen besser die Leichen hier weg.«

Hank nickte und fuhr sich mit einer zittrigen Hand über den Schädel.

»Holen Sie ein paar Decken, Duschvorhänge, egal was«, befahl ich ihm. »Und helfen Sie mir, sie hinten in den Suburban zu schaffen.«

»Wird gemacht«, sagte Hank. »Aber was ist mit …«

Er wandte sich zu Cody, der immer noch über seiner toten Mutter kauerte, leise auf sie einsprach und ihre schlaffe Hand hielt.

»Wir lassen sie hier«, sagte ich.

»Das wird er nicht wollen«, entgegnete Hank.

»Es bleibt ihm nichts anderes übrig«, sagte ich.

Hank verzog sich in ein anderes Zimmer. Als er mit einem Bündel Laken unter dem Arm zurückkam, blieb er in der Tür stehen und lehnte sich gegen den Rahmen. Seine Hände zitterten jetzt stärker, und die Augen waren zu Schlitzen zugekniffen.

»Hank?«, fragte ich mit hochgezogener Augenbraue.

»Na los«, sagte er und drückte den Ballen seiner freien Hand an die Schläfe. »Bringen wir's hinter uns.«

Er machte einen Schritt auf Lovells Leiche zu, dann schwankte er und stützte sich mit der Hand an der Wand ab.

»Gott …« Er schluckte den Rest des Fluchs hinter zusammengebissenen Zähnen hinunter.

»Ist irgendwas, Hank?«

»Schnappen Sie sich Cody, ich kümmere mich um das hier«, antwortete er.

Ich nickte und kniete neben Cody nieder. Er hielt immer noch bekümmert die Hand seiner Mutter, weinte aber nicht.

»Cody, wir müssen jetzt gehen«, sagte ich.

Hinter mir ließ Hank die Laken fallen, fing an zu würgen und erbrach sich gegen die Wand. Bei dem Geräusch schaute Cody auf.

»Hank?«

Cody stand auf und eilte an Hanks Seite.

»Hank«, sagte Cody. »Scheiße. Hast du deine Imitrex dabei?«

Hank wischte sich mit dem Handrücken den Mund, nickte und holte ein Pillenglas aus der Tasche, konnte es mit seinen zitternden Händen jedoch nicht öffnen.

»Hier.« Cody nahm das Glas, öffnete es und schüttete sich eine ganze Apotheke verschiedener bonbonfarbener Pillen in die riesige Hand. »Es sind die kleinen Dreiecke, stimmt's?«

Hank versuchte zu nicken, fing aber wieder an zu würgen.

»Okay, okay«, sagte Cody und suchte die dreieckigen Pillen heraus. »Nimm die, aber versuch, nicht mehr zu kotzen, wenn du kannst. Du musst sie wirklich drinnen behalten.«

Cody steckte Hank die Pillen in den Mund und legte sich einen Arm von ihm über die Schulter.

»Bring Hank raus zum Truck«, sagte ich. »Schnell. Ich kümmere mich um das hier.«

Das war natürlich leichter gesagt als getan. Da der Gecko endlich tot war, nahm ich meine Warthog wieder an mich und steckte sie mit der Sig in meinen Rucksack. Es gelang mir, alle drei Leichen in die fleckigen Laken zu wickeln, aber sie zum Suburban rauszubringen, war was anderes. Der Gecko war der Kleinste der drei, klein und keine zehn Kilo schwerer als ich, aber trotzdem war es eine Heidenarbeit, die tote Last zu bewegen. Schließlich trug ich ihn halb, und halb zog ich ihn. Als ich ihn am Heck des Suburban hatte, wusste ich, dass ich ihn nicht ohne Hilfe hoch- und reinkriegen würde.

Cody war drüben an der Beifahrerseite des Trucks und kümmerte sich um Hank. Ich pfiff leise und winkte ihn zu mir.

»Ich brauch deine Hilfe«, sagte ich.

Er nickte und warf die Leiche des Geckos wie einen Haufen dreckiger Wäsche in den Suburban.

»Alles klar?«, fragte ich.

Statt zu antworten, zuckte er nur die Achseln.

»Hör zu, du musst Folgendes für mich tun«, sagte ich. »Zuerst hilf mir, die beiden anderen Leichen in den Suburban zu schaffen. Dann fährst du mir mit Hank in seinem Truck voraus, bis wir eine gute Stelle finden, wo wir sie abladen können. Kapiert?«

Weiterhin schweigend tat er, worum ich ihn gebeten hatte. Den großen Kerl zu bewegen, brachte uns beide fast um, aber wir schafften es. Ich holte meinen Rucksack und setzte mich hinters Steuer. Ich wollte gerade den Suburban anlassen, als Cody mit den Knöcheln ans Fenster klopfte. Ich kurbelte es herunter.

»Ich muss 'ne Minute mit ihr alleine sein«, sagte er. »Nur eine einzige Minute. Um Auf Wiedersehen zu sagen.«

Ich zwang mich, tief Luft zu holen, bevor ich antwortete. Es hatte keinen Zweck, einen Jungen anzublaffen, der innerhalb von achtundvierzig Stunden beide Eltern verloren hatte. Andererseits war ich auch nicht so mitfühlend, dass ich bereit war, hier herumzuwarten, bis die Cops auftauchten, nur damit er sein seelisches Gleichgewicht fand.

»Eine Minute, Cody«, sagte ich. »Nicht eine Sekunde länger.«

Aber er war schon auf halbem Weg zur Tür.

Es wurde die längste Minute meines Lebens.

22

Ich war schon drauf und dran, reinzugehen und Cody aus dem Haus zu schleifen, als der Kleine wieder in der Tür erschien und zu Hanks Truck rannte. Als er den lauten Motor anwarf, hätte ich schwören können, in der Ferne Sirenen zu hören. Wir machten, dass wir wegkamen.

Trotz Codys Mahnung, die Medikamente unten zu behalten, mussten wir mehrmals anhalten, damit Hank zum Kotzen an den steinigen Straßenrand stolpern konnte. Total aufgeputscht und zutiefst paranoid, wartete ich nur darauf, rechts rangewunken zu werden. Wir konnten den verfluchten Suburban gar nicht schnell genug loswerden.

Cody kannte die Gegend am besten, und es dauerte nicht lange, bis er eine ideale Stelle gefunden hatte, eine Haarnadelkurve auf einer kurvenreichen Gebirgsstraße. Die Straßenbegrenzung war mehr als einmal angefahren worden und wartete total verbeult nur darauf, durchbrochen zu werden. In der mondlosen Nacht wirkte die atemberaubende Landschaft wie ein trostloser, feindseliger fremder Planet.

Cody ließ Hank im Truck zurück, und er und ich schoben gemeinsam den Suburban gegen die verbeulte Schutzbarriere. Das verdrehte Metall riss wie Papier unter der Last des schweren Fahrzeugs. Es verschwand im Abgrund wie ein Stein im Wasser, sekundenlang geräuschlos, bis es weit unten auf den Felsen aufschlug.

Eine Weile standen wir stumm beieinander, ohne uns anzuschauen. Es war eine kühle, klare Nacht wie die, in der wir uns kennengelernt hatten. Wortlos machten wir kehrt und gingen zu Hanks Truck zurück.

Zwischen beiden Männern eingequetscht, saß ich in der Mitte der Sitzbank, meinen Rucksack zu meinen Füßen. Rechts von mir lehnte Hank immer noch ohne Hemd am Fenster und hatte sich Codys Ersatz-T-Shirt über die Augen gelegt. Sein Körper war in sichtlichem Schmerz verkrampft. Links von mir fuhr Cody wie betäubt. Ich hätte sein Schweigen gern aufgebrochen, ihn dazu gebracht, darüber zu reden, was passiert war, aber als ich es versuchte, deutete er mit dem Kinn auf Hank und machte *pst.* Flüsternd erzählte er mir, dass sogar das leise Brummen des Motors eine Qual für Hank sei, wenn er von einem Migräneanfall gepackt wurde. Wir mussten so still sein wie möglich, bis die ärgsten Symptome nachgelassen hatten.

Ich sagte also nichts. Ich saß da und verfolgte die Serpentinen, während der Truck widerwillig die 96 nordwärts immer höher die Berge erklomm. Dem armen alten Laster gefiel unsere Route nicht, und das ließ er uns wissen, indem er qualmte und stotterte und verzweifelt einen Geruch nach verbranntem Metall in die Kabine abgab. Nachdem wir gerade mal etwas über eine Stunde gefahren waren, fing er an, so stark zu wackeln, dass uns nichts anderes übrigblieb, als rechts ranzufahren. Glücklicherweise konnten wir kurz vor Quartzsite noch in eine Tankstelle einbiegen. Unglücklicherweise weigerte sich der Motor, nachdem Cody ihn ausgestellt hatte, wieder anzuspringen.

Die Werkstatt hatte geschlossen, aber der winzige Laden war noch offen. Die Mexikanerin hinter dem Tresen teilte uns mit, dass die Werkstatt erst wieder am Montag öffnen würde, aber dass es ein Stück weiter an der Straße ein Motel gebe.

Ich spürte, dass Cody heiß lief und drauf und dran war auszurasten. Ich legte ihm die Hand auf den Arm.

»Geh und hol etwas Wasser für Hank«, sagte ich mit einem leichten Schubs in Richtung Kühlfach. »Er soll ja nicht austrocknen. Ich mach das hier schon.«

Cody nickte und tat wie geheißen. Ich wandte mich wieder an die Frau hinter dem Tresen.

»Wir müssen morgen früh um acht in Vegas sein«, sagte ich im ruhigsten, gelassensten Ton, den ich aufbrachte. »Können wir hier irgendwo ein Auto leihen?«

»Vielleicht drüben in Blythe«, sagte die Frau, ohne den Blick von einem kleinen, krisseligen Fernsehschirm zu wenden, auf dem eine spanische Telenovela lief. »Aber sonntags nicht vor acht.«

»Hören Sie«, sagte ich und machte einen Schritt, um ihr die Sicht auf den Bildschirm zu verstellen. »Gibt es nicht eine andere Möglichkeit?«

Sie zuckte sie Achseln. »Tut mir leid.«

Ich dachte kurz an die Sig in meinem Rucksack, öffnete stattdessen aber den Reißverschluss meines Geldgürtels. Ich klaubte zwei Zwanziger heraus und legte sie auf den Tresen.

»Suchen Sie jemanden, der hier rauskommt und meinen Truck sofort repariert, noch heute Abend; ich zahle das Doppelte von dem, was er üblicherweise berechnet.«

Die Frau beäugte das Geld und zuckte erneut. Ich legte noch zwei Scheine dazu.

»Ich versuch, jemanden anzurufen«, sagte sie und schob die Scheine vom Tresen in eine große dunkelrote Handtasche. »Aber versprechen kann ich nichts.«

Sie holte ein Handy heraus. Nach ein paar Versuchen ratterte sie maschinengewehrartig auf Spanisch los. Das Einzige, was ich verstand, war *gringos locos*.

»Okay«, sagte sie. »Mein Neffe wird es machen, aber er kann nicht sicher versprechen, dass es repariert werden kann, solange er es nicht gesehen hat. So oder so müssen Sie im Voraus bezahlen. Für den Aufwand, verstehen Sie. Überstunden.«

»Wie viel?«, sagte ich.

Sie deutete auf meinen Geldgürtel. »Der Rest von dem, was da drin ist.«

Die Sig erschien mir mehr und mehr als die bessere Option.

Cody kam mit einem Armvoll Wasserflaschen vom Kühlfach zurück.

»Seien Sie vernünftig«, sagte ich, immer noch bemüht, die Form zu wahren.

»Sie wollen nicht zahlen, kein Problem«, sagte sie. »Ich kann sofort Chuy anrufen und ihm sagen, er soll's vergessen.«

»Angel, wenn wir nicht weiterkommen, und zwar bald, dann sind wir am Arsch«, sagte Cody mit gepresster, panikerfüllter Stimme. »Was sollen wir machen?«

»Keine Angst, Kleiner«, sagte ich. »Geh und bring Hank das Wasser. Wir sind gleich draußen.«

»Aber …«

»Mach schon«, sagte ich.

»He«, sagte die Frau, als er rausging. »Das muss er bezahlen!«

»Sagen wir, es ist mit drin«, sagte ich. Ich nahm mir außerdem noch einen Schokoriegel und ein kleines Päckchen Kondome, um das zu ersetzen, welches er zerrissen hatte. Ich hatte nicht vor, zuzulassen, dass dasselbe noch mal passierte.

Dann legte ich den Stapel Geldscheine auf den Tresen. Es war viel – viel zu viel. Aber ehrlich gesagt, bewahrte ich nie mein ganzes Geld an einer Stelle auf, und der Betrag im Gürtel war nur etwa die Hälfte von dem, was ich dabeihatte. Das hieß nicht, dass ich es gern hergab – ich brauchte jeden Dollar, den ich hatte –, aber ich hatte versprochen, Cody nach Vegas zu bringen, und das würde ich gottverdammmich noch mal auch tun.

Außerdem dachte ich mir, dass der Besen und ihr Neffe höchstwahrscheinlich versuchen würden, uns übers Ohr zu hauen, und wenn das passieren sollte, würde ich mir mit Freuden mein Geld gewaltsam wiederholen und ihnen, wenn ich schon dabei war, auch noch das Auto klauen. Arschlochsteuer.

Dann traf der Neffe, Chuy, ein, der sich einen fleckigen Overall zuknöpfte, während er mit der Schulter die Tür seines Lieferwagens aufstieß. Er war jung und mürrisch und sah aus, als hätte man ihn aus dem Bett gezerrt, wenn auch nicht aus dem Schlaf. Er roch wie ein Pornoset im August.

Die Frau sagte etwas auf Spanisch zu ihm, und er antwortete. Sie gab ihm mein Geld.

»Zeigen Sie ihm den Truck«, sagte sie zu mir.

Da der Neffe so gut wie überhaupt kein Englisch sprach, kam die Frau widerwillig zum Übersetzen mit. Nachdem er ein paar Minuten lang unter der Haube herumgestochert hatte, gab er uns über seine Tante bekannt, dass er es reparieren konnte, dazu aber ein Teil brauchte. Er war zuversichtlich, dass er dieses Teil »finden« würde, sprich, er hatte vor, es zu stehlen, meinte aber, es würde ein paar Stunden dauern.

»Okay«, sagte ich. Dann zu Cody: »Wir gehen und checken im Motel ein, damit Hank sich ein bisschen hinlegen kann. Solange wir bis vier noch loskommen, ist es kein Problem, dich rechtzeitig für die Show zu Matt Kenner zu bringen.«

Der junge Mechaniker hob ruckartig den Kopf, als er den Namen Matt Kenner hörte. Er sagte etwas zu der Frau, und sie zuckte die Achseln. Das schien sie echt gut zu können.

»Er möchte wissen, ob Sie den Kämpfer Matt Kenner mögen«, übersetzte sie.

»Ihn mögen?«, sagte Cody. »Ich gehöre zum Team Kenner in der neuen Staffel von *All American Fighter*.«

Die Frau übersetzte. Chuy brach in ein breites Lächeln aus und pumpte Codys Hand, als wäre er der Präsidentschaftskandidat.

Cody lächelte zurück und deutete mit dem Daumen auf Hank, der immer noch mit dem Hemd über den Augen schlaff auf dem Beifahrersitz saß.

»Das ist Hank ›The Hammer‹ Hammond«, sagte Cody. »Er ist mein Trainer.«

Das bedurfte offensichtlich keiner Übersetzung. Chuy rannte zum Beifahrersitz und klopfte an die Scheibe. Hank nahm das Hemd von den Augen und schaute mit einem schwachen Lächeln hoch. Er öffnete die Tür und stand unsicher auf. Mit einem Sturzbach aus spanischen Worten, die die Frau nicht mal versuchte zu übersetzen, packte Chuy seine Hand.

»Hammer!«, sagte der Mechaniker und bemühte sein rudimentäres Englisch. »Kampf Japan sehr gut. Nummer eins!«

Er kramte in seinen zahlreichen Taschen und zog einen Bleistiftstummel und eine gefaltete Werkstattrechnung heraus, reichte sie Hank mit Schreibbewegungen.

»Na klar«, sagte Hank. »Und ob.«

Mit zitternder Hand gab er seine Unterschrift. Chuy dankte ihm mehrmals auf Englisch und Spanisch und nahm das Autogramm entgegen wie ein Heiligtum, worauf er sich umdrehte und mir mein Geld zurückgab.

»Für Hammer kostet nix«, sagte er grinsend.

23

Wir gingen rüber zu dem Motel, das die Frau uns gezeigt hatte. Das Desert Rose. Es war ein verwanztes Loch, hatte aber den Vorteil, fast leer zu sein. Nicht mal die Hälfte der zwei Dutzend Zimmer schien belegt zu sein. Wir bekamen ein Zimmer im ersten Stock mit Aussicht auf die Tankstelle, so dass ich unseren neuen besten Freund Chuy im Auge behalten konnte.

Hank nahm noch ein paar Tabletten und legte sich mit einem feuchten Waschlappen über den Augen aufs Bett. Cody ging raus, um den Snackautomaten zu inspizieren, aber als er nach einer Viertelstunde nicht zurückkam, ließ ich Hank dösen und ging ihn suchen.

Ich fand ihn draußen auf der Veranda, wo er seinen Charme bei einem jungen, koketten Ding aus einem der anderen Zimmer spielen ließ. Blondierte Haare, die modisch zu einem wirren Mopp frisiert waren. Gepiercter Schmollmund. Massenhaft schmieriger Eyeliner. Sie hatte komplizierte Tattoos, war ein bisschen angetrunken und lauschte offensichtlich hingerissen seiner mächtig aufgemotzten Geschichte über Drogendealer, die ihn kaltmachen wollten.

»Cody«, sagte ich. »Kommst du mal kurz?«

Die Kleine verzog sich in ihr Zimmer, ließ aber allzu demonstrativ die Tür weit offen stehen.

»Sei nicht eifersüchtig, Baby«, sagte Cody zwinkernd. »Sie bedeutet mir nichts.« Er schaute über die Straße nach Hanks Truck, und sein Blick wurde düster und ernst. »Hör zu, ich brauch das. Ich werd hier noch wahnsinnig. Ich muss einfach … 'ne Weile mal gar nichts denken.«

Ich verstand ihn, wahrscheinlich besser, als er es je wissen würde.

»Du bedeutest mir auch nichts, Kleiner«, sagte ich. »Jedenfalls nicht so. Aber trotzdem wär's mir lieber, du würdest am Leben bleiben, okay? Also leg los, von mir aus. Aber tu mir zwei Gefallen. Zuallererst bleib außer Sicht.«

»Okay«, sagte er. »Sorry.«

»Und zweitens, halt die Klappe über das, was hier abgeht. Ich mein's ernst. Erzähl keinem Menschen, was mit Lovell passiert ist. Nicht mal halberfundene Versionen davon. Sag ihnen einfach, du fährst nach Vegas, um bei *All American Fighter* mitzumachen. Das dürfte mehr als ausreichen, um sie in die Falle zu kriegen.«

Er nickte. »Geht in Ordnung.«

»Na dann los«, sagte ich und zeigte auf die offen stehende Tür der Mädchens. »Schnapp sie dir, Tiger.«

Cody grinste.

»Cool«, sagte er. »Wartet nicht auf mich.«

Als er zu seinem Rendezvous losstolzierte, sah er wieder so sehr wie sein Vater aus, dass ich erneut den kleinen Haken spürte, der sich mir im Herzen umdrehte. Ich fragte mich, was aus dem Kleinen werden würde. Selbst wenn er es in einem Stück nach Vegas schaffte, wenn er sich wider alle Wahrscheinlichkeit als Kämpfer durchsetzte und ein großer Star wurde, würde er dann genau wie sein Vater unweigerlich in die Drogensucht abdriften? Würde er haben, was Hank eine »gute Ecke« nannte, die ihm nicht nur half, im Ring zu gewinnen, sondern auch, sich durch die korrupte Kampfsportszene zu manövrieren und nicht den ganzen Drecksäcken und Süchtigen in die Hände zu fallen, die nur darauf warteten, ehrgeizige kleine Jungs zum Frühstück zu verspeisen?

Ich stand da und schaute hinaus auf den fast leeren Parkplatz und den Staub der endlosen Wüsten dahinter und dachte an die Kampfsportszene und die Pornofilmbranche. Seltsam, wie sie sich ähnelten. Junge Männer, die darum kämpften, der Inbegriff übersteigerter Männlichkeit zu werden. Junge

Frauen, die danach strebten, der Inbegriff weiblicher Reize zu werden. Ein paar wenige schafften es und wurden große Stars, aber die meisten wurden durchgekaut und ausgespuckt, verkrüppelt von Drogensucht, chronischen Schmerzen und Vaterkomplexen, noch ehe sie dreißig waren.

Vaterkomplexe. Mann, das war der Hammer. Ein paar von uns kriegten es hin und ein paar nicht, aber es ist keine Frage, dass die meisten sie in mehr oder minder hohem Maß hatten. Daddy liebt sein kleines Mädchen nicht, und sie wird Pornostar. Oder vielleicht liebt er sie zu sehr, auf die falsche Art. Wenn Daddy seinen kleinen Jungen nicht liebt, wird der dann Kampfsportler? Das traf offensichtlich nicht in jedem Fall zu – nichts ist so einfach –, aber der Vergleich erschien schmerzhaft passend bei mir und Cody. Ich stellte mir den zehnjährigen Cody vor, einsam und ohne Vorbild, während Vic Cracksteine an Mädels auf dem absteigenden Ast der Branche vertickte. Dann dachte ich an meinen eigenen Vater, die grenzenlose Verachtung und den Ekel in seinem Gesicht, als er dastand mit einer Videokassette in der einen Hand, während sich die andere langsam zur Faust ballte.

Wir schienen beide einen Weg gefunden zu haben, das daddyförmige Loch auszufüllen, Cody indem er sich um seine Mutter kümmerte und die Krankenschwester für Hank und seine Kopfschmerzen spielte, ich mit meinen Mädels, meiner Agentur.

Sie fehlten mir, meine Mädels. Mir fehlten ihre bescheuerten Dramen und ihre falschen Entscheidungen. Es fehlte mir, für sie da zu sein und ihnen dabei zu helfen, die Fallgruben der Pornobranche zu umgehen, und ihnen beizubringen, wie man sich mit einem anständigen Polster im Rücken verabschiedet. Es hatte gutgetan, Menschen zu helfen, etwas, wozu ich auf der Flucht nicht viel Gelegenheit gehabt hatte. Da wurde mit bewusst, dass es nicht nur mein Versprechen an einen toten Mann war, warum ich so hartnäckig an Cody klebte. Es machte einsam, niemanden zu haben, um den man sich kümmern musste, außer um sich selbst.

Ich rappelte mich aus meiner Träumerei auf. Da stand ich, nachdem ich ihn ermahnt hatte, außer Sicht zu bleiben, auf der Veranda mit einer Zielscheibe auf der Stirn. Ich drehte mich um und ging zurück zu unserem Zimmer.

Als ich die Tür aufstieß, saß Hank mit dem Waschlappen in der Hand aufrecht im Bett. Er hob den Kopf, als ich eintrat.

»Wie geht's dem Kopf?«, fragte ich.

»Besser«, antwortete er. »Wo ist Cody?«

»Er hat 'ne Kleine kennengelernt«, sagte ich. »Ich schätze für ein, zwei Stunden ist er sicher auf ihrem Zimmer.«

»Seine Mama ist noch keine sechs Stunden tot, und der Junge geht mit seinem Charme noch der Jungfrau Maria an die Wäsche«, sagte Hank. »'türlich hätte er allen Grund, 'n bisschen erleichtert zu sein, dass sie nicht mehr ist. Sie wissen nicht, wie schwer es ihm gefallen ist, die ganzen Jahre für sie zu sorgen, wenn eigentlich sie für ihn hätte sorgen sollen. Und jetzt das.« Er zuckte die Achseln. »Schätze, ich kann's dem Kleinen kaum vorwerfen, wenn er sich 'n bisschen weibliche Ablenkung wünscht.«

»Und was ist mit Ihnen, Hank?«, sagte ich. »Was tun Sie so in punkto weiblicher Ablenkung? Haben Sie 'ne Freundin?«

Er grinste und schüttelte seinen Steingötzenkopf.

»Nee«, sagte er. »Zu hässlich, schätz ich mal.«

»Ach, kommen Sie«, sagte ich. »Sie können mir nicht erzählen, dass Sie nicht jede Menge Angebote von den einsamen Strohwitwen kriegen, die ihre Kids in Ihre Raufkurse bringen.«

Er zuckte die Achseln und schaute sich nach einem Platz um, wo er den nassen Waschlappen hinlegen konnte. Da es nichts gab, behielt er ihn einfach in der Hand.

»Eigentlich nicht«, sagte er. »Ich meine, ich hab keine Zeit für so was bei dem ganzen Trainieren und Unterrichten und allem.« Er senkte den Blick auf den Waschlappen. »Und Sie? Haben Sie jemand Speziellen?«

»Ich?« Ich lächelte. »Ich hab auch keine Zeit für so was, bei dem ganzen Versuchen, nicht kaltgemacht zu werden und allem.«

Er lachte, dann wurde er schnell ernst.

»Was ist mit Ihnen passiert, Angel?«, fragte er.

Ich hätte ihm gern alles erzählt, aber ich hatte keine Ahnung, wo ich hätte anfangen sollen. Ich hatte zu lange versucht, alles zu vergessen, dass es mir nun ganz fremd vorkam, wie der Plot eines Films, von dem ich gehört, den ich aber nie gesehen hatte.

»Ein paar Männer haben mir wehgetan«, sagte ich schließlich. »Ich hab ihnen auch wehgetan.«

»Wie Sie schon sagten«, antwortete Hank. »Eine Rachegöttin.«

»Genau«, sagte ich. Weiteres Schweigen, dann: »Aber da gab es diesen einen Typ ...«

Ich drehte mich um und ging zum Fenster, um durch die Vorhänge nach der Tankstelle zu schauen. Ich konnte Hanks Truck sehen, aber keinen Chuy. Er war wohl gegangen, um das Ersatzteil zu »suchen«.

»Ich hätte ihn umbringen sollen«, sagte ich. »Aber ich hab's nicht getan. Damals schien er nur ein kleines Teilchen in dem großen Bild zu sein, deshalb ließ ich ihn in den Händen von anderen. Die beschlossen, ihn am Leben zu lassen. Es war dumm von mir. Das weiß ich jetzt. Zu spät natürlich. Er wurde ausgewiesen, sobald er gesund genug war, um zu fliegen. Ich hoffte, ich würde ihn nie wiedersehen.«

»Und jetzt sind Sie plötzlich auf der anderen Seite der Vendetta?«

»Möglicherweise«, sagte ich. »Oder er macht einfach nur seinen Job und jagt mich für seinen Boss, gegen den ich ausgesagt habe. Spielt eigentlich keine Rolle.«

Etwa ein gefühltes Jahr lang sprach keiner von uns ein Wort. Hank drehte den Waschlappen in seinen Händen. Da ich keine Lust mehr hatte, über die Vergangenheit zu reden, ging ich zu ihm und setzte mich neben ihn aufs Bett. Ich nahm ihm den Waschlappen aus der Hand und ließ ihn zu Boden fallen.

Er wandte sich zu mir, konnte meinem Blick aber nicht länger als eine Sekunde standhalten. Seine breiten Schultern waren verkrampft. Ich küsste ihn.

Zuerst war er steif und wie erstarrt, als ich versuchte, mit der Zunge seinen Mund zu öffnen, und mit den Händen über die harten, tektonischen Platten seines muskulösen Rückens strich. Dann warf er sich mir jäh mit einer wilden Gewalt entgegen, die so heftig war, dass sie mir ein wenig Angst machte und ich mich fragte, ob ich nicht einen schrecklichen Fehler gemacht hatte. Aber diese Art irrer, animalischer Lust ist ansteckend, und schon bald fragte ich mich überhaupt nichts mehr. Das hier hatte ich mir die ganze Zeit schon gewünscht.

Ich schneide jetzt zu den sich bauschenden Gardinen und lasse Sie die leeren Stellen ausfüllen, aber es war keine Szene aus irgendeinem romantischen Girliefilmchen. Im wirklichen Leben ist nicht immer alles so schön und vollkommen, und die Wirklichkeit hätte dem, wie ich es mir mit ihm vorgestellt hatte, nicht ferner sein können.

Er konnte ihn nicht oben behalten.

Als schließlich klar wurde, dass es trotz all meiner ausgebufften Profitricks einfach nicht passieren würde, stieß er mich von sich und setzte sich mit dem Kopf zwischen den Händen auf die Bettkante.

»He«, sagte ich leise und streckte die Hand nach seiner Schulter aus.

Er schüttelte sie ab und stand auf. Er zog seine Jeans an und verließ barfuß und mit nackter Brust das Zimmer.

Als eine halbe Stunde vergangen war und er immer noch nicht zurückkam, wickelte ich mir das Laken um und steckte den Kopf aus der Tür.

Er stand drei Türen weiter, blinzelte zur Zimmernummer und schlug sich mit der Faust gegen die Schläfe. Sein Gesicht war aufgequollen und feucht, als hätte er geweint.

»Hank«, sagte ich leise.

Beim Klang meiner Stimme zuckte er zusammen.

»Ich …« Er wandte den Blick wieder zu der Tür, vor der er stand. »Ich hab die Zimmernummer vergessen.«

»Bitte«, sagte ich. »Komm wieder rein.«

Er tat es, und ich drehte zweimal den Schlüssel hinter ihm um. Ich spähte durch die Gardinen auf die leere Veranda, dann ging ich zum Bett und zog mir die Decke über die Beine.

Nach einer Weile kam er langsam herüber und setzte sich mit abgewandtem Gesicht auf die Bettkante.

»Tut mir leid wegen vorhin«, sagte er.

»Das muss es nicht«, versicherte ich ihm.

Ich wollte ihm gerade sagen, es habe keine Bedeutung, aber er ließ mich nicht zu Wort kommen.

»So geht das jetzt seit ungefähr sieben Jahren«, sagte er. »Zuerst war's mal so, mal so, aber seitdem … na ja, es wurde immer schlimmer. Es klappt ganz gut, wenn ich alleine bin, aber ich kann nicht … Es ist, als würd ich Panik kriegen, und dann denke ich … ich weiß nicht. Ich kann einfach nicht. Ich hab's immer wieder versucht, hab gedacht, es wär was anderes mit der richtigen Frau. Aber … na ja, irgendwann hab ich's einfach aufgegeben.«

Ich sagte nichts.

»Es ist, als …« Er ließ den Kopf hängen. »Du bist so schön, und ich krieg Angst … ich will dir nicht wehtun.«

Ich hielt meinen Mund und legte ihm die Hand wieder auf die Schulter. Diesmal schüttelte er sie nicht ab. Ich konnte sehen, wie auf seinem Rücken Gänsehaut ausbrach.

»Du bist doch nicht sauer?«, fragte er.

»Natürlich nicht.«

»Normalerweise scheinen sich die Frauen ziemlich drüber zu ärgern«, sagte er. »Manchmal sagen sie, es würd keine Rolle spielen, aber dann haben sie plötzlich unheimlich viel zu tun und rufen mich nicht mehr zurück.«

»Ich bin wohl kaum das, was man normal nennen würde«, sagte ich.

»Dann sind wir schon zu zweit«, erwiderte er. Dann: »Darf ich dich um einen Gefallen bitten?« Beinahe zu leise, um es zu hören.

»Klar«, antwortete ich.

»Es hört sich aber dumm an«, sagte er. Er wollte sich immer noch nicht zu mir umdrehen.

»Nur zu«, sagte ich.

»Wenn's dir nichts ausmacht«, sagte er. »Könntest du einfach … na ja, ich schwör dir, ich kann mich nicht erinnern, wann mich jemand länger als zehn Sekunden in die Arme genommen hat, ohne zu versuchen, mir das Handgelenk zu brechen oder mir eine in die Fresse zu verpassen. Du musst sonst gar nichts machen, ich will nur … ich will mich erinnern, wie sich das anfühlt.«

»Woher weißt du, dass ich dir keine in die Fresse verpasse?«, fragte ich.

Er lachte stoßartig, als hätte er den Atem angehalten.

»Na ja«, sagte er und drehte sich endlich zu mir um. »Ich schätze, das Risiko muss ich einfach eingehen.«

Ich zog ihn fest an mich und legte mich zurück, so dass wir Seite an Seite waren. Er schloss die Augen und schmiegte den Kopf an meinen Hals. Ich bin keine große Kuschlerin, aber für ihn tat ich mein Bestes, weil ich mir dachte, das sei das Mindeste, was ich tun konnte, nach dem, was wir alles zusammen durchgestanden hatten. Ich fuhr mit der Hand über seinen Stachelschädel und am Nacken abwärts, und er machte ein kleines, leises Geräusch wie ein kranker Hund. Er hielt mich so fest, dass ich kaum Luft bekam, und ich war mir jedes Berührungspunkts zwischen uns deutlich bewusst. Während unseres gescheiterten Versuchs war ich nicht gekommen und spürte immer noch ein schmerzhaftes Verlangen und das Gefühl, beinahe wahnsinnig zu werden davon, etwas so nahe zu sein, was ich nicht haben konnte.

Und ehrlich gesagt, jagte mir all diese pure, starke Emotion, die wie Schweiß von ihm tropfte, eine Heidenangst ein. Ich musste die Zügel packen, die Kontrolle übernehmen, bevor mir alles total aus den Händen glitt, aber ich konnte nicht. Sex stand einfach nicht zur Debatte, und damit war ich total außerhalb meiner Sphäre.

Ich merkte, dass er sich nicht mehr vor Blickkontakten fürchtete. Und jetzt, als er mich richtig anschaute, konnte ich sehen, dass es schlimm um ihn stand. Ich konnte sehen, dass er fiel. Und zwar hart.

»Angel«, sagte er. »Genau das bist du. Ein Engel.«

Sein Atem traf heiß meine Haut, seine dicken Finger strichen ungeschickt durch mein Haar. Allmählich empfand ich Besorgnis und Unbehagen.

»Schau, ich weiß, ich bin nicht der Erste Preis«, sagte er. »Abgebrannt, ausgelutscht, in der Falle, zu nichts zu gebrauchen, und die halbe Zeit kann ich nicht mal geradeaus denken. Aber …« Er schaute wieder zu mir hoch, die Augen klar und blass wie Regen. »Wenn du mich willst, Angel, na ja … dann bin ich vielleicht doch kein hoffnungsloser Fall.«

»Hank …«, setzte ich an, brach aber ab.

Jetzt war ich es, die dem Blickkontakt auswich. Ich hatte keine Ahnung, was ich sagen sollte. Sex ist meine Superkraft, aber wenn es um richtige Intimität geht, bin ich unbedarft wie ein Teenager. Dies hier war viel zu weit und viel zu schnell gegangen und mir viel zu hoch über den Kopf gewachsen.

Ich war beinahe erleichtert, als bewaffnete Männer die Tür eintraten.

24

Zwei Kerle, sahen aus wie Brüder. Konservativ geschnittene dunkle Haare, scharfe Profile und schallgedämpfte Pistolen. Beide trugen Goldketten und Trainingsanzüge, einer weiß und einer marineblau. Als der Weiße Trainingsanzug redete, bestätigte sein schwerer kroatischer Akzent, was mein sich umdrehender Magen schon wusste.

»Steh auf, Angel«, sagte er. »Zieh was an, bitte.«

Der Marineblaue Trainingsanzug schloss die Tür, soweit sie sich in dem gesplitterten Türrahmen und dem verkanteten Schloss schließen ließ. Die beiden traten ins Zimmer und blieben zwischen der Tür und der kleinen Nische stehen, die zum Bad führte. Mit seiner Kanone deutete der Weiße auf meinen heruntergefallenen BH, für den Fall, dass ich ihn nicht verstanden hatte.

Ich rutschte zum Fußende des Betts und stand langsam auf, während ich meine verstreuten Klamotten aufsammelte, ohne die beiden Männer aus den Augen zu lassen. Hinter mir zog Hank angespannt und widerwillig auf der anderen Seite des Betts sein Hemd über. Mein Rucksack lag knapp außer Reichweite auf dem Tisch an der Wand. Ein Ansturm von Verzweiflung schnürte mir die Kehle zu, so dass mir das Atmen schwerfiel. Ich war in Shorts, BH und Schuhe geschlüpft und suchte mein Unterhemd, als ich aus dem Augenwinkel sah, wie Hank sich nach vorn warf. Er packte den Rand der Matratze, wuchtete sie hoch und drängte damit die Kroaten rückwärts in die kleine Nische.

»Lauf!«, rief er, aber das war gar nicht nötig. Ich hatte den Rucksack über der Schulter und war schon halb draußen.

Die Kroaten fingen an, durch die Matratze zu schießen. Hank ließ los und machte einen Satz nach hinten. Ich zog die Sig und machte Hank Zeichen, zur Tür zu flüchten. Als er es tat, feuerte ich ein paar Salven in die Matratze, worauf die Kroaten dahinter im Bad Deckung suchten. Ich folgte Hank durch die Tür.

Draußen auf der Veranda gab Hank dem doppelt breiten Snackautomaten einen heroischen Schubs, bei dem ihm die Adern auf die Stirn traten. Der Automat bewegte sich und blockierte die Tür zu unserem Zimmer.

»Wo ist Cody?«, fragte Hank.

Ich zeigte auf die Tür zum Zimmer des Mädchens. »Vielleicht sollten wir …«

Ich wollte sagen, dass wir ihn vielleicht dort zurücklassen sollten, um die Kroaten von ihm wegzulocken, damit er in Sicherheit war, als ein Stuhl krachend das Fenster unseres Zimmers durchschlug. Im nächsten Moment würden die Kroaten auf der Veranda sein. Die Zeit reichte nicht mal, um es rennend bis zur Treppe ganz hinten links zu schaffen, und zwischen uns und der Mitteltreppe war das jetzt zerbrochene Fenster. Ich griff nach dem Türknauf zum Zimmer des Mädchens und hoffte, dass Cody so geil gewesen war, dass er vergessen hatte, die Tür abzuschließen. Zu unserem Glück war es so.

Das Mädchen lag auf dem Rücken auf dem Bett, und Cody hatte eines ihrer schlanken Beine an die Brust gedrückt und versuchte, sich alle fünf ihrer leopard-pink angemalten Zehen in den Mund zu stopfen, während er sie in die nächste Woche nagelte.

Als wir hereingeplatzt kamen, stieß er ein überraschtes Knurren aus, das von den Zehen gedämpft wurde. Das Mädchen quiekte, rollte sich weg und versuchte, ihre hübschen kleinen Titten mit ihren tätowierten Armen zu bedecken. Als sie die Kanone in meiner Hand sah, fing sie an zu schreien. Hank packte sie und legte ihr eine Hand auf den Mund, während ich die Tür schloss.

»Was zum …?«, fragte Cody, der keinen Versuch machte, sich zu bedecken.

Mit dem Finger an den Lippen zischte ich ihm zu, still zu sein.

Cody war intelligent und hielt sofort die Klappe. Er bekam große Augen, als auf der anderen Seite der billigen Gardine Schatten vorbeihuschten. Auf der Treppe hallten Rufe.

Dann nichts.

»Zieh dich an, ja?«, flüsterte ich. »Bevor du noch jemand das Auge ausstichst.« Dann zu dem Mädel: »Du auch, Süße. Hast du ’n Auto? Wir müssen schleunigst hier raus.«

Hank nahm die Hand vom Mund des Mädchens.

»Codeeeeeeee«, heulte sie.

»Schon gut, Madison«, sagte er. »Sei leise. Wir lassen nicht zu, dass dir was passiert. Zieh dich einfach an.«

»Hast du ein Auto?«, fragte ich erneut. »Oder nicht?«

»Na klar, hab ich eins«, antwortete die Kleine mit einem Bühnenflüstern, während sie sich wieder in die winzigen Shorts und das Oberteil zwängte und nach der riesigen Trampertasche mit Zebrastreifen und klirrenden Ketten griff.

Hank ging zur Tür und horchte, dann zog er sie vorsichtig auf. Da niemand auf ihn schoss, hielt ich es für sicher. Zu viert schoben wir uns in einem dichten, kleinen Pulk raus auf die Veranda. Ich hörte Schritte am anderen Ende der Treppe, konnte aber nicht sagen, ob sie nach oben oder nach unten liefen. Dicht an der Wand bogen wir rasch um die Ecke zur Mitteltreppe. Unten schien die Luft rein zu sein. Ich ging als Erste, dann Cody und Madison. Hank bildete die Nachhut.

Diese Mitteltreppe schien vor allem von Dienstboten benutzt zu werden und führte nicht zur Frontseite des Gebäudes, sondern hintenherum, wo die Waschmaschinen und Haushaltsgeräte standen. Rechts vom Fuß der Treppe befand sich die Hintertür zum Büro, die von einer Liter-Bierflasche offen gehalten wurde. Ich öffnete die Tür und schlüpfte hinein und machte den anderen Zeichen zu folgen.

Das schwach beleuchtete Hinterzimmer des Bürotrakts war

als eine Art persönlicher Lebensraum eingerichtet. Durch einen Perlenvorhang war der vordere, öffentliche Teil zu sehen. Ein schäbiges, mit Veloursamt bezogenes Sofa mit einer verkrumpelten Decke diente als Bett. Flackernder Fernseher. Minikühlschrank. Auf dem verkratzten Couchtisch stand aufgeklappt ein erstaunlich teurer Laptop in Reichweite des Sofas. Auf seinem Bildschirm wirbelten Farbkleckse wild durcheinander.

Als Cody und Madison den Raum betraten, muss wohl einer gegen den niedrigen Couchtisch gestoßen sein, denn der Bildschirmschoner auf dem Laptop verschwand und gab einen geöffneten Browser frei. In der Mitte der grellrosa Webpage war das großformatige Foto aus einer Überwachungskamera zu sehen, das mich und Cody auf der einen, Hank auf der anderen Seite zeigte.

Ich beugte mich vor, um genauer hinzusehen. Die geöffnete Website nannte sich *PornSighted.com* und bot peinliche Handyfotos von Pornostars im Waschsalon, im Supermarkt oder bei Starbucks. Mein Foto trug den Titel »Angel-Doppelgängerin?«. Die Bildunterschrift verschlug mir den Atem:

puppe, die genauso aussieht wie angel dare hat grade im motel eingecheckt, wo ich arbeite, hat 1 zimmer mit 2 typen gemietet! hab 'ne wette laufen – brauch 'nen Tipp, dare oder nicht?

Name, Adresse und Telefonnummer des Motels wurden, mit Datum und Uhrzeit, automatisch rechts unten von dem Bild angezeigt.

Ich hätte den Portier umbringen können, aber wie sich herausstellte, waren die Kroaten mir zuvorgekommen. Es hatte zudem den Anschein, als seien sie mit ziemlicher Hingabe am Werk gewesen, aber der Mistkerl tat mir nicht leid. Er hätte sich um seinen eigenen Scheiß kümmern sollen.

Ich dachte schon, Madison würde wieder voll zu schreien anfangen, als sie die Leiche des Portiers auf dem Fußboden sah, aber sie hielt Ruhe. Sie klammerte sich mit aufgerissenen Augen nur fester an Cody, als sie sich vorsichtig an der größer werdenden Lache vorbeiwanden.

Ich spähte durch die Jalousien nach draußen. Keine Spur von den Trainingsanzügen, aber da stand noch ein dritter Typ an der offenen Tür eines japanischen Autos und rauchte eine Zigarette. Er war ein bisschen jünger und nicht so attraktiv wie seine beiden Freunde. Mit seinen schmutzigblonden Haaren, dem breiten Mondgesicht und einer mürrischen Miene machte er eindeutig den Eindruck des kleinen Bruders, der im Wagen warten muss. Er reckte den Hals, um zur Veranda im ersten Stock hinaufzuschauen, als hoffe er, einen Blick auf die Action zu erhaschen, die er da verpasste. Der Motor lief.

»Madison«, sagte ich. »Welches ist dein Auto?«

»Der schwarze Nova da drüben«, sagte sie.

»Gut«, sagte ich. »Schlüssel.«

Die Kleine fing an, in ihrer Riesenhandtasche zu kramen.

Ich schaute wieder hinaus und sah den Nova. Das Gute war, dass er an dem Ende des Parkplatzes stand, das uns am nächsten war. Das Schlechte war, dass zwischen ihm und uns der kleine Bruder stand.

»Beeil dich«, sagte ich mit einem Blick über die Schulter.

»Ich schau ja«, sagte sie. »Ich kann in der verdammten Tasche nichts finden.«

Sie drehte die Tasche um und schüttete den Inhalt auf den Teppich. Make-up, Tampons, Handy. Verkrumpelte Quittungen. Glänzend rotes Portemonnaie. Riesige weiße Plastiksonnenbrille. Kleingeld. Pillen. Bonbons. Keine Schlüssel.

»Scheiße«, sagte Cody. »Weißt du noch, wir haben doch den kleinen rosa Vibrator benutzt.«

»Verflixt«, sagte Madison, »stimmt ja.«

»Was zum Teufel hat das mit den Schlüsseln zu tun?«, fragte ich.

»Der Vibrator«, sagte Madison, »der ist an meinem Schlüsselbund.«

»Die Schlüssel müssen noch auf dem Nachttisch liegen«, sagte Cody. »Ich geh wieder rauf und hol sie.«

»Nein«, sagte ich. »Schlechte Idee. Wie müssen zusammenbleiben.«

»Ihr macht euch jetzt bereit zum Losrennen«, sagte Hank und öffnete vorsichtig die Tür. »Achtet auf mein Zeichen.«

Dann war er weg.

Ich schaute durch die Jalousien, konnte ihn aber nirgendwo sehen. Es war, als sei er in derselben Sekunde verschwunden, als er durch die Tür gegangen war. Mit einem glitschigen Knoten im Magen beobachtete ich den kleinen Bruder und wartete.

Eine Minute verging, dann noch eine. Und nichts passierte. Dann fiel der kleine Bruder mit einem verdatterten Gesichtsausdruck und einem heiseren Zischen nach vorn und verschwand zwischen zwei Autos. Niemand fing an zu schießen, und Sekunden später stand Hank an der Stelle des kleinen Bruders und winkte uns zu sich.

»Setzt euch nach hinten«, sagte ich zu Cody. »Halt sie dicht bei dir, und lauft so schnell ihr könnt.«

Die beiden spurteten in Richtung Auto. Ich holte tief Luft und folgte ihnen.

Als ich aus der Tür war, fuhr ich herum, zielte mit der Sig zur Veranda hinauf und suchte sie nach Anzeichen von Bewegung ab. Zuerst nichts, aber dann, als ich etwa auf halbem Weg zum Auto war, öffnete sich die Tür zu Madisons Zimmer, und der Weiße Trainingsanzug trat heraus.

Ich gab einen Schuss in seine Richtung ab, wobei ich auf den Türrahmen zielte, in der Hoffnung, ihm so viel Angst einzujagen, dass er sich wieder ins Zimmer zurückzog. Seine leuchtend weiße Trainingshose blühte knapp über dem linken Knie rot auf, und er stieß eine wütende Serie kroatischer Obszönitäten aus.

Ich spurtete in Richtung Auto. Inzwischen war der Blaue Trainingsanzug rausgekommen und ließ feuernd Schotter und Sand um mich her aufspritzen.

Hank saß schon hinterm Steuer, als ich mich auf den Beifahrersitz schwang. Er setzte rückwärts aus der Parklücke und trat das Gas durch. Das Auto kriegte ein paar Treffer in die Karosserie ab, aber die Reifen waren unversehrt. Ich schätze, ich hatte Glück gehabt, als ich den Weißen Trainingsanzug ausschaltete. Er war offensichtlich der bessere Schütze von beiden.

Das Motel verschwand im Rückspiegel.

»Geht das mit dem Fahren?«, fragte ich Hank.

»Schätze, ich bin für 'ne kleine Weile in Ordnung«, sagte er. »Solange wir's nicht mit den Cops zu tun kriegen. Andererseits, wenn wir's mit denen zu tun kriegen, dann ist mein Fahren ohne Führerschein die kleinste unserer Sünden.«

»Wer zum Teufel waren diese Typen?«, fragte Cody.

»Diese Typen sind mein Problem«, antwortete ich.

»Blödsinn«, sagte Cody. Er rutschte vor und legte die Hand an meine Rückenlehne. »Die haben uns alle gesehen. Wer die auch sind, jetzt sind sie *unser* Problem. Wir haben ein Recht, es zu wissen.«

»Hört sich fair an«, sagte ich, aber dann wusste ich nicht, wie ich weitermachen sollte.

Ich schaute aus dem Fenster auf ein Stück schwarze Wüsteneinöde, dann hinunter auf meine Hände.

»Okay, hört zu, das ist so«, begann ich. »Vor zwei Jahren hab ich gegen einen sehr bösen Mann ausgesagt. Einen Mann, der osteuropäische Frauen als Sexsklavinnen in die Staaten einführte. Der Mann saß dafür ein, aber er hat Freunde.«

»Boah!«, sagte Madison. »Angel ...? Sie sind Angel Dare! Verdammte Scheiße, ich fass es nicht, dass ich Sie nicht gleich erkannt hab. Sie sind meine Heldin! Sie sind so was wie ... wie The Crow der Pornobranche.«

Gegen meinen Willen musste ich lachen. Ich fragte mich, ob sie *Phoenix Rising* gesehen hatte.

»Könnt ihr mir sagen, wo wir hinfahren?«, fragte Hank.

»Madison?«, fragte ich. »Gibt es einen Ort, wo wir Sie absetzen können, irgendwas Sicheres?«

»Können Sie mich bis Lake Havasu City mitnehmen?«, fragte sie. »Ich soll dort morgen im Peachy's die Nachmittagsschicht tanzen, und ich hab dort 'ne Tante, bei der ich bleiben kann, bis ich alles auf die Reihe gekriegt hab. Fahren Sie einfach die 95 Richtung Norden, und wenn wir in die Nähe kommen, sag ich Ihnen den Weg, okay?«

Eine Stripperin. Wieso überraschte mich das nicht?

»Alles klar«, sagte Hank.

Er streckte den Arm über den Sitz aus, nahm meine Hand und führte sie an seine Lippen, wobei er so ein breites, jungenhaftes Grinsen aufsetzte, als sei alles auf der Welt in Ordnung. Als hätten wir gewonnen. Ich versuchte zurückzulächeln, aber der Versuch war schwach und verzweifelt. Ich wusste, dass die Typen, die hinter mir her waren, nicht so einfach aufgeben würden. Ich zog die Hand zurück und fing an, die Sig zu reinigen und neu zu laden.

25

Wir setzten Madison vor einem rosa Wohnhaus im Südweststil am dramatisch benannten Thundercloud Drive in Lake Havasu City ab. Cody brachte sie zur Tür, die nach einer Phase mit schwerem Geknutsche, geflüsterten Versprechen und dem Austausch von Telefonnummern von einer verschlafenen Frau in einem flauschigen weißen Bademantel geöffnet wurde. Mit einem resignierten Ausdruck, der verriet, dass das ständig vorkam, führte die Frau Madison nach drinnen. Cody bot an, zu fahren, und Hank machte ihm gern Platz.

»Möchtest du dich nicht auf den Rücksitz legen, Angel?«, fragte Hank.

Ich tat es. Aber obwohl ich so müde war, konnte ich keinen Schlaf finden. Hank und Cody unterhielten sich leise über die Fernsehsendung, über Matt Kenner und den Kampfsport im Allgemeinen. Sie hätten genauso gut kroatisch sprechen können.

Ich war endlich eingenickt, als wir in Vegas ankamen. Das Neonlicht weckte mich auf. Egal wie oft ich schon in Vegas gewesen war, es erschien mir jedes Mal total unwirklich. Der ganze Protz und Pomp, wenngleich ewig unfertig und mit Baukränen übersät. Als könnte nichts jemals groß genug sein. Es war kaum drei Uhr früh.

»Wir sollten irgendwo einchecken«, schlug ich vor und rieb mir die Augen. »Versuchen, 'ne Mütze voll Schlaf zu bekommen, bevor wir zu Kenner rübergehen.«

»Ich will früh da sein«, sagte Cody. »Spätestens um sieben.«

»Kein Problem«, sagte ich. »Wir stellen den Wecker.«

Cody bog in den Parkbereich des Four Queens ein.

Er hätte gern sein eigenes Zimmer gehabt, aber ich hielt es für sicherer, wenn wir zusammenblieben. Ich setzte mich durch, indem ich in eine Suite mit separatem Schlafzimmer einwilligte. Ich war froh, dass der kampfsportbegeisterte Mechaniker mir mein Geld zurückgegeben hatte.

Als wir uns zur Suite raufgeschleppt hatten, verschwand Hank im Bad. Cody stand am Waschbecken vor der Badezimmertür, spritzte sich Wasser ins Gesicht und schaute in den Spiegel. Sein unrasiertes Gesicht war sehr blass, die Augen tief eingefallen. Ich ging zu ihm, packte ein Glas aus und füllte es am Hahn.

»Geht's dir gut?«, fragte ich, nachdem ich getrunken hatte.

»Meine Mom hat sicher ein Dutzend Mal versucht, sich umzubringen, seit ich alt genug bin zum Mitzählen«, sagte Cody. »Vielleicht öfter. Und jedes Mal, wenn sie ihr den Magen ausgepumpt oder das Handgelenk genäht haben, war ein Teil von mir froh, dass es ihr gutging, aber ein anderer Teil …« Er hob den Kopf zu seinem Spiegelbild, dann zu mir. »Ich möchte einfach nur mein eigenes Leben leben. Bin ich deshalb ein schlechter Mensch?«

Ich hatte keine Antwort für ihn. Ich stellte das Glas auf der Anrichte ab.

»Was hast du vor, wenn du mich bei Kenner abgeliefert hast?«, fragte er.

Darauf wusste ich auch keine Antwort.

»Hast du Angst?«, fragte er.

Das war leicht.

»Ja«, antwortete ich.

»Ich auch«, sagte er.

Er versuchte, mich wieder mal in eine seiner Umarmungen zu ziehen.

»Vergiss es, Kleiner«, sagte ich lächelnd. »Reicht's dir noch nicht für einen Tag?«

»Nee«, sagte er und langte spielerisch erneut nach mir. »Komm schon, ich hab noch jede Menge Saft.«

Ich schlug seine großen Hände weg und verdrehte die Augen.

»Mann«, sagte ich. »Zwing mich nicht, dich zu erschießen.«

»Ich mach doch nur Spaß«, sagte er. Lächelnd nickte er mit dem Kopf in Richtung der geschlossenen Badezimmertür. »Du magst ihn, mh?«

Ich runzelte die Stirn. »Hank? Na klar. Wieso?«

»Ich meine, du weißt schon ... Du stehst auf ihn.«

»Was?« Ich wandte mich ab. Wie zum Teufel war er darauf gekommen? »Natürlich nicht.«

»Kein Problem«, sagte Cody mit einem frechen Achselzucken, als könnte ich es leugnen, soviel ich wollte, aber er wüsste, was abging.

Er streckte den Arm aus, schlang ihn um mich und legte das Kinn auf meinen Kopf.

Hank kam aus dem Bad. Er erstarrte einen Moment in der Tür; da das Licht von hinten kam, konnte ich seinen Ausdruck nicht sehen.

»Lass deine Scheißpfoten von ihr«, sagte er.

Ich war von Hanks unerwarteter Obszönität so verdattert, dass ich keine Ahnung hatte, wie ich reagieren sollte. Ehe ich mich versah, hatte er Cody gepackt und riss ihn weg von mir.

Er hatte Cody mit der Faust das T-Shirt unters Kinn geschoben und holte mit der anderen Hand aus, um zuzuschlagen.

»Hank«, sagte Cody, der selbst die Hand hob, aber offen. »Hank, hör mir zu. Du liegst wieder mal voll daneben.«

»Von wegen, verflucht«, sagte Hank.

Er schwang die Faust gegen Cody. Cody wand sich aus seinem Griff und ließ eine Handvoll zerfetztes T-Shirt zurück.

»Hank, hör auf«, sagte ich und wich zurück. »Das ist doch verrückt.«

Hank setzte zu einem weiteren Schwinger an, der Cody am Kinn streifte, als der zurück und seitwärts tänzelte. Cody packte den Schreibtischstuhl und schob ihn zwischen sich und Hank.

»Mann«, sagte Cody, die Hände immer noch beschwichtigend erhoben, »verdammt noch mal, könntest du jetzt einfach ...«

Hank fegte den Stuhl mit einer Kraft beiseite, dass der ein Bein verlor, als er gegen die Wand krachte. Cody drehte unwillkürlich den Kopf nach dem Geräusch des sterbenden Stuhls, und Hank verpasste ihm voll einen.

Der hier traf mitten ins Schwarze. Codys Kopf knallte zurück, und er taumelte und fiel auf ein Knie.

»Du Arschloch!«, blaffte Cody, der jetzt jede Geduld verloren hatte. Sein Temperament kochte über, und seine Hände ballten sich zu Fäusten.

Er stürzte sich auf Hank. Die beiden gingen rollend zu Boden, teilten wilde Schläge aus und rammten sich die Knie in den Leib. Ich wünschte mir verzweifelt, etwas zu tun, um sie aufzuhalten, aber sah mich angesichts dieses testosteronbefeuerten Wahnsinns völlig machtlos. Bis Hank nach dem abgebrochenen Stuhlbein langte. An diesem Punkt glaubte ich, keine andere Wahl zu haben.

Er hockte über Cody am Boden und hielt das Stuhlbein hoch, während Cody sich unter ihm duckte und mit den Händen sein Gesicht schützte. Ich warf mich dazwischen und packte Hanks Handgelenk.

»Schau mich an, Hank«, sagte ich, das Gesicht Zentimeter von seinem entfernt, und kämpfte um Blickkontakt. Ich wusste, dass ich nicht die geringste Chance hatte, ihn körperlich zu überwältigen oder festzuhalten. Ich musste eine andere Möglichkeit finden, der Sache ein Ende zu machen. »Na los jetzt, schau mich an. Du willst doch Cody nicht wehtun, oder?«

Endlich wandte Hank sich mir zu, aber er schien eine Sekunde zu brauchen, um mich auch wirklich zu sehen. Dann blickte er zurück auf Cody, stieß einen wortlosen, gequälten Laut aus und ließ das Stuhlbein fallen. Cody wälzte sich unter ihm heraus. Er war knallrot und blutete aus einem Riss über dem linken Auge. Hank knallte sich die Faust gegen die eigene Schläfe.

»Scheiße!«, sagte Cody, fasste nach der Wunde und zuckte zusammen. »Geh und nimm deine Idiotenpillen, du Scheißirrer.«

»Cody, bitte«, sagte ich. »Gib mir ’ne Minute.«

Cody senkte den Blick und nickte, sein Gesicht war ein Schlachtfeld der Emotionen. Er rappelte sich auf und zog sich leise ins Schlafzimmer zurück. Hank stand mit dem Rücken zu mir auf.

»Hank«, sagte ich so zärtlich, wie ich konnte.

»Es tut mir leid«, sagte Hank. »Ich weiß nicht, was in mich gefahren ist.« Er hielt inne. Schaute mich an, dann wieder weg. »Das war gelogen«, sagte er. »In Wahrheit weiß ich genau, was mit mir nicht stimmt, ich denk nur nicht gerne dran.«

Er setzte sich auf die Couch, die Ellbogen auf den Knien. Ich stand da und wartete darauf, dass er fortfuhr.

»Die Docs haben ’nen schicken Namen dafür«, erklärte er. »Aber eigentlich ist es ganz einfach. Ich krieg ’ne Matschbirne.« Er tippte sich mit den schwieligen Knöcheln an die Schläfe. »Hab mir so oft auf dem Hirn rumhauen lassen, dass es nicht mehr richtig funktioniert. Klar, haben wir alles schon bei älteren Kämpfern gesehen, sogar Witze drüber gemacht, aber ich hab eigentlich nie geglaubt, dass es mir passieren könnte.«

Ich ging zu ihm und setzte mich neben ihn.

»Bematscht, Kopfschmerzen, kann mich von einer Minute auf die andere nicht mehr erinnern.« Er holte ein Glas mit Tabletten aus der Tasche und nahm zwei. »Ich kriege Panikattacken, mache solche irren, impulsiven Sachen, und dann fühl ich mich immer total beschissen, so als wollte ich nicht mehr leben.« Er schaute zu mir hoch. »Weißt du, ehe ich dich kennengelernt hab, hatte ich vor … Na ja, ich dachte mir, wenn Cody erst mal im Team Kenner ist, würd ich mich still verabschieden. Es hinter mich bringen, ehe ich mich nicht mehr an meinen Namen erinnern kann. Und jetzt ist urplötzlich alles ganz anders.«

Er beugte sich zu mir, und wir streckten uns zusammen auf der Couch aus und schwiegen eine Weile. Sein dicker Kopf lag schwer wie ein Amboss auf meiner Brust. Ich hatte in den letzten sechs Stunden mehr sexuell gekuschelt als in meinem gesamten übrigen Leben. Ich kam mir vor wie eine Jungfrau beim Fummeln, als würde ich etwas imitieren, was ich von anderen Mädchen gehört, aber selbst noch nie gemacht hatte.

»Mit dir in meiner Ecke, Angel«, sagte er, »hab ich das Gefühl, ich könnte weiter dagegen ankämpfen. Als ... als könnte ich vielleicht neu anfangen. Rausfinden, wie ich wieder 'n anständiger Kerl werde. Die Art Mann, die du verdienst.«

Was zum Teufel sollte ich sagen? Ich kam nicht zurecht mit so einem Gespräch, zu all dem, was sonst noch passiert war. Ich war so müde, dass ich fast fantasierte, und das Letzte, was ich auf der Welt brauchte, war, mich in eine feste Beziehung mit einem Problemfall wie Hank reinziehen zu lassen. Ich wollte nichts weiter, als Cody sicher bei Matt Kenner abzuliefern. Danach, dachte ich mir, würde ich eine Möglichkeit finden, Hank so sanft wie möglich einen Korb zu geben.

»Wir versuchen besser, noch ein bisschen zu schlafen«, sagte ich.

»Du hast recht«, seufzte er schwer.

Ich glaube nicht, dass einer von uns beiden richtig schlief. Irgendwann klingelte im anderen Zimmer ein Wecker, und es war Zeit, Cody zu Kenner zu bringen.

26

Kenners Dojo lag in einem kleinen Industriegebiet abseits des Strip, hinter dem Rio. Als wir eineinviertel Stunden zu früh ankamen, schloss eine junge Frau gerade das Sicherheitstor auf. Ich bat den Taxifahrer, zu warten, während die Frau Cody mit monotonem Näseln mitteilte, dass der Drehort für *All American Fighter: The Next Generation* ins Sands verlegt worden war, wo mehr Platz zur Verfügung stand.

»Gut, dass wir zu früh gekommen sind!«, sagte Cody, um uns aufzumuntern, aber er sah sehr blass und besorgt aus. Alles war auf das hier zugelaufen.

Das Taxi lud uns vor dem Sands ab. Cody entdeckte ein Schild mit dem AAFC-Logo, den Worten »TEAM KENNER« und einem dicken Pfeil. Aufgeregt startete er sofort in diese Richtung, Hank und mich im Kielwasser. Seine nervöse Energie war ansteckend.

Nachdem wir mehrmals falsch abgebogen waren, fanden wir schließlich den Konferenzraum, den wir suchten. Cody war mir so weit voraus, dass ich sein Gesicht nicht sehen konnte, als wir eintraten, aber das war auch nicht nötig. Seine Körpersprache sagte alles.

Es war ein Riesenauftrieb. Der gewaltige Raum war proppenvoll mit Hunderten und Aberhunderten junger Männer genau wie Cody, alle mit hoffnungsvollen Gesichtern und in Kampfshorts und grässlich bedruckten T-Shirts. Die Hälfte hielt Visitenkarten wie die, die Kenner Cody gegeben hatte. Kenner selbst war nirgends zu sehen.

Ich blieb mit Hank in dem großen doppeltürigen Eingang zurück, während Cody von einer unfreundlichen Person mit

Headset zur anderen ging und Kenner zu sprechen verlangte. Er bekam mehrere mehr oder weniger von Flüchen begleitete Versionen von »Stell dich an, Kleiner« zu hören.

»Jetzt beruhig dich und denk mal kurz nach«, sagte Hank zu Cody, als wir ihn einholten. »Das ist nicht das Ende der Welt – du hast hier immer noch 'ne anständige Chance, 'ne bessere als die meisten, würd ich mal sagen. Jetzt versau sie dir nicht, indem du …«

»Nein«, sagte Cody. »Nein, das ist Blödsinn.« Er fing an, hektisch hin und her zu tigern. »Blödsinn. Das ist alles totaler Scheißblödsinn. Ich muss einfach Kenner sprechen.«

»Cody, jetzt hör mir mal zu«, sagte Hank.

»Du weißt nicht, was er zu mir gesagt hat.« Cody blieb stehen und drehte sich zu Hank. »Er hat gesagt, ich sei der Beste. Der Beste, den er je gesehen hätte. Ich stell mich doch nicht mit den ganzen Warmduschern hier an. Ich brauch nur mit Kenner zu reden, dann kümmert er sich um den Blödsinn hier. Kenner hat gesagt …«

Einer der anderen Jungs in der Reihe beugte sich zu uns und sagte aus dem Mundwinkel:

»Hat Kenner gesagt, er heiratet dich, wenn er dich gefickt hat? So 'n Zufall, dasselbe hat er nämlich zu mir auch gesagt!«

Die anderen Jungs in der Reihe fingen an zu kichern, und Cody stürzte sich auf den Spötter. Hank fing ihn ab und zerrte ihn zurück, als gerade ein massiger Wächter in Nylonjacke auf uns zukam.

»Irgendwelche Probleme?«, fragte der Wächter.

»Nein, Sir«, antwortete Hank. »Keine Probleme.« Langsam lockerte er seinen Griff, dann ließ er Cody los. »Stimmt's?«

»Stimmt«, sagte Cody und wandte sich mich hängenden Schultern ab. Ich sah die Enttäuschung in seinen Augen, den Schmerz. Aber er schluckte ihn runter. »Kein Problem«, sagte er zu dem Wächter.

Der Wächter ging über die Stufen zurück, die zu einem großen Ring in einem Käfig führten, den eine Gruppe von Helfern in Crew-T-Shirts von *All American Fighter* aufbaute.

Ein paar Minuten lang passierte gar nichts. Die Jungs in der Reihe unterhielten und schubsten sich. Werkzeuge klapperten beim Aufbau des Käfigs. Es knackte in Sprechfunkgeräten. Cody stand entfernt von uns und starrte stumm auf seine Schuhe.

Dann tauchte aus der Meute von Jungs Madison auf. Jeder Kopf im Raum drehte sich nach ihr, aber es lag nicht an ihren winzigen Shorts. Es lag an ihrem Gesicht.

Ich kannte dieses Gesicht nur allzu gut. Blaue Augen. Geschwollene, geplatzte Lippe, der hübsche, kleine Lippenring herausgerissen. Weinend rannte sie auf Cody zu und warf sich ihm schluchzend in die Arme.

»Es tut mir so leid, Cody«, sagte sie. »Ich wollte ihnen nicht sagen, wo du bist, aber sie haben mich gezwungen. Du musst hier verschwinden!«

Cody war am Zusammenklappen. Ich konnte es sehen. Er hatte sich zusammengerissen, alles runtergeschluckt und weitergemacht, weil am Ende seine große Chance wartete. Jetzt brach alles auseinander.

»Bleib bei ihm«, sagte ich zu Hank, nahm Madison am Arm und führte sie zur Tür.

»Hör mir zu«, sagte ich zu ihr. »Hier läuft es schlecht, und ich will, dass du so weit wie möglich weg von uns bist, wenn's losgeht. Geh die Casino-Security suchen, und sag ihnen, sie sollen die Cops rufen. Geh nirgendwohin, bevor die Cops da sind. Nicht mal aufs Klo, hörst du?«

»Cody?«, rief sie über meine Schulter. Er drehte sich nicht nach ihrer Stimme um.

»Geh jetzt«, sagte ich. »Beeil dich.«

Mit tränennassen, verquollenen Augen sah sie zu mir hoch.

»Sagen Sie ihm, dass es mir leidtut«, sagte sie. »Ich hab versucht, ihnen nichts zu verraten.«

Es tat mir weh, sie so reden zu hören. Am liebsten hätte ich sie in die Arme genommen und ihr gesagt, ich verstünde sie so gut, dass es wehtue, aber dazu war keine Zeit.

»Lauf«, sagte ich wieder.

Sie rannte los.

Ich ging zu Hank zurück, der auf Cody einredete. Cody hatte einen brütenden Blick, als würde er gleich ausrasten.

»Wir müssen hier weg«, sagte ich. »Sofort.«

»Ich gehe nicht«, sagte Cody. »Nicht, bevor ich die Chance hatte, mit Kenner zu reden.«

Genau da tauchten am anderen Ende des Raums der Marineblaue Trainingsanzug und sein mürrischer Bruder auf, die auf eins der Headsetgirls einredeten. Der kleine Bruder schaute herüber und sah mich. Er bildete mit Daumen und Zeigefinger eine Pistole und zielte auf mich, dann zwinkerte er.

»Jetzt, Cody«, sagte ich.

Es kam keine weitere Widerrede. Zu dritt wichen wir zusammen durch die Tür zurück, wandten uns Richtung Casino-Etage und gingen direkt an dem blondierten jungen Killer vorbei, der uns vor Duncan's Diner von der Straße zu drängen versucht hatte.

27

»Das ist der Typ«, sagte Cody zu Hank, nachdem wir rasch ein Stück weitergegangen waren. »Verdammte Scheiße, das ist er! Der Typ vom Diner!«

Der kleine Blonde stand mit zwei neuen jugendlichen *compadres*, die die toten ersetzten, an einem Geldautomaten und telefonierte mit einem Handy.

»Aber Lovell ist doch tot«, sagte Cody. »Er kann die Kerle nicht geschickt haben.«

»Lovell war vielleicht ein verlogener Drecksack«, sagte Hank, »aber vielleicht war es ja wahr, dass er mit dieser Sache nichts zu tun hatte.«

»Aber wer …?«, setzte Cody an.

»Darüber können wir später nachdenken«, sagte ich, als der Blonde in unsere Richtung schaute. Der überraschte Blick, als er uns entdeckte, wäre komischer gewesen, wenn ich nicht gewusst hätte, dass er hier war, um den Job, den er zuvor verpatzt hatte, zu Ende zu bringen. »Im Augenblick müssen wir hier nichts wie weg.«

Der Blonde stand zwischen uns und dem Haupteingang. Den Weg, den wir gekommen waren, konnten wir nicht zurück, denn hinter uns waren die Kroaten aus dem Konferenzsaal gekommen und drehten die Köpfe hin und her wie Bluthunde, die Witterung aufnehmen. Ich schaute mich ebenfalls um und entdeckte ein großes Transparent, auf dem eine chirurgisch aufgemotzte Platinblondine zu sehen war, deren bonbonrosa Lippen farblich zu ihrem winzigen Bikini passten. Unter ihr stand in schreiend rosa Lettern: »AVN ADULT ENTERTAINMENT EXPO«.

»Hier lang«, sagte ich.

Wir gingen so schnell wir konnten, ohne dass es aussah, als würden wir rennen, und bahnten uns den Weg durch die klingelnden, scheppernden Eingeweide des Sands ins angrenzende Kongresszentrum. Auch hier wartete eine riesige Schlange auf Einlass. Überwiegend Männer. Als ich passierte, ging ein aufgeregtes Raunen durch die Schlange. Austin, mein ehemaliger Betreuer im Zeugenschutzprogramm, hätte einen Herzanfall gekriegt, wenn er mich hier gesehen hätte. Apropos Kontakte zu Leuten aus meinem früheren Leben.

AVN steht für *Adult Video News*. Es ist praktisch die *Variety* der Pornobranche. Die AVN-Expo ist die größte Branchenveranstaltung in Amerika. Man könnte sie auch eine Versammlung der dreißigtausend Leute nennen, die Angel Dare am leichtesten wiedererkennen würden.

Ich schnappte Cody und Hank und zerrte sie zu einer breiten Doppeltür, auf der »Brancheneingang« stand.

»Name?«, fragte das gelangweilt wirkende Mädel hinter dem Empfangstisch. Typisch, ausgerechnet die eine von dreißigtausend, die keine Ahnung hatte, wer ich war.

»Angel Dare«, sagte ich mit einem Blick zurück über die Schulter. Die Männer, die uns umbringen wollten, konnten nicht weit sein. Es war nur die Frage, welche Bande zuerst aufkreuzen würde – und ob wir bis dahin an dieser Frau vorbeikamen.

Sie kaute auf ihrem fetten Fruchtgummibatzen herum, während sie die Liste auf ihrem Klemmbrett absuchte. Ich spürte, wie sich unter meinem Brustkorb Panik aufstaute. Jetzt konnte ich die Kroaten sehen, die sich durch die volle Lobby den Weg zum Eingang bahnten. Den kleinen Mexikaner und seine Kumpels hatte ich noch nicht entdeckt, aber das hieß nicht, dass sie nicht hier waren.

»Ich finde den Namen nicht«, sagte sie. »Zu wem gehören Sie?«

»Sie gehört zu mir«, sagte ein tiefer, honigsüßer Bariton, während sich von hinten Hände um meine Taille schlangen.

Ich drehte mich zu einem Gesicht um, das ich seit Ewigkeiten nicht gesehen hatte. Larry Lynsky, auch bekannt als Marco Pole. Der Mann, mit dem ich meine erste Szene gedreht hatte. Seine Serie *Brand Spankin' News* war eine der langlebigsten und beliebtesten Amateurproduktionen aller Zeiten. Als wir unsere Szene drehten, war er Ende dreißig gewesen und hatte ausgesehen wie ein tätowierter Errol Flynn. Inzwischen hatte er mindestens vierzig Kilo zugelegt und die meisten Haare verloren, aber er trug immer noch sein Markenzeichen, den Borsalino, und seine Augen hatten immer noch das gleiche irre Funkeln. Ich spürte, wie Hank sich neben mir verkrampfte. Ich hoffte inständig, er würde nicht wieder alles mit einem gewalttätigen Ausbruch irrationaler Eifersucht verderben.

»Marco«, sagte ich. »Toll, dich zu sehen.«

»Angel, meine Hübsche«, sagte er. »Du kannst dir nicht vorstellen, was ich alles gehört habe.«

»Ich wette doch«, sagte ich.

»Na, dann erzähl mal«, sagte Marco, nahm mich am Arm, tätschelte meine Hand und führte mich an dem verdatterten Mädel mit dem Klemmbrett vorbei.

»Sie darf nicht rein, wenn sie nicht auf der Liste steht«, quengelte sie.

»Miss Desmond darf!«, sagte Marco großspurig, winkte sie mit seinen fetten, beringten Fingern beiseite und führte mich durch den Eingang in die Expo-Halle.

»Ich dachte, Sie hätten Dare gesagt«, rief uns das Mädchen nach.

»Das war nicht nett, Marco«, sagte ich. »Ich bin wohl kaum die Norma Desmond des Pornos.«

»Natürlich nicht, meine Liebe«, sagte er. »Aber keins dieser schwachköpfigen jungen Dinger weiß meine *Sunset-Boulevard*-Anspielungen so zu schätzen wie du.«

Ich wandte mich um und sah, dass die Kroaten gerade am Empfang angekommen waren. Sie zeigten in meine Richtung, und die kaugummikauende Torwächterin, Gott segne sie, wimmelte sie ab. Sie zeigte auf die lange Schlange vor dem

Publikumseingang, und um sicherzustellen, dass es keinen Ärger gab, kamen zwei kräftige Männer in Securityjacken dazu. Lächelnd und mit erhobenen Händen traten die Kroaten den Rückzug an. Mit etwas Glück saßen sie lange genug in der Schlange fest, bis wir einen anderen Weg hinaus gefunden hatten. Natürlich standen wir, wenn wir erst mal aus dem Kongresszentrum gekommen waren, vor einem noch größeren Problem: aus Vegas rauszukommen.

»Sag mal«, sagte Marco. »Wer sind eigentlich deine Freunde?«

»Das ist Cody ...« Ich hielt inne. »Cody Ventura.«

Marco zog die Augenbrauen hoch und senkte den Blick auf Codys Paket.

»Der Sohn von Thick Vic?«, fragte er.

»Genau«, sagte ich.

»Kommst wohl ganz auf deinen Vater raus, was?«, fragte Marco Cody.

»Ich hab 'nen großen Pimmel, wenn Sie das meinen«, murrte Cody, immer noch enttäuscht über die AAFC-Pleite. Ärger war jedoch nicht das einzige Gefühl, das er erkennen ließ – ich sah, dass er unwillkürlich den Hals nach den Starlets in Tangas und High Heels verrenkte, die durch die Reihen gingen.

»Ich hab hier 'ne Fanfick-Livekamera laufen«, sagte Marco. Er zwinkerte mich an. »Verrat's nicht der Security.« Dann wieder zu Cody: »Lust auf 'ne schnelle Szene, Kleiner?«

»Szene?«

»Hast du Lust, mit 'nem hübschen Mädchen zu ficken?«

An seinem Gesichtsausdruck konnte ich erkennen, dass er nach all dem Gezerre den ganzen Morgen endlich mal etwas gefragt worden war, was er eindeutig und selbstbewusst beantworten konnte. »Na klar«, sagte er.

»Vor der Kamera, wohlgemerkt«, sagte Marco.

Cody schaute mich an, fast so, als bitte er um Erlaubnis.

»Im Augenblick«, sagte ich, »dürfte der Platz vor einer Livekamera der sicherste sein, der möglich ist.«

»Du hast doch nichts gegen gemischtrassig?«, fragte Marco. »Ich hab da so 'n schwarzes Wahnsinnsgirl, sieht aus wie 'n Supermodel und fickt wie der tasmanische Teufel.«

»Okay«, sagte Cody. »Wieso? Gibt's Kerle, die's nicht mit schwarzen Mädels treiben würden?«

»Verrückt, was?«, sagte Marco. »So wie ich das sehe, ist 'ne Möse 'ne Möse, ob schwarz, weiß, gelb oder grün. Wie steht's mit dir, Hübscher?«, fragte Marco Hank. »Lust auf 'nen Dreier?«

Ich musste lächeln, als ich Hanks schockierten Gesichtsausdruck sah.

»Nur Cody«, sagte ich zu Marco.

Marco nickte. »Kein Problem.«

Beim Blick auf Hank sah ich, dass er das, was ich getan hatte, als eine Demonstration von Loyalität interpretierte, und sofort wünschte ich mir, ich hätte den Mund gehalten. Je länger ich das so weiterlaufen ließ, desto schwerer würde es werden, es abzubiegen. Vorausgesetzt natürlich, ich lebte lang genug, um irgendjemandem das Herz zu brechen, was im Augenblick nicht sehr wahrscheinlich schien.

Zusammen mit Marco gingen wir zum Stand von PoleHer Productions. Dort saßen hinter einem Tisch zwei Girls. Eine groß, schwarz und geschmeidig, die andere eine vollbusige Rothaarige.

»Schaut mal, Mädels«, sagte Marco. »Ich hab euch was mitgebracht.«

Die Mädchen standen auf und kamen um den Tisch, um Cody zu bewundern.

»Cherise St. Louis, Sunny Dee, das ist Cody Ventura.«

Das schwarze Mädchen, Cherise, legte schnurrend die Hand auf Codys Pracht.

»Mmmmm«, sagte sie. »Nett.«

»Wie alt bist du, Süßer?«, fragte Sunny.

»Achtzehn«, antwortete Cody, dessen Blick auf den großen, dunklen Brustwarzen klebte, die durch Cherises dünnes Spitzentop stachen.

»Führerschein«, sagte Sunny und streckte ihre Hand mit den glimmerlackierten Nägeln aus.

Cody warf einen ängstlichen Blick zu mir zurück. Ich nickte, und er zog sein Portemonnaie heraus und gab ihr seinen Führerschein. Sunny holte eine große Profikamera hervor, legte den Führerschein auf den Tisch und machte mehrere Fotos.

»Komm mit, Baby«, sagte Cherise und legte das wohlbekannte blaue, diamantenförmige Vitamin V auf Codys Zunge. »Ich werd mich gut um dich kümmern.«

Sie küsste ihn und führte ihn dann in einen abgetrennten Privatbereich hinter dem Stand.

»So, meine Liebste«, sagte Marco, »wo hast du denn deine Herrlichkeit die ganze Zeit versteckt?«

»Marco«, sagte ich. »Du weißt, ich liebe dich, aber jetzt ist nicht die Zeit für lange Erklärungen.«

»Was ist los?«, sagte Marco. »In welcher Art von Schwierigkeiten steckst du, meine Schöne?«

»In der, die du nicht brauchen kannst«, sagte ich.

Ihn in diesen Schlamassel zu verwickeln, war das Letzte, was ich wollte. Ich hatte schon zu vielen meiner Freunde zu viel Leid gebracht, indem ich sie in meine Probleme hineingezogen hatte.

Als ich die Reihe der Stände entlangblickte, vorbei an einer Fickmaschine und einem Stand mit beängstigend realistischen, leichenähnlichen Sexpuppen, sah ich das vertraute Logo mit dem brennenden Phoenix.

»Hank«, sagte ich. »Bleib hier bei Marco und warte auf Cody. Ich bin gleich wieder da.«

»Aber du hast doch gesagt, wir sollten zusammenbleiben«, sagte Hank mit besorgt zusammengekniffenen Augenbrauen. Seine Sorge beschränkte sich deutlich nicht nur auf meine persönliche Sicherheit.

»Marco«, sagte ich mehr zu Hanks Wohl als zu meinem. »Versuch, ihm die Girls vom Leib zu halten, solange ich weg bin.«

»Ich kann nichts versprechen«, entgegnete Marco. »Du weißt ja, wie sie sind.«

Lächelnd versuchte ich, meine eigene Besorgnis zu verstecken. Ich wusste, was kommen würde, und freute mich nicht darauf. Aber der Mann hinter dem Phoenix-Logo hatte die Mittel, uns aus dem Land zu helfen und ließ sich vielleicht dazu überreden, sie einzusetzen. Er war außerdem einer der wenigen Menschen in dieser Halle, bei dem es mir nichts ausmachte, wenn er ins Fadenkreuz von nicht einer, sondern zwei Mörderbanden geriet.

Ich lief durch den Gang, vorbei an Girls, die mit lüsternen Fans posierten, und an Transparenten, die für todsichere Methoden warben, den eigenen Online-Umsatz zu verdoppeln. Ich spürte im Vorbeigehen, dass ich wiedererkannt wurde, aber niemand hielt mich auf.

Die winzige Latina, die am Stand arbeitete, wirkte furchtbar jung. Ihre schmale Brust war flach wie die eines Jungen, und sie stand in einer kindlichen, leicht schwankenden Haltung da. Die blauen Flecken an ihrem Hals waren so verblasst, dass sie mir gar nicht aufgefallen wären, wenn ich nicht gewusst hätte, wonach ich suchen musste. Unter dem Bild des Phoenix stand in bluttriefenden Death-Metal-Lettern »ASHPYXXX« auf dem Transparent, das über ihrem Kopf hing.

»Ist Damian hier?«, fragte ich sie.

»Er ist gleich wieder da«, antwortete sie mit gestrecktem Finger. Ihr brasilianischer Akzent war so schwer, dass ich eigentlich nur aus dem Kontext verstand, was sie sagte.

Ich wartete.

Mit Damian Damnation hat es Folgendes auf sich. Er ist der schlimmste Alptraum des rechten Flügels; alles, was Sie mit Inbrunst am Porno hassen, in einem einzigen, knalligen, dreisten Paket. Er stieg gerade in die Branche ein, als ich ausstieg, und schwamm auf der Welle eines neuen, extremen Hardcore-Genres mit krassen, gewalttätigen Serien wie *Full Throttle, Choke It Down* und der mit dem so überaus sexy und fantasievollen Namen *Make Her Puke!*. Er war ein verzogener reicher Bengel, der noch keinen einzigen Tag in seinem Leben hatte arbeiten müssen, und trotzdem schien er auf nichts anderes aus zu sein, als seine betuchten Eltern tagtäglich öffentlich zu demütigen. Immer hart an der Grenze, peitschte Damian routinemäßig die Meinungsfreiheitsnummer durch, bis sie blutete, aber die Wahrheit hinter all dem wichtigtuerischen Geschrei von wegen unterdrücktem Genie war die, dass sein Zeug einfach nicht besonders gut war. Mies aufgenommen, schlampig geschnitten und billig produziert. Außerdem war er berüchtigt für seine Grenzüberschreitungen. Zweimal war er wegen Obszönität festgenommen worden, aber er kam damit durch, und nach seinem letzten Prozess war er nach São Paulo gezogen, wo die Bestimmungen weniger streng waren. Erstaunlicherweise kannte ich tatsächlich Girls, die bei ihm arbeiten wollten. Ich hatte nie dazugehört.

Aber Damian war nicht der Typ, der »verpiss dich« als Antwort akzeptierte. Seit Jahren löcherte er mich, mit ihm zu drehen, und je öfter ich Nein sagte, desto hartnäckiger wurde er. Okay, jetzt würden wir sehen, ob das Angebot noch stand.

»Angel Dare?«

Er war etwa einsfünfundsechzig groß mit seinen hohen, plumpen Stiefeln, einer von den dürren, kleinen Wichsern mit Riesenschwanz, bei denen man denkt, er fliegt gleich auf die Fresse vom Gewicht seines Ständers. Er steckte in seiner üblichen Uniform aus einem widerlichen T-Shirt mit Satanismus-Aufdruck, schlecht sitzenden Lederhosen und zehn Pfund Gothic-Schmuck in Totenschädelform. Er trug teufelsmäßig rote Kontaktlinsen, die seinem ständigen Kifferblinzeln Farbe verliehen, und hatte, seit ich ihn zum letzten Mal gesehen hatte, all seine schütteren Haare abrasiert.

»Hallo, Damian«, sagte ich.

»Angel Dare, verfluchte Kacke«, antwortete er. »Mann, ich hab gedacht, du bist tot.«

»Ich auch«, verriet ich ihm. »Können wir uns irgendwo unterhalten?«

»Tritt ein in mein Büro«, sagte er und zeigte auf den kleinen abgeteilten Bereich, der den Mädels als Garderobe diente.

»Ich hab nicht viel Zeit, deshalb mach ich's kurz«, sagte ich. »Ich muss hier weg. Aus dem Land. So schnell wie möglich.«

Damian war zwar ein Arschloch – aber er hatte ein Privatflugzeug.

»Okay«, sagte er. »Da könnten wir uns einigen.«

»Ich dreh für dich«, sagte ich. »Fünfzehn Nummern, kein Loch ist tabu, honorarfrei. Ich habe zwei Freunde, die auch mitkommen müssen. Du nimmst uns mit, wenn du nach Hause zurückfliegst. Abgemacht?«

»Na ja, ich weiß nicht«, sagte er, mit einem Mal zugeknöpft. »Du hast fast zehn Jahre nicht vor der Kamera gestanden. Ich muss mich erst mal vergewissern, dass du's noch draufhast. Du verstehst. Ist rein geschäftlich, Angel.«

Ich hatte gewusst, dass er das sagen würde, und trotzdem machte es mich stinksauer.

»Natürlich«, sagte ich. Er hatte schon angefangen, den Gürtel aufzumachen.

Damians Lieblingsnummer war, einer Frau seinen Schwanz bis zum Anschlag in die Kehle zu stopfen und ihr dann mit der Hand die Speiseröhre zusammenzuquetschen und sich darin einen runterzuholen. Ich hatte schon Schlimmeres für weniger gemacht.

Im Laufe meines »Bewerbungsgesprächs« gab es Momente, da ich mir kühl und effizient vorkam, wie ein Roboter, der fleißig eine Arbeit ausführt, die für Menschen zu gefährlich ist. Aber es gab auch andere Momente, schlimme Momente, in denen mein vom Sauerstoff abgeschnittenes Gehirn von purer animalischer Panik überwältigt forderte, dass ich um Atem kämpfte.

Ich kämpfte nicht. Ich stand es durch.

»Ja, okay«, sagte er, während er sich am verkrumpelten pinkfarbenen T-Shirt eines Mädchens sauberwischte. »Ich muss 'n paar Anrufe machen. Gib mir deine Nummer, dann ruf ich nach der Show an und geb dir Bescheid, ob ich was arrangieren kann.«

Bei diesem »ob« hätte ich ihm am liebsten eine in die Fresse verpasst.

»Ich hab im Moment kein Handy«, sagte ich. Ich hatte das Gefühl, meine Stimme sei zu einem rauen Flüstern geraspelt worden.

»Oh, na ja.« Er zuckte die Achseln. »Ich weiß nicht, was ich dir sagen soll.«

»Okay, hör zu, ich mache Folgendes«, sagte ich. »Ich bin um sechs Uhr heute Abend in der Lobby des Four Queens am Empfang. Ruf dort an, beschreib mich dem Portier und bitte ihn, mich ans Telefon zu holen.«

Er zückte einen Blackberry und tippte diese Informationen rasch auf einer kleinen Tastatur ein. »Four Queens. Sechs Uhr abends. Kapiert.«

»Gib mir deine Nummer«, sagte ich. »Falls sich irgendwas ändert. Ich kann dich von 'nem Münztelefon aus anrufen.«

Er reichte mir seine Visitenkarte, die aussah wie das Cover eines Slayer-Albums, dann machte er kehrt und ging ohne ein weiteres Wort.

An der Kunststoff-Trennwand auf der anderen Seite des engen Kabuffs lehnte ein Spiegel. Ich schaute nicht hinein, als ich ging.

28

Die Frauentoilette war voll mit kichernden, plappernden Talenten. Alle verstummten, als ich hereinkam. Ich ignorierte sie und beugte mich über das Waschbecken, um mir Wasser ins Gesicht zu spritzen. Ich wollte immer noch nicht in den Spiegel sehen.

Eines der Mädchen, eine kurvenreiche Braunhaarige mit einem Arm voll tätowierter Orchideen, kam schüchtern an meine Seite und öffnete ihre Handtasche. Sie kam mir bekannt vor. Raven? Roxy vielleicht? Einen wirren Moment lang dachte ich, sie würde mich um ein Autogramm bitten. Stattdessen holte sie eine kleine Flasche Mundwasser heraus und bot sie mir kommentarlos an.

So sehr ich es auch hasste, mich mit dem ganzen Mist in der Branche abgeben zu müssen, diese nette kleine Geste erweckte in mir eine leere, verzweifelte Sehnsucht. Mir fehlte nicht nur diese Branche, mir fehlte mein Leben. Mir fehlte der Mensch, der ich früher gewesen war, mehr als alle anderen, die ich verloren hatte. Würde es mir in Südamerika wirklich gelingen, von vorn anzufangen? Eine neues Leben aufzubauen? Ein neuer Mensch zu werden?

So weit konnte ich nicht vorausdenken. Ich konnte mich jetzt nur darauf konzentrieren, Cody in Sicherheit zu bringen, wie ich es versprochen hatte. Ich akzeptierte das Mundwasser, nahm einen Schluck und spülte, dann spuckte ich es aus und reichte die Flasche zurück. Sie zwinkerte mir zu und stakste auf ihren Fünfundzwanzig-Zentimeter-Plastikabsatzschuhen davon.

Hank und Cody warteten an Marcos Stand.

»Alles klar?«, fragte Hank, der aussah, als wollte er mich zusammenfalten und in die Tasche stecken.

»Alles klar«, sagte ich, wollte es mit Willenskraft zur Wahrheit machen. »Cody?«

»Klar«, sagte er. »Ich meine, es war cool, aber auch irgendwie schräg, zu wissen, dass da die ganzen Leute zugucken. Ich hab schon mal mit ’ner Videokamera rumgemacht, aber noch nie so, dass andere Leute zuschauten. Egal, Cherise hat gemeint, ich war ziemlich gut.«

»Freut mich zu hören«, sagte ich. »Ich hab inzwischen ’nen Plan, wie wir aus dem Land rauskommen, aber wir müssen noch mal für ’n paar Stunden ins Four Queens. Solange unsere Kumpels nicht mitkriegen, dass wir verschwinden, und uns verfolgen, müssten wir dort sicher sein, bis ich was von Damian höre.«

Im Zickzackkurs bahnten wir uns den Weg durch die Ausstellungshalle zum Hintereingang, wurden aber aufgehalten, als der Gang von einem lächelnden Fan blockiert wurde, der sich mit drei Girls in Phat-Azz-T-Shirts und prallen Shorts knipsen lassen wollte. Und da entdeckte ich die Kroaten.

Sie hatten es endlich durch die Menge begeisterter Fans geschafft und standen jetzt am Vixen-Stand. Sie waren die einzigen Männer im Raum ohne das breite Deppengrinsen im Gesicht. Sie hatten uns noch nicht bemerkt, aber das würde sich ändern, wenn wir nicht machten, dass wir hier rauskamen, und zwar pronto.

Praktischerweise wurden sie von einem asiatischen Girl mit Piepsstimme und riesigen Implantaten, das anfing, DVDs in die jubelnde Menge zu schmeißen, von uns abgelenkt. Ich schnappte Hank und Cody an je einem Arm und zeigte mit dem Kinn auf die Kroaten. Zu dritt setzten wir uns still in die Gegenrichtung ab, auf eine unbeschriftete Tür ganz hinten links in der Halle zu.

Die Tür ging auf ein Beton-Treppenhaus hinaus. Der Weg führte nur nach oben.

Die Stahltür auf der nächsten Ebene ging auf einen hässlichen Versorgungsflur, der keine Ähnlichkeit mit dem schicken Protz und Pomp der öffentlichen Bereiche des Hotels hatte. Wir kamen an einem Lastenaufzug und einem anscheinend herrenlosen Zimmerservice-Wagen vorbei, ehe der Korridor einen Knick machte. Ich hatte jede Orientierung verloren und wusste nicht, wohin wir gingen, dachte mir aber, dass wir irgendwann einen Weg nach draußen finden müssten. Vorzugsweise bevor wir irgendwelchen Wachleuten in die Hände liefen, die wissen wollen würden, was wir hier zu suchen hatten.

Wir folgten den Windungen und Biegungen, bis der Flur an einer weiteren großen Stahltür endete, die auf die Hauptebene des Casinos führte, knapp drei Meter von dem Saal entfernt, wo das Casting für das Team Kenner stattfand. Ich manövrierte Cody von den AAFC-Schildern weg und lenkte ihn rasch zum Ausgang.

Wir hatten Glück und bekamen sofort ein Taxi. Unterwegs erklärte ich die Sache mit Damian.

»Brasilien?«, sagte Cody. »Ich weiß ja nicht.«

Hank war jedoch sofort Feuer und Flamme.

»Ja, das ist toll«, sagte er. »Getúlio Azevedo ist ein alter Freund von mir. Du kannst in seinem Dojo dein Jiu-Jitsu ein paar Jahre lang verbessern, dir ein paar Siege vor Ort unter den Gürtel schieben, und wenn dann Gras über die Sache hier gewachsen ist, kannst du in die Staaten zurückkommen und alle fertigmachen.«

»Mann«, sagte Cody. »Ist ja berauschend.«

»Macht euch jetzt keine Gedanken, wie's später weitergeht«, sagte ich. »Der erste Schritt ist mal, in den Flieger zu gelangen.«

Als wir in die Suite zurückkamen, war Cody wie ein Zombie, stumm und wie unter Schock. Er ging in das Schlafzimmer, das er für sich beanspruchte, und schloss wortlos die Tür.

Hank wollte ihm nach, aber ich nahm ihn beim Arm und schüttelte den Kopf.

»Lass ihn allein«, sagte ich. »Er braucht Zeit, um alles zu verarbeiten.«

»Okay«, sagte Hank. Er drehte sich zu mir um und legte mir den Arm um die Hüfte. »Und was ist mit dir? Bei dir alles in Ordnung?«

»Ich weiß nicht mal, was das bedeutet«, gestand ich ihm. »Aber mach dir um mich keine Sorgen.«

»Weißt du«, sagte Hank. »Du bist der mutigste Mensch, den ich je getroffen habe.«

War ich mutig? Oder einfach nur so abgestumpft und kaputt, dass es mich nicht mehr scherte, was aus mir wurde?

Hank setzte sich aufs Sofa, zog mich zu sich runter und nahm mich in die Arme. Meine instinktive Reaktion war, die Umarmung zu etwas Sexuellem zu machen. Das Steuer zu übernehmen und die Dinge wieder auf ein Gebiet zu ziehen, wo ich mich auskannte. Sex war für mich immer total einfach gewesen. Männer sind einfache Automaten und tröstlich in ihrer Berechenbarkeit. Aber bei Hank hatte mein schwarzer Schlafzimmergürtel nichts zu melden.

Und dieses andere Ding, diese komplizierte, schlüpfrige Gefühlsbindung, die sich zwischen uns entwickelte, fühlte sich an, als müsste ich ertrinken. Immer wieder sagte ich mir, dass das nur sein Ding sei, nicht meins. Dass ich nur höflich sein wollte, versuchte, ihn nicht zu verletzen. Ich brauchte das so, damit meine Rüstung intakt blieb, um weiterhin sicher und konzentriert zu sein.

Aber mein Herz schlug schneller in meiner beengten, atemlosen Brust. Seine Berührung hatte etwas zutiefst Tröstliches und Asexuelles, etwas Gluckenhaftes, das bei jemandem, der so tough und hässlich war wie er, ganz seltsam wirkte. Am liebsten hätte ich den so fremden Trost weggestoßen wie ein kleines Kind, das seine Medizin nicht nehmen will.

Und ganz plötzlich, zum ersten Mal in zwei langen Jahren, heulte ich mir die Augen aus. Ich weinte um Vic und alle meine toten Freunde. Vor allem um mich selbst, um mein verlorenes Leben. Hank hielt mich einfach nur fest und flüsterte mir mit seiner kratzigen Südstaatlerstimme zärtlichen Blödsinn ins Ohr. Erzählte mir, dass er nicht zulassen würde, dass mir irgendwer noch mal wehtun würde.

Er strich meine feuchten Haare zurück und küsste mich aufs Gesicht, und gegen meinen Willen zog ich seinen Mund auf meinen. Ich verspürte eine heiße, pulsierende Gier, die sich rasch in Schwermut auflöste. Er brach den Kuss ab und hielt meinen Kopf an seiner Brust. Seine Hände zitterten.

»Es tut mir leid«, sagte er. »Ich wünschte …«

Ich wollte schon sagen *Ist schon gut*, aber ich ließ es bleiben.

»Weißt du, ich war nicht immer so«, sagte er. »Zum Teil ist es die Geschichte mit meinem Gehirn, und die ganzen Medikamente machen's garantiert auch nicht besser, aber ich weiß, dass ich mich auch selbst so draufbringe. Es ist als … als hätt ich keine Frau verdient, nach dem, was ich gemacht habe.«

»Wie meinst du das?«, fragte ich. »Wie kommst du darauf?«

»Sie war so 'n kleines Ding«, sagte er, den Blick ins Nichts gerichtet. »Nicht mal Fliegengewicht, mit beiden Taschen voller Münzen. Wir waren ungefähr ein Jahr zusammen, als es anfing. Sie wurde richtig stinksauer über … die Probleme, die ich bekam. Als wär's 'ne Reaktion auf ihr Aussehen, auf ihre weiblichen Fähigkeiten. Ich hab versucht, ihr zu erklären, dass es damit nichts zu tun hatte, aber sie hat nicht zugehört.« Er hielt inne. Runzelte die Stirn. »'türlich ist sie losgezogen und hat sich selber was nebenbei gesucht. Auch 'n Kampfsportler. 'n richtiger Mann, hat sie gesagt. Hat's mir einfach so ins Gesicht geknallt. Und mich ausgelacht.«

Ich machte mich los und richtete mich auf. Meine Augen wurden zu Schlitzen, als er fortfuhr.

»Ich hab nur ein Mal zugeschlagen«, sagte er. »Aber das hat schon gereicht. Koma, hat der Doktor gesagt. Vier Monate lang ist sie nicht aufgewacht.« Er senkte den Blick auf seine Hände. Ballte sie zu Fäusten, um das Zittern zu beruhigen. »Ich kam mir vor wie 'n Monster. Tu's immer noch, ehrlich gesagt. Es ist, als hätte in dieser einen bescheuerten Sekunde mein ganzes Leben aufgehört. Auch wenn ich jetzt draußen bin, hab ich immer noch das Gefühl, ich bin im eigenen Kopf eingesperrt.«

In meiner Brust bildete sich ein kalter Knoten, der mir das Atmen schwermachte. Ich konnte ihn nicht ansehen.

»Wieso hast du mir das nicht schon früher erzählt?«, fragte ich.

»Schätze, ich hatte Angst, dass du mich dafür hassen würdest.« Er schaute mich an. Schaute weg. »Du tust's, stimmt's?«

Ich antwortete nicht. Ich konnte nicht.

»Angel«, setzte er an und streckte die Hand nach mir aus. Das Zittern wurde noch stärker.

»Nein«, sagte ich. Ich wich zurück und stand auf. »Nein, Hank. Tut mir leid, aber ich brauch jetzt 'nen Moment.«

Alles andere hätte ich von ihm akzeptieren können: die Pillen, den Hirnschaden, die Eifersucht, die gewalttätigen Ausbrüche. Aber zu wissen, dass er ein Mann war, der fähig war, seine Freundin krankenhausreif zu schlagen, nun, das war etwas anderes. Etwas sehr viel Persönlicheres.

Das Bild meines Vaters stieg vor mir auf, der über den Tisch langte und ungerührt meiner Mutter ins Gesicht schlug, dass ihr die Brille in die Spaghetti flog. Mein Vater hatte mir den Unterkiefer gebrochen, als er das mit meinen Videos herausfand. Mir war übel.

»Angel, bitte«, sagte Hank mit brechender Stimme und zeigte mir seine schwieligen Handflächen. »Ich weiß, dass es falsch war, was ich getan hab, aber …«

»Hör zu«, sagte ich, brach aber ab. Ich war so aufgelöst und innerlich verdreht, dass ich nicht die richtigen Worte fand.

Hank streckte erneut die Hand nach mir aus, und ich zuckte zurück. Für einen endlosen Moment flammte pure Qual in seinen fahlen Augen auf, bevor er sie schloss und sich von mir abwandte.

Er richtete sich auf und erhob sich, mit einem Mal schwankend wie ein Betrunkener. An seinen Schläfen pochten die Adern, und auf seiner Stirn bildete sich Schweiß.

»Hank?«, sagte ich.

Er gab keine Antwort, sondern torkelte nur ins Bad und trat die Tür zu. Sekunden darauf hörte ich das unregelmäßige Gluckern und Plätschern, mit dem er sich übergab.

Vielleicht hätte ich ihm nachgehen sollen, aber ich konnte nicht. Ich saß einfach da. Ich hatte keine Ahnung, was ich von der Sache halten sollte. Ich hatte keine Ahnung mehr, was ich überhaupt von allem halten sollte.

29

Ich musste irgendwas mit den Händen tun, und so überprüfte und reinigte ich wieder meine Kanonen, obwohl beide schon sauber waren. Als ich fertig war, merkte ich, dass ich mir so fest auf die Lippe gebissen hatte, dass sie blutete. Ich spürte nichts.

Als ich die Waffen wieder in meinen Rucksack steckte, fiel mir Codys Notizbuch auf. Neugierig zog ich es heraus und fing an, darin zu blättern. Es war genau so, wie er gesagt hatte. Textfetzen, Liedzeilen und Ähnliches, meistens über einen einsamen, unverstandenen Krieger, der lieben möchte, aber nur weiß, wie man kämpft. Wütend, voller Klischees, aber dann wieder seltsam ergreifende Gedichte über die Geisteskrankheit seiner Mutter. Trainingsnotizen, wie viel Gewicht er gestemmt und was er gegessen hatte. Ein unbeendeter Brief an Thick Vic, den ich nicht schaffte zu lesen. Ich war etwa zur Hälfte durch, als mir eine Disc ohne Aufschrift in den Schoß fiel.

Ich warf einen Blick nach der geschlossenen Tür zu Codys Schlafzimmer. Hank war immer noch im Bad. Ich wusste, dass mich das nichts anging, aber meine Neugier siegte. Ich schob die Disc in den Player unter dem Riesenfernseher und griff nach der Fernbedienung.

Ich war nicht schockiert, als sie sich als Pornovideo entpuppte. *Ich hab früher schon mal mit 'ner Videokamera rumgemacht*, hatte er gesagt. Ich war nicht mal besonders überrascht zu sehen, dass Codys Partnerin Mrs. Truly Richland, die Kickbox-Lehrerin aus seiner MMA-Schule war. Die Überraschungen kamen später.

Die Ausleuchtung war grob und unvorteilhaft. Codys Haare waren länger und fielen ihm in die Augen. Er hatte mehr Akne und keine Tattoos. Er wirkte beängstigend jung. Und das aus gutem Grund – wenn er jetzt erst achtzehn war, musste er bei dem Dreh hier wie alt gewesen sein? Siebzehn? Sechzehn?

Und obwohl er inzwischen im legalen Alter war, kam ich mir beim Betrachten dieses Videos irgendwie wie eine Perverse vor, weil ich selbst mit ihm gefickt hatte. Er war immer noch total jung. Der Sohn meines Exfreundes. Spielte es da eine Rolle, dass er angefangen hatte? War ich wirklich besser als Truly?

»He!«, explodierte Codys Stimme hinter mir. »Das ist privat!«

Im selben Moment feuerte der jüngere Cody auf dem Bildschirm seine Salve ab, und der Fernseher wurde schwarz. Ich langte nach der Fernbedienung, um ihn auszuschalten.

»Tut mir leid«, sagte ich. »Ich wollte nicht …«

Bevor ich die Stopptaste drücken konnte, wurde der Bildschirm wieder hell. Wieder war es Truly, aber diesmal mit einem anderen Partner, einem noch jüngeren, rothaarigen Jungen. Die Szene begann damit, dass sie sich über fette Kokslines beugten, bevor die Action losging.

»Was soll 'n das, verdammte Scheiße?«, fragte Cody und setzte sich mit verdattertem Ausdruck neben mich.

»Hast du nicht gewusst, dass noch diese andere Szene auf der DVD ist?«

Cody schüttelte den Kopf. »Ich hab sie ein paar Stunden eher bekommen, bevor ich meinen Dad treffen wollte. Ich hatte nicht mal Zeit, den Teil mit mir und Truly anzusehen.«

Wir schauten auf den Bildschirm. Der neue Junge hatte Ständerprobleme.

»Wie alt warst du, als ihr das gedreht habt?«, fragte ich.

»Ach, ich weiß nicht«, sagte er achselzuckend und schaute weg.

»Ich mein's ernst, Cody.«

»Sechzehn«, sagte er. Er schaute zu mir hoch und dann wieder weg. »Na ja … fünfzehn, glaub ich.«

»Fünfzehn?«, sagte ich. »Um Himmels willen. Und der Kleine da?«

»Das ist Justin«, sagte er. »Der ist jetzt sechzehn, aber in diesem Video sieht er viel jünger aus.«

»Wenn das ungefähr zur gleichen Zeit gedreht wurde wie deins, dann war er dreizehn«, sagte ich.

»Wow«, sagte Cody. »Ich hatte keine Ahnung, dass sie auch noch mit andern Kerlen dreht.«

Die Szene mit Justin endete, und eine weitere begann. Trulys neuer Partner war ein Latino. Er hatte seine Haare noch nicht blond gebleicht, aber ich erkannte ihn sofort. Cody ebenfalls.

Und auf einmal ergab alles einen Sinn.

»Wie bist du an diese DVD gekommen?«, fragte ich Cody.

»Ich hab sie aus Trulys Büro mitgenommen«, sagte er. »Wir hatten so einen bescheuerten Riesenkrach. Sie wollte meine Managerin werden, und ich fand das nicht so toll. Es war so, als wollte sie mich für sich haben, als wäre ich ein Kampfhund oder so was. Sie hat total geklammert und ist ausgerastet und hat ’nen unheimlichen Aufstand gemacht. Ich war schon gar nicht mehr so scharf drauf, mit ihr zu ficken, und auf keinen Fall wollte ich, dass sie für meine Karriere zuständig ist. Und noch weniger wollte ich, dass sie diese DVD hat, denn ich dachte, sie könnte voll rachsüchtig werden, wenn ich erst mal berühmt bin, und sie gegen mich benutzen.« Er hielt inne. »Sie war’s, oder? Sie hat die Kerle zum Diner geschickt.«

»Sieht irgendwie so aus«, sagte ich. »Ich wette, sie hat auch die Kombinationen zu allen Spinden in der Schule, stimmt’s?«

»Scheiße«, sagte Cody. »Na klar hat sie die.«

So war das also. Ich hätte ihr sagen können, dass man einen Pimmel wie den von Cody nicht mehr besitzen kann, als man den seines Vaters besitzen konnte. Die Sache ist die, dass sie eindeutig mehr wollte als nur seinen Pimmel. Seine Fäuste wollte sie auch noch. Und wenn sie sie nicht haben konnte, dann überhaupt niemand.

»Die miese Schlampe«, sagte er. »Die ist an allem schuld. An allem.« Er schüttelte den Kopf. »Hank hat mir gesagt, dass es dumm war, mit ihr zu ficken, aber ich hab nicht zugehört.« Er hob den Kopf und runzelte die Stirn. »Hey, wo ist er überhaupt?«

Ich nickte in Richtung Badezimmertür und erzählte ihm eine geringfügig zensierte Version dessen, was zwischen mir und Hank vorgefallen war.

»Du hast nichts von seiner Verurteilung wegen ehelicher Gewalt gewusst?«, fragte Cody. »Scheiße, das stand doch überall, als es passiert ist.«

»Ist wohl an mir vorbeigegangen«, sagte ich.

»Er ist echt fertig deswegen«, erwiderte Cody.

»Das entschuldigt nicht, was er getan hat.«

»Natürlich nicht. Aber er würde das nie wieder machen.«

»Verflucht«, sagte ich. »Heute Morgen hat er dich angegriffen.«

»Das ist was anderes«, sagte Cody. »Kerle raufen manchmal. Das ist überhaupt nicht dasselbe.« Er schüttelte entschlossen den Kopf. »Ich kenne ihn. Er würde dir nie wehtun.«

»Hör zu, ich hab keine Lust, jetzt darüber zu diskutieren.« Ich wandte mich ab und schlug die Arme um mich. Ich hatte noch niemandem etwas von der Gewalt in meiner Familie erzählt, seit ich vor mehr als zwanzig Jahren Chicago verlassen hatte. Ich hatte es Hank nicht erzählen können; und auf keinen Fall würde ich mit Cody jetzt darauf einsteigen.

»Ich sollte nachsehen, ob's ihm gutgeht«, sagte Cody. Er klopfte an die Tür. »Hank?«

Schweigen, nach ein paar Sekunden ein kaum vernehmliches Krächzen: »Moment.«

Cody warf mir einen besorgten Blick zu. Ich schaute auf die Uhr. Es war gerade mal Nachmittag. Immer noch viel zu früh, aber ich hielt die Warterei nicht aus.

Ich nahm den Hörer und zog Damians Karte aus der Tasche. Eine weibliche Stimme vom Band meldete sich.

»Bitte genießen Sie die Musik, während Sie verbunden werden.« Grässlicher brasilianischer Death Metal dröhnte mir ins Ohr.

Dann Damian. »Ja?«

»Hey«, sagte ich. »Angel hier. Wir müssen jetzt aus dem Hotel raus, deshalb bin ich telefonisch nicht erreichbar. Können wir uns nicht einfach am Flughafen treffen?«

»Tja, äh …« Ich hörte, dass er rauchte. »Das ist so 'ne Sache. Im Augenblick drehe ich überhaupt keine MILF-Titel. Wie wär's, wenn du noch mal in ein paar Monaten nachfragst, dann hab ich vielleicht was für dich.«

Ich brauchte eine Sekunde, um mich zusammenzureißen. »Geht in Ordnung«, sagte ich. »Aber wir brauchen den Flug trotzdem heute.«

»Ist einer von deinen Freunden achtzehn?«, fragte er.

»Ehrlich gesagt, ja, einer«, sagte ich. »Aber es sind beides Kerle.«

»Tja, die Sache läuft nicht.« Er inhalierte Rauch, hielt die Luft an und hustete. »Ruf mich in ein paar Monaten an.«

»Nein«, sagte ich, bemüht, meine Verzweiflung nicht zu zeigen. »Es gibt nur einen Deal, wenn …«

»Ach, hey«, sprach er dazwischen, als hätte ich nichts gesagt, »hab ich dir erzählt, dass eure Freunde euch suchen? Ich hab ihnen das Hotel genannt, wo ihr wohnt. Four Queens, stimmt's?«

Ich spürte einen kalten, ekligen Knoten im Bauch.

»Welche Freunde?«, fragte ich.

»Dieses grässliche Mannweib und …«

Ich legte auf.

»Wir müssen hier raus«, sagte ich zu Cody.

An der Tür klopfte es.

30

Wir schauten uns einen Moment lang starr an.

Dann drang eine weibliche Stimme durch die Tür. »Cody?«

Truly.

»Cody«, sagte sie noch mal. »Mach die Tür auf. Ich will nur mit dir reden.«

Ich schaute über die Schulter zur Badezimmertür. Cody griff in meinen offenen Rucksack und holte die Sig heraus.

»Cody, nicht«, sagte ich, aber es war zu spät.

Er ging zur Tür und riss sie auf, und ehe ich blinzeln konnte, hatte er seinen tätowierten Arm um Trulys Hals und die Mündung der Sig an ihrer Schläfe.

Ihre Jungenbande stand in der Tür, die Hände in Schulterhöhe erhoben. Der kleine Blonde sah so sauer aus, als könnte er Nägel spucken.

»Sag deinen Bubis, sie sollen sich verpissen«, wies Cody sie an. »Ich mach keinen Spaß; schaff sie weg, oder ich mach dich kalt, verdammte Scheiße.«

»Okay, okay«, sagte sie. »Tito, wartet draußen im Flur.«

»Aber …«, setzte der wütende Blonde an.

»Mach, was sie sagt, du Wichser«, sagte Cody. »Raus. Und zwar sofort.«

Tito und seine Kumpane zogen sich in den Flur zurück, und Cody schloss mit einem Tritt die Tür.

»Cody«, sagte Truly. »Du tust mir weh.«

»Ich mach noch was ganz anderes mit dir, du beschissenes irres Miststück«, sagte Cody. »An allem, was passiert ist, bist nur du schuld.«

»Baby, ich hab dir nie wehtun wollen«, sagte sie.

»Stimmt genau«, antwortete er verbittert. »Nur meine gesamte Scheißfamilie umbringen.«

»Ich habe Tito und seinen Freunden nie gesagt, sie sollten jemanden umbringen«, sagte Truly. »Ich wollte nur, dass sie dir Angst einjagen und die DVD zurückholen. Die Sache ist außer Kontrolle geraten.«

»Außer Kontrolle? Die Sache ist so außer Kontrolle geraten, dass du beschlossen hast, mich reinzulegen, in der Hoffnung, dass Lovell mich für dich umbringt?«

»Nein«, sagte Truly. »Damit hatte ich nichts zu tun, das musst du mir glauben.«

»Lüg mich noch mal an«, sagte Cody und drückte ihr die Kanone in die Wange. »Wenn du das tust, dann siehst du, was passiert.«

»Cody ...«, sagte ich, aber Truly schnitt mir das Wort ab.

»Okay, dann hab ich das Koks eben genommen«, sagte sie. »Aber ich hab nicht gedacht, dass Lovell versuchen würde, dich umzubringen.«

Cody lachte scharf und bellend.

»Was«, sagte er. »Hast du gedacht, er würd mir den Arsch versohlen? 'n ernstes Wörtchen mit mir reden?«

»Ich wollte nur sichergehen, dass niemand sonst die DVD zu sehen kriegt«, heulte sie.

»Dann gibst du also zu, dass es falsch war«, sagte Cody. »Das, was du mit mir und den ganzen andern Jungs gemacht hast?«

»Ich kann mich nicht daran erinnern, dass du dich damals beschwert hättest«, sagte sie.

»Ich war damals fünfzehn«, sagte er. »Ich hab's nicht besser gewusst.«

»Anders als jetzt«, sagte sie. »Jetzt bist du ein richtiger Mann, stimmt's? Um so viel älter und klüger.«

»Halt dein beschissenes Maul«, sagte Cody krächzend mit wildem Blick.

»Jedenfalls alt genug für die Todesstrafe, wenn du mich umbringst.«

»Ich tu's, verdammte Scheiße«, sagte Cody. »Ich tu's, und ich lauf weg. Die kriegen mich nicht. Ich geh nach Brasilien und trainiere, mit Getúlio Azevedo und …«

»Cody«, wiederholte ich. »Cody, hör mir bitte zu. Mach das nicht.«

»Was?« Er wandte sich zu mir um. »Aber sie ist verantwortlich. Sie muss bezahlen für das, was sie mir angetan hat und Vic und meiner Mom. Verstehst du das nicht? Sie ist an allem schuld!«

Ich verstand es. Besser als Cody es sich je würde vorstellen können. Ich dachte an einen alten Freund, der versuchte, mir auszureden, die Männer umzubringen, die mein Leben zerstört hatten. *Rache ist so was Tolles auch wieder nicht*, hatte er gesagt. Er hatte ja so recht, aber ich hörte nicht zu. Konnte nicht zuhören. Und jetzt, als Folge dieser Rache, hatte sich mein Leben für immer verändert. *Ich* hatte mich für immer verändert. Aber hätte das Wissen, was passieren würde, mich aufgehalten?

Natürlich gab es einen entscheidenden Unterschied zwischen dem, was ich getan hatte, und dem, was Cody tun wollte. Ich war fast vierzig Jahre alt gewesen, als ich aus eigenem Antrieb aus Rache gehandelt hatte. Cody war erst achtzehn. Ich durfte ihn das nicht tun lassen.

»Lass sie laufen, Cody«, sagte ich. »Sie ist es nicht wert.«

»Wie kannst du das sagen?«, fragte Cody. »Ich dachte, du hättest meinen Vater geliebt.«

»Natürlich hab ich ihn geliebt«, sagte ich. »Aber denkst du, dein Vater hätte gewollt, dass du für eine Sekunde Rache deine Karriere und dein ganzes Leben wegwirfst? Denn glaub mir, das ist eine Einbahnstraße, und wenn du erst mal drauf bist, gibt's kein Zurück.«

»Aber ich …«

»Wenn du sie umbringst«, sagte ich, »dann wirst du nichts anderes mehr sein bis zum Tag, an dem du stirbst.«

Ich wusste nicht, ob ich zu ihm durchdrang. Truly schwitzte ihr dickes Pfannkuchen-Make-up durch.

»Die AAFC würde niemals einen Mörder unter Vertrag nehmen«, sagte ich. »Meinst du nicht auch, Vic würde es lieber sehen, wenn du ein berühmter Kampfsportler wirst und ihn stolz machst, als dass du irgendeine nichtsnutzige Schlampe abknallst und den Rest deines Lebens damit verbringst, vor der Polizei davonzulaufen?«

Das funktionierte. Ich konnte in seinen Augen lesen, dass ich endlich zu ihm durchgedrungen war.

»Gib ihr einfach die blöde DVD«, sagte ich. »Gib ihr die DVD und geh weg. Und dann möchte ich, dass du wieder zu diesem Casting gehst und es gefälligst mit dem Arsch in die Show schaffst. Es ist noch nicht zu spät. Keiner dort ist auch nur ein halb so guter Kämpfer wie du, und das weißt du. Wenn du's nicht mal versuchst, dann ist das, als wäre das alles hier umsonst gewesen.«

In seinem Gesicht spiegelten sich tausend widerstreitende Gefühle. Er schien den Tränen nahe. Truly schwieg; ihre Blicke flitzten zwischen mir und der Kanone hin und her.

Endlose Sekunden verstrichen, und wir drei standen stumm und reglos da. Dann senkte Cody wunderbarerweise langsam seine Hand mit der Kanone. Keinen Herzschlag darauf rammte Truly ihm den Ellbogen in die Eier und stampfte ihm voll auf den Fuß.

Die Kanone fiel aus Codys Hand, als er sich vor Schmerz krümmte. Truly kickte sie außer Reichweite, dann wirbelte sie herum und verpasste ihm lehrbuchmäßig einen knallharten Tritt gegen die Schläfe.

Cody taumelte zurück, schaffte es aber, auf den Füßen zu bleiben. Er schüttelte blinzelnd den Kopf und hob instinktiv die Fäuste in Wangenhöhe.

Truly stürzte sich auf die Kanone. Ich war aber näher an ihr dran.

Hätte ich auch nur den Bruchteil einer Sekunde nachgedacht, hätte alles hier enden können. Ich tat es nicht. Ich schnappte die Kanone und feuerte Truly aus kürzester Entfernung in die Kehle.

Sie fiel auf die Knie, fasste sich an den Hals. Ein feiner roter Nebel sprühte zwischen ihren Fingern hervor, und sie kippte in einer schiefen, würdelosen Haltung mit dem Arsch nach oben vorwärts auf den blutgetränkten Teppich.

»Scheiße«, sagte Cody. »Du hast gesagt, sie soll nicht umgebracht werden.«

»Ich hab gesagt, *du* sollst sie nicht umbringen«, antwortete ich.

Ich trat sie in die Seite. Ihr Gesicht war fahlblau, und die Augen traten hervor. Als ich zusah, wie in ihren Augen der Kampfeswille erlosch, hätte ich es gern als wohltuend empfunden, sie umgebracht zu haben, aber ich war nur müde.

»Alles in Ordnung, Kleiner?«, fragte ich Cody, während ich die Sig in meinem Rucksack verstaute.

Er hob die Finger an die rasch anschwellende, dunkelrote Beule an der Seite seines Kopfs.

»Ich hab das Gefühl, ich muss gleich kotzen.«

»Ich schau mal nach Hank«, sagte ich.

Draußen im Flur hörte ich plötzlich eine Reihe dumpfer Schläge. Wir erstarrten beide. Cody schaute von mir zu Tür und wieder zurück.

»Was zum Teufel …?«

Stimmen im Flur. Kroatische. Dann das unverkennbare trockene Geräusch eines schallgedämpften Schusses, rasch gefolgt von einem weiteren.

»Scheiße«, sagte Cody.

Es gab keinen anderen Weg aus der Suite. Wir waren im obersten Stock, und alle Fenster waren zugeschweißt, um Spieler, die ihr letztes Hemd verloren hatten, am Springen zu hindern. Ich war des Weglaufens müde. So müde, dass ich mich am liebsten neben Truly auf den blutigen Teppich gelegt hätte, um zu warten, bis alles vorbei war.

Cody schob mich in den Flurschrank und zog gerade die Schranktür hinter mir zu, als die Tür zu der Suite aufgetreten wurde.

»Wo ist sie?«

Die Stimme aus Lindseys Büro. Die Stimme des Kerls, von dem ich weggegangen war, desjenigen, den ich hatte leben lassen. Jeden anderen Mann, der bei der Zerstörung meines Lebens und der Misshandlung meines Körpers die Finger im Spiel gehabt hatte, hatte ich ausgeschaltet, nur ihn nicht. Nicht Vukasin.

Und jetzt war er da.

31

Erstarrt stand ich in dem Schrank hinter dem Plastiksack an einem Bügel, der in weiser Voraussicht da hing, damit ich ihn mit Klamotten zum Waschen füllen könnte. Ich sah nicht, was im Zimmer passierte, aber mein Gehör war so schmerzhaft scharf geworden, dass ich sicher glaubte, Codys panikerfüllten Herzschlag zu hören.

»Okay, mein Freund«, sagte Vukasin. »Leg los.«

Im Geist sah ich ihn ganz deutlich vor mir. Seine grässlich geschmacklosen Hemden. Drahtiger kleiner Körper, braun wie ein alter Stiefel. Scharfe, frettchenartige Züge. Ich konnte seinen heißen, minzigen Atem riechen. Ich hatte mit Männern geschlafen, an die ich mich nicht so deutlich erinnerte wie an Vukasin.

»Sie ist weg«, sagte Cody. »Sie ist mit Hank nach Yuma gefahren.«

Ich hörte noch etwas, ein glitschiges Schleifgeräusch, gefolgt von einem Schlag. Diese Lautfolge wiederholte sich mehrere Male im Hintergrund des Gesprächs.

»Ach ja?«, sagte Vukasin. »Ich denke nicht, dass Niko dir glaubt. Und es ist sehr wichtig für Niko, dir zu glauben, denn wenn nicht, dann schneidet er dir den Schwanz ab und gibt ihn dir zu fressen. Haben wir uns verstanden?«

»Ich sag Ihnen doch …«, setzte Cody an.

»Sag's nicht mir«, entgegnete Vukasin, »sag's Niko.«

»Sie sind nach Yuma zurückgefahren«, sagte Cody.

»Du denkst, du weißt, wie schlimm es ist, wenn dir der Schwanz abgeschnitten wird«, sagte Vukasin. »Aber glaub mir, du kannst dir nicht mal vorstellen, wie schlimm es ist.«

»Bitte«, sagte Cody. »Ich sag die Wahrheit.«

»Niko«, sagte Vukasin. »Meinst du, der Kleine sagt die Wahrheit?«

Eine andere Stimme, tiefer und mit stärkerem Akzent.

»Ich mein nicht.«

»Ich bin geneigt zuzustimmen«, sagte Vukasin. »Willst du wissen, was ich denke? Ich denke, sie ist hier in dieser Suite. Wir könnten sie jetzt suchen und finden, aber das würde weniger Spaß machen, als dich zu zwingen, es uns zu sagen.«

»Sie können mich foltern, wenn Sie wollen«, sagte Cody so herzzerreißend tapfer und jugendlich tough, dass ich am liebsten losgeheult hätte. »Aber ich sag Ihnen die Wahrheit.«

Der Kleine hatte keine Ahnung, was ihm bevorstand. Ich schon. Ich konnte mich nicht weiter verstecken und es zulassen.

»Vukasin«, sagte ich und schob den Schrank auf. »Lass ihn gehen. Er hat nichts damit zu tun. Er ist doch nur ein Junge.«

Vukasin sah genauso aus, wie ich ihn in Erinnerung hatte. Sein wie üblich geschmackloses Hemd war aktuell eine schwarz-rote Pseudogothic-Abscheulichkeit aus Rosen und Stacheln. Außerdem trug er Latexhandschuhe, genau wie Niko, der sich als der Marineblaue Trainingsanzug aus dem Motel entpuppte. Sie hatten beide Pistolen, beide mit Schalldämpfer. Niko kaute Kaugummi mit Zimtgeschmack, den ich durchs Zimmer hinweg riechen konnte und der den weniger angenehmen Duft aus heißem Blut und gerade abgefeuerten Schusswaffen überlagerte. Tito und seine beiden Freunde waren tot und lagen aufgestapelt an der Wand gegenüber, gemeinsam mit zwei uniformierten Securitytypen und einer kleinen, weiblichen Gestalt, die hinter den größeren Leichen beinahe verschwand. Jemand mit pink lackierten Zehen. Madison.

Der kleine Bruder stand neben dem Haufen, ebenfalls mit Handschuhen. Wenn er eine Kanone hatte, war sie nicht unmittelbar zu sehen.

»Angel!«, schrie Cody mit nackter Angst im Gesicht. »Was soll das? Ich hätte ihnen nichts gesagt!«

Ich wollte auf keinen Fall, dass er erfuhr, dass dem nicht so war.

»Das weiß ich«, sagte ich zu ihm. »Aber ich durfte trotzdem nicht zulassen, dass sie dir wehtun.«

»Ist doch süß«, sagte Vukasin, »oder nicht?«

Niko zuckte die Achseln und zielte mit seiner Kanone auf Cody. Unwillkürlich ließ ich die Augen zurück zu der geschlossenen Badezimmertür wandern und wartete nur darauf, dass Hank herausgetorkelt kam und umgenietet wurde. Er kam nicht, aber Vukasin fing meinen Blick auf und machte dem kleinen Bruder ein Zeichen, nachzusehen. Mein ganzer Körper verkrampfte sich, und mein Herz raste, als er die Tür öffnete. Nichts geschah.

Hank lag verkrümmt auf den Bodenkacheln. Der kleine Bruder stupste mit dem Zeh Hanks auf dem Bauch liegende Gestalt an. Hank stöhnte, und ein Tropfen Kotze rann aus seinem Mundwinkel.

»Mein Gott, Hank!« Cody stürzte Richtung Badezimmer. Vukasin hielt ihn mit dem schallgedämpften Lauf seiner Kanone zurück.

Der kleine Bruder sagte etwas auf Kroatisch, und Vukasin antwortete nickend.

»Okay«, sagte er. »Wir machen jetzt Folgendes. Niko, gib Angel deine Jacke.«

Niko zog seine Trainingsjacke aus und warf sie mir zu.

»Zieh sie an«, sagte Vukasin. »Und mach sie zu.«

Ich tat wie geheißen und schloss den Reißverschluss der Jacke, um die Flecken von Trulys Blut auf meinem weißen Unterhemd zu verstecken. Meine Shorts und Turnschuhe waren schwarz, so dass man kein Blut darauf sah.

»Und jetzt mach ich die Tür auf«, sagte Vukasin. »Und wir gehen in den Aufzug. Wenn wir in die Lobby kommen, gehst du voran. Nimm das Ticket hier.« Er reichte mir einen Parkschein und ein Bündel Scheine. »Gib das dem Portier, und wenn der Wagen gebracht wird, steig auf den Beifahrersitz und warte. Denk dran, dass Niko deinen kleinen Freund dicht bei sich hat. Ich behalt dich im Auge, Angel, und wenn du mich verarschst, dann ist dein kleiner Freund tot. Haben wir uns verstanden?«

»Ja«, sagte ich leise. Ich schaute zu Hank zurück, aber der kleine Bruder kauerte über ihm und nahm mir die Sicht.

Vukasin steckte seine Kanone hinten in die Jeans, machte die Tür auf und gab mir ein Zeichen, vorauszugehen. Auf den ersten Blick hätte man fast glauben können, er sei ein Gentleman. Auf dem Weg zu den Aufzügen legte Niko scheinbar freundschaftlich den Arm um Cody und ließ seinen Kaugummi schnalzen. Als wir an den Aufzügen ankamen, zog Vukasin die Handschuhe aus und gab sie Niko, der seine auch auszog und alle zusammen in die Tasche steckte. Der Aufzug hielt, und ganz normal wie alle anderen Gäste fuhren wir abwärts.

Drei Etagen tiefer hielt der Aufzug an, und ein pummeliges junges Mädchen stieg zu. Sie hatte ein hübsches, freundliches Gesicht und lächelte uns an, als habe ihr noch nie jemand wehgetan.

»Hallo«, sagte sie. »Wie geht's?«

»Sehr gut, vielen Dank«, sagte Vukasin.

»Wo sind Sie her?«, fragte sie.

»Transylvanien«, sagte Vukasin.

»Seien Sie still! Echt?« Sie schaute Vukasin schräg an, als wollte sie herausfinden, ob er sie veralberte. »Sind Sie nicht. Oder?«

Vukasin nickte zwinkernd. Die Kleine wurde rot. Mein Verstand lief auf tausend Meilen pro Stunde, während ich überlegte, wie ich ihr ein Zeichen geben sollte, das sie unterschwellig zwingen könnte, die Polizei zu rufen.

»Gibt's dort wirklich echte Vampire?«, platzte sie heraus, kicherte und lief noch roter an.

»Ja«, sagte Vukasin. »Die gibt es.«

Dann waren wir im Erdgeschoss, und die Türen gingen auf.

Vukasin winkte dem Mädchen, vorauszugehen.

»Genießen Sie Ihren Aufenthalt in Amerika«, sagte sie.

»Oh, bestimmt«, sagte Vukasin. »Vielen Dank.«

Wir stiegen aus. Mein Verstand wirbelte mit einer Million Meilen pro Stunde. Was geschah oben im Hotelzimmer? Würde der kleine Bruder Hank einfach totschießen, während der wehrlos dalag? Ich empfand eine solch niederschmetternde Hoffnungslosigkeit, dass ich kaum atmen konnte. Ich versuchte, mich auf die eine Sache zu konzentrieren, die ich vielleicht noch unter Kontrolle hatte: sicherzustellen, dass Vukasin Cody nichts antat.

Vukasin stieß mich durch die Tür. Mit ausgestreckten Armen kam ein Angestellter auf mich zu, und ich drückte ihm Vukasins Parkschein und das Geld in die Hand. Als er losrannte, um das Auto zu holen, stand ich allein da und fragte mich, was Vukasin mit mir vorhatte. Mich umbringen? Mich zu seinem Boss bringen? Ich versuchte, diese Gedanken zu verdrängen und mich auf eine Möglichkeit zu konzentrieren, ihn dazu zu bewegen, dass er Cody laufen ließ.

Ich schaute über die Schulter, in der Hoffnung zu sehen, was Vukasin und Niko machten, aber die Türen waren verspiegelt. Ich sah nichts als die starre Maske meines eigenen Gesichts.

Ein Auto fuhr vor, ein schwarzer Chrysler 300. Das passte. Das letzte Mal mit Vukasin in einem 300er lag ich gefesselt im Kofferraum. Mir war fast danach zumute, jetzt in den Kofferraum zu steigen, um der alten Zeiten willen.

Aber ich setzte mich wie geheißen auf den Beifahrersitz. Vukasin erschien kurz darauf mit Niko und Cody im Schlepptau. Er drückte dem grinsenden Pagen noch zwei Scheine in die Hand und setzte sich hinters Steuer. Niko und Cody stiegen hinten ein.

Im Rückspiegel sah ich, wie Niko Cody im Nacken packte und dem Jungen den Kopf auf seinen Schoß drückte. Einen schrägen Moment lang dachte ich, er wollte Cody zwingen, ihm einen zu blasen, aber er drückte Cody nur die Kanone an den Hinterkopf und hielt ihn so nieder, dass sich seine Wange an Nikos Oberschenkel schmiegte. Ich nahm das als gutes Zeichen. Wenn sie nicht wollten, dass Cody sah, wohin wir fuhren, würden sie ihn vielleicht freilassen.

Unser Ziel entpuppte sich als eine jener seelen- und fantasielosen Vorstädte vom Reißbrett am Rand von Vegas, die aussehen wie gefakte menschliche Behausungen, die von Aliens für einen interstellaren Zoo entworfen wurden. Das kleine Haus, vor dem Vukasin anhielt, war eines von etwa hundert, die alle gleich aussahen und, von der Rezession erledigt, meist leer standen. Ein »Zu-verkaufen«-Schild spross auf praktisch jedem Rasen, auch auf dem, den Vukasin sich ausgesucht hatte.

Drinnen war es überklimatisiert und auf durch und durch stereotype Art möbliert. Alles war beige, und sobald man wegschaute, hatte man vergessen, wie es aussah. Keine Familienfotos, kein persönlicher Krimskrams, nichts, was den Eindruck erweckt hätte, dass je wirkliche Menschen hier gewohnt hatten.

Vukasin legte seine Autoschlüssel und die 38er auf einen kleinen Tisch neben der Tür, als sei er hier zu Hause und käme gerade von der Arbeit, um auszuspannen und fernzusehen.

Schweigend marschierten wir ein paar Stufen hoch in ein großes leeres Schlafzimmer. Schwere durchsichtige Plastikplanen bedeckten die Wände und den beigefarbenen Teppich. Kein gutes Zeichen.

»Okay«, sagte ich, um eine ruhige Stimme bemüht. »Ich bin hier. Ich hab alles gemacht, was ihr wolltet. Jetzt lasst ihn laufen.«

»Ich lass dich nicht allein«, sagte Cody und versuchte, mit tapferer Miene und Panik in den Augen den Arm aus Nikos Griff zu drehen.

»Bitte«, sagte ich. »Gebt ihn frei.«

»Niko«, sagte Vukasin. »Gib ihn frei.«

Niko nickte und schoss Cody in den Kopf. Zwei Mal.

32

Ehe Codys Kopf auf dem Plastik auftraf, stürzte ich mich in blinder Wut auf Vukasin. Ich spürte raue Hände auf mir, die mich zu Boden zwangen, und einen Pistolenknauf, der mir immer wieder ins Gesicht knallte, aber ich konnte nicht aufhören, um mich zu schlagen, zu treten und zu beißen. Dann spürte ich, wie mir der Lauf der Kanone zwischen die Zähne gerammt wurde, sich tief in meine Kehle bohrte, und jeder Kampfeswille floss aus mir heraus wie Blut.

»Sie ist total scharf drauf, mit mir zusammen zu sein«, sagte Vukasin grinsend und richtete seinen verdrehten Kragen. »Mach sie sauber.«

Niko zerrte mich in ein kleines Badezimmer. Vukasin hielt mich mit einer Kanone in Schach, während Niko mir mit billigen beigen Handtüchern das Blut von Armen und Brust wischte. Ich wehrte mich nicht. Ich hatte das Gefühl, ich sei schon tot. Als ich überall dort sauber war, wo Niko hinkam, solange ich meine Klamotten anhatte, zog er mich aus, wobei er bei Knöpfen und Reißverschlüssen und Häkchen kalte Effizienz bewies. Er feuchtete einen Waschlappen an und rubbelte zwischen meinen Beinen. Er arbeitete rasch und ohne Gefühle zu verschwenden, so als wäre ich ein belastender Gegenstand, von dem man Fingerabdrücke abwischen muss.

Sie führten mich mit vorgehaltener Pistole hinaus. Mein Blick ging sofort zu Cody. Er lag mit weit ausgebreiteten Armen auf dem Rücken wie ein Kind, das einen Engel aus Schnee macht. Als stellte er sich nur tot und müsste jeden Moment aufspringen und mich auslachen. Es hätte wehtun müssen, tat es aber nicht. Ich empfand gar nichts.

Niko trat mich in den Bauch, und ich taumelte japsend nach hinten und fiel auf den Hintern. Unter mir knirschte Plastik. Vukasin warf Niko eine Rolle Isolierband zu. Der Anblick des Bandes fetzte einen Riss in meine Betäubung und elektrisierte mich zu verzweifelter Aktion.

Ich schlug so fest zu, dass Niko der Kaugummi aus dem Mund flog. Es war bei weitem nicht fest genug. Er packte mich vorn an der Kehle und drückte mir mit Daumen und Zeigefinger die Luftröhre zusammen. Eine erstickende schwarze Qual lähmte mich. Dagegen war Damians Spielchen gar nichts gewesen. Als er losließ und ich wieder Luft bekam, war meine rechte Hand mit Band an meinen rechten Knöchel geklebt, und er war gerade an der linken zugange. Hinter ihm legte Vukasin eine Reihe schrecklicher Dinge auf dem Boden aus. Schmutziges Elektrowerkzeug. Arterienklemmen. Blechscheren. Mir wurde klar, dass das, was Niko mit meiner Kehle gemacht hatte, wahrscheinlich das am wenigsten Schmerzhafte war, was mir in der kurzen Restzeit meines Lebens zustoßen würde.

Niko zeigte auf meinen Mund, hielt das Klebeband hoch und fragte etwas auf Kroatisch. Vukasin schüttelte den Kopf und antwortete, wobei er eine Zange hochhielt und in der Luft zusammendrückte. Dann legte er sie wieder hin und reichte Niko eine lange Metallstange. Niko zwängte mir damit die Beine auseinander und befestigte an jedem Ende einen gefesselten Fußknöchel.

Als ich schließlich zu ihrer Zufriedenheit aufgebockt war, sagte Vukasin noch etwas auf Kroatisch, und Niko nickte und verließ das Zimmer.

»Es ist, als wär das unser ganz eigener privater Film«, sagte Vukasin. »Ich hätte eine Videokamera mitbringen sollen. Moment …«

Er kramte in seiner Tasche und holte ein Handy heraus.

»Ich glaube, mit meinem Handy kann ich ein Video machen«, sagte er, schielte auf das Display und drückte Tasten. »Ich hab's allerdings noch nie probiert. Ah, da haben wir's.«

Er hielt das Handy auf die Stelle, wo ich mit gespreizten und an die Stange geklebten Armen und Beinen auf dem Rücken lag.

»Mein ganz eigener Angel-Dare-Film«, sagte Vukasin und kam mit dem Handy näher an mein Gesicht.

»Leck mich.« Ich schaffte es kaum, die Worte durch meine geschwollene Kehle zu pressen.

»Nein, nein«, sagte er. »Der Text gefällt mir nicht. Sag was Besseres. Was Originelleres.«

Ich drehte den Kopf zur Seite und schloss die Augen. Durch die schweren Doppelglasfenster konnte ich leises Geplätscher hören. Es klang, als würde Niko im Pool hinter dem Haus schwimmen. Ich konnte mir vorstellen, wie er da draußen in der Sonne faulenzte und sich bräunen ließ. Der Gedanke machte mich rasend.

»Okay«, sagte Vukasin und steckte das Handy in die Tasche. »Weiter im Text. Wir haben noch so viel vor. Aber zuerst lass mich eins absolut klarstellen.« Er zeigte auf das Werkzeug. »Es geht hier nicht darum, dass du gegen meinen früheren Boss ausgesagt hast. Der Mann ist von seinen eigenen Vorgesetzten bereits ersetzt worden, und der Import von Frauen geht ohne Unterbrechung weiter. Mit dir und mir hat das überhaupt nichts zu tun.«

Ich gab keine Antwort, ich fing nur an, wütend zu strampeln, mich zu winden und an den Handgelenken zu zerren, so fest ich konnte. Sie saßen fest, und es war eine Tortur, wenn ich versuchte, sie unter dem Klebeband zu bewegen, aber es gelang mir, von ihm wegzurücken, indem ich die Schultermuskeln so einsetzte, wie Hank es uns in seinem Kampfkurs beigebracht hatte. Vukasin schaute mit amüsiertem Grinsen zu. Wir wussten beide, dass ich nur Energie vergeudete.

Ich konnte die Tür nicht öffnen, konnte nicht entkommen; ich konnte nicht viel mehr tun, als den Wichser mit meinem lächerlichen Gezappel zu unterhalten. Ich musste mich darauf konzentrieren, eine Hand frei zu bekommen. Nicht dass ich irgendeine Ahnung hatte, was ich mit der freien Hand anfangen sollte, aber es war besser, als an die Elektrogeräte zu denken.

»Was weißt du über Chirurgie zur Penisrekonstruktion?«, fragte Vukasin. Ich hielt in meinem Kampf inne und schaute verwirrt zu ihm hoch, aber er wartete nicht auf meine Antwort. »Ich will dich nicht mit all den komplizierten Details langweilen. Ich will nur sagen, dass es erniedrigend und furchtbar schmerzhaft ist, und das Ergebnis ist ziemlich hässlich. Wie du dich bestimmt erinnerst, hat man mich nach meiner traumatischen Verletzung nach Kroatien deportiert, und wenn ich auch nicht schlecht von meinem geliebten Heimatland sprechen möchte, sind wir für das Geschick unserer Schönheitschirurgen nicht gerade berühmt.« Er legte sich die Hand zwischen die Beine. »Aber ich versichere dir, dass das, was ich bekommen habe, dank einer chirurgisch eingepflanzten Pumpe voll funktionsfähig ist. Ich versprech dir, du wirst den Unterschied nicht mal merken.«

Herrgott. Als ich ihn der Gnade der versklavten Frauen auslieferte, die er so lange misshandelt hatte, hatte ich angenommen, sie würden ihn umbringen. Beim Prozess hörte ich, dass er schwer verletzt worden war, aber die genauen Einzelheiten waren vermutlich für meinen Fall nicht relevant. Ich hatte keine Ahnung, was die Mädels eigentlich gemacht hatten. Ich musste zugeben, dass eine grauenhafte Art von Poesie darin steckte.

»Ich hätte dich umbringen können«, sagte ich schmerzhaft heiser. »Aber ich hab's nicht getan. Ich hab dich am Leben gelassen. Du kannst mir nicht vorwerfen, was die Mädchen dir angetan haben.«

»Solche Frauen sind wie Tiere, wie Hunde«, sagte er. »Du hast mich gefesselt, um mich von hungrigen Hunden zerfleischen zu lassen. Das werfe ich nicht den Hunden vor. Das werfe ich dir vor. Für das, was du zugelassen hast, gibt es keine Verzeihung. Das ist persönlich, Angel. Das müsstest ausgerechnet du eigentlich verstehen.«

Er griff nach einem Lötkolben. Er war an der Wand eingestöpselt, und das Ende glühte.

Da fing ich an zu schreien. In meiner Kehle fühlte es sich an wie Glasscherben und war kaum lauter als das Zischen beim Öffnen einer Bierflasche. Ich fing wieder an, mich so schnell von ihm wegzuwinden, wie es mein Körper erlaubte. Außerdem verdrehte ich entschlossen die Knie nach innen im verzweifelten Versuch, meine gespreizten Beine zu schließen. Ich spürte, wie die Sehnen zu reißen drohten.

Ich merkte, dass sich hinter Vukasin leise die Tür öffnete, war aber zu sehr mit Schreien beschäftigt, um darauf zu achten.

Es war Hank.

33

Als ich Hanks Gesicht sah, versiegte mein Schrei zu einer Art erschrecktem Schluckauf. In meiner Brust loderte eine heiße Flamme kindischer Hoffnung auf, die mir den Atem nahm.

Dann blickte ich an ihm hinab und sah, dass seine Hände mit Isolierband gefesselt waren.

Der kleine Bruder kam hinter Hank hervor und sagte etwas auf Kroatisch zu Vukasin. Der antwortete, wobei er mit dem Lötkolben gestikulierte. Der kleine Bruder trat Hank ins Kreuz, so dass er kopfüber auf den mit Plastik bedeckten Boden stürzte. Der kleine Bruder nahm die Rolle Isolierband, fesselte Hanks Füße aneinander und machte sich dann ohne ein weiteres Wort rasch aus dem Staub. Vielleicht um zu Niko in den Pool zu steigen.

»Da ist ja dein Held, Angel«, sagte Vukasin und zeigte mit dem Lötkolben auf Hank. »Dein weißer Ritter kommt, um dich vor dem bösen Vampir zu retten.«

Hank bemühte sich, den Kopf zu heben. Sein Gesicht war schweißnass, der Blick unstet. Sein Kopf fiel zurück, als wäre sein Gewicht mehr, als er bewältigen konnte.

»Hank?«, schrie ich. »Mein Gott, Hank!«

Er regte sich nicht.

»Ein schöner Held«, sagte Vukasin.

Nicht auch noch Hank. Cody hatten sie mir schon umgebracht; musste wirklich jeder, der mir je nahegestanden hatte, ins Gras beißen?

Vukasin beobachtete uns, dann legte er den Lötkolben wieder auf seinen Ständer und musterte die anderen Gerätschaften, die ihm zur Verfügung standen. Er entschied sich schließlich für ein einfaches Rasiermesser und blieb vor Hanks auf dem Bauch liegenden Körper stehen.

Hank rollte sich auf die Seite, schüttelte den Kopf und verdrehte die Handgelenke vor seinem Bauch, wobei er etwas sagte, das zu verwaschen war, um es zu verstehen. Wer weiß, wie viele Pillen er eingeworfen hatte oder was wirklich in seinem zerrütteten Hirn vorging? Vukasin machte versuchsweise einen Schnitt in Hanks Arm, und Hank jaulte auf und krümmte sich vor Schmerz.

»Red mit mir, du Held«, bat ihn Vukasin. »Sag mir, dass ich böse bin und dass du alles tun wirst, um deine wahre Liebe zu retten.«

»Sie liebt mich gar nicht«, nuschelte Hank. »Aber da scheiß ich drauf. Ich liebe sie.«

»Aha«, sagte Vukasin. »Wie romantisch. Jeder liebt dich, Angel. Sogar ich, auf meine ganz eigene Weise.«

Er wandte sich wieder Hank zu, und im selben Moment fiel mein Blick auf ein glänzendes Skalpell etwa einen Meter entfernt von meinen rechten Fingerspitzen. Ich fing an, zentimeterweise darauf zuzurobben.

»Und was jetzt, Held?«, fragte Vukasin.

Er schlug mit dem Rasiermesser nach Hanks Gesicht. Mit verbissenem Schweigen krümmte Hank sich von ihm weg. Auf seiner Wange waren blutige Tränen.

»Und jetzt kannst du zuschauen, wie ich deine Frau durchficke und sie danach zerlege«, fuhr Vukasin fort.

»Ich werd nicht zulassen, dass du sie anfasst«, sagte Hank mit rauer, jetzt festerer Stimme.

»Ah, der war gut«, sagte Vukasin. »Das lässt du nicht zu.«

»Das versprech ich dir«, sagte Hank.

Ich arbeitete mich näher an das Skalpell heran. Noch dreißig Zentimeter. Fünfundzwanzig.

»Oder ich lass zuerst sie zuschauen, wie ich dich zerlege«, sagte Vukasin. »Du hast ja gehört, wie sie deinetwegen grade gebrüllt hat. Ihr liegt eindeutig was dran, ob du lebst oder stirbst. Da macht's noch viel mehr Spaß, dich kaltzumachen.«

Ich hatte das Skalpell. Ich hielt es so fest, dass meine verschwitzten Finger schmerzten. Ich fing an, mich auf Vukasin zuzuarbeiten.

Ich hörte Hank fauchen und knurren und konnte ihn zappeln sehen, aber Vukasin hatte mir den Rücken zugekehrt, und sein Körper versperrte mir die Sicht darauf, was er machte. Ich wusste, was es auch war, es tat weh. Ein weiteres Geräusch von Hank, lauter, aber krampfhaft unterdrückt, länger diesmal und andauernder. Ich bewegte mich näher auf Vukasin zu. Noch näher.

»Was hältst du jetzt von deinem Helden, Angel?«, fragte Vukasin.

Ich rammte das Skalpell in die weiche Vertiefung an der Seite seines linken Knöchels, direkt hinter der Achillessehne.

Er schrie auf und wirbelte mit erhobenem blutbefleckten Rasiermesser herum zu mir.

Hank hob die gefesselten Füße und trat ihm in die Kniekehlen, so dass Vukasin rücklings auf ihn drauffiel. Das Rasiermesser flog aus Vukasins Hand. Hank schwenkte die gefesselten Arme nach oben über Vukasins Kopf und um seinen Hals.

Sie kämpften und schlugen um sich. Vukasin fegte mit den Füßen den Lötkolben vom Ständer. Der Kolben fiel ein Stück rechts von mir zu Boden und schmolz ein großes, rauchendes Loch in die Plastikplane. Hank und Vukasin wälzten sich weiter herum, aber ich sah nur noch den Lötkolben. Zentimeterweise robbte ich darauf zu, drehte mich nach rechts abwärts und tastete angestrengt mit meinen schmerzenden Fingern. Beinahe, beinahe – und dann hatte ich ihn.

Das schmelzende Isolierband stank grauenhaft, aber noch viel grauenhafter war es, es auf der Haut zu spüren. Ich achtete nicht darauf. Ich wollte nur noch freikommen.

Nach ein paar Sekunden war das Band an der rechten Hand und am rechten Fuß zusammen mit mehreren Schichten Haut durchgebrannt. Rasch befreite ich meine andere Hand und den Fuß und schaute schnell nach Vukasin und

Hank, die noch immer miteinander rangen. Vukasin war es gelungen, das Rasiermesser wieder zu schnappen, und hackte damit immer wieder tief in die Arterie an der Innenseite von Hanks Oberschenkel, während er aus Leibeskräften auf Kroatisch brüllte. Hank hielt ihn von hinten fest und mühte sich verbissen, den Unterarm unter Vukasins Kinn zu bekommen, um ihm die Luft abzudrücken. Aus Hanks linkem Hosenbein strömte das Blut wie aus einem Wasserhahn, aber er gab keinen Laut von sich. Er zwängte den Unterarm weiter vor, bis er endlich fest an Ort und Stelle saß, und dann rollte er sich so herum, dass Vukasin bäuchlings unter ihm lag. Hank zog die gefesselten Füße an und drückte die Knie gegen Vukasins Rückgrat, während er den Kopf des Kroaten nach oben und hinten zog. Vukasin verstummte, und das Rasiermesser fiel ihm aus der Hand, als er sie hob, um Hanks Arm zu packen.

»Schätze, einer von uns schläft ziemlich bald ein«, sagte Hank. Er schaute zu mir hoch. Sein Gesicht war nicht mehr rot angelaufen, sondern schrecklich blass. Er lag im Sterben, er verblutete, aber seine Stimme war klar und ruhig. »Weiß nicht, ob er oder ich, aber so oder so musst du schleunigst hier raus.«

Ich hörte Niko rufen und die Treppe herauftrampeln.

»Ich kann dich doch nicht einfach hierlassen«, sagte ich.

»Dir bleibt gar nichts anderes übrig«, antwortete er. »Wenn du bleibst, sterben wir beide.«

Er hatte recht, und ich wusste es, aber das machte es kein bisschen einfacher, ihn zurückzulassen.

Ich schaffte es gerade ins Bad, als Niko und der kleine Bruder durch die Tür stürmten.

Ich schloss hinter mir ab und rannte zum Fenster. Aus dem Schlafzimmer hörte ich Geraschel und Schläge. Ich versuchte an nichts anderes zu denken als daran, das Fenster aufzukriegen.

Der Sprung in den Hinterhof war nicht schlecht. Es gelang mir, das Blumenbeet zu treffen anstatt der zementierten

Pooleinfassung, und kaum war ich unten, schnappte ich mir ein feuchtes blaues Handtuch, das ich mir um den nackten Leib schlang. Der Hof war von einer Steinmauer umgeben. Ein rascher Blick zeigte mir, dass der einzige Ausweg zurück durchs Haus führte.

Die Glasschiebetür, die zum Wohnzimmer im Erdgeschoss führte, stand offen. Drinnen konnte ich hören, dass der Kampf und das Krachen weitergingen, dann jähe Stille. Nikos Trainingsanzug und das weiße T-Shirt lagen ordentlich zusammengefaltet auf der genoppten beigen Couch. Ich nahm die Sachen zusammen mit seiner schmalen ledernen Gürteltasche an mich. Vukasins Autoschlüssel waren genau da, wo er sie hingelegt hatte, aber die 38er war weg.

Ich zog gerade das T-Shirt über, als Niko, nur in einer winzigen roten Badehose, die Treppe heruntergetrampelt kam. Die meisten, die Badeslips tragen, sollten es lieber lassen, aber er sah echt gut darin aus. Er hatte Vukasins 38er in der Hand. Ich rannte los.

Ich schob die Haustür auf und stürmte zum Auto. Die Jacke fiel mir beim Rennen runter, aber ich schaffte es, mir Nikos Hose unter den Arm zu klemmen.

Der Ledersitz in Vukasins Auto war klebrig und heiß unter meinem nackten Arsch, als ich den Schlüssel ins Zündschloss steckte und Gas gab. Im Rückspiegel sah ich Niko durch die Tür kommen, dann den kleinen Bruder und Vukasin, was die Frage beantwortete, wer zuerst eingeschlafen war.

Ich fuhr davon, ohne noch mal zurückzublicken.

34

Ich saß in einem gestohlenen Auto, dem dritten in dieser Woche, und wartete. Mehrere Monate waren vergangen, seit ich von dem kleinen Haus außerhalb von Vegas losgefahren war, aber es hätte auch vor einer Nacht gewesen sein können. Dieselbe Nacht, die ich immer wieder durchlebte. Eigentlich war es nicht mal ein Durchleben, nur ein ewiges Gerenne, wie ein Hamster in einem abgesperrten Laufrad. Immer weglaufen und nirgends ankommen. Keine Spur von Vukasin, aber trotzdem musste ich weiter weglaufen – nicht nur, damit er mich nicht fand, denn immer wenn ich anhielt, fing ich an, mich zu erinnern.

Das Auto stand auf dem Parkplatz eines mittelgroßen Einkaufszentrums, das mit den gleichen altbekannten, nichtssagenden Franchisefirmen bestückt war, die man überall im Land findet. Es gab nur eine, die mich interessierte: Mail Boxes Etc. zwischen einer chemischen Reinigung und einem Starbucks.

Endlich fuhr der UPS-Lieferwagen vor, auf den ich gewartet hatte, blockierte den Verkehr und schnitt mehrere verärgerte Kaffeejunkies von ihrem Kick ab. Der Fahrer war ein kleiner Schwarzer, der seinen Mangel an Höhe durch muskelstarrende Breite wettmachte. Ich beobachtete ihn schon seit einer Woche und erkannte ihn, kannte seine Runde. Dem Schild auf seiner braunen UPS-Uniform zufolge hieß er André, und nach seiner Lieferung um 10.45 Uhr machte er immer für einen Skinny Latte im Starbucks halt. Ich fragte mich, ob heute der Tag sei, ob mein Paket in dem wackligen Stapel steckte, den André in den Mailbox-Laden rollte.

Ich ging ein ganz schönes Risiko ein, um an das Paket zu kommen. Ich hatte es online bestellt, es mit einer gestohlenen Kreditkarte bezahlt und hierher an das Postfach liefern lassen, das ich unter falschem Namen gemietet hatte. Ich hatte den Laden zuvor tagelang überwacht, mich vergewissert, dass er sicher war, mich mit den Gewohnheiten der Leute vertraut gemacht, die hier arbeiteten, und mit denen der Leute, die hier ihre Post abholten. Nichts Auffälliges, nichts Ungewöhnliches, aber sicherheitshalber beobachtete ich dennoch weiter. Trotz meiner ganzen Vorsichtsmaßnahmen gefährdete ich mich, indem ich jeden Tag an denselben Ort kam, und ich hatte eine Spur gelegt, egal wie verschlungen. Dumm, ich weiß. Aber daran sieht man, wie sehr ich mir das wünschte, was in dem Paket war.

André ließ sich Zeit und flirtete mit dem hübschen, sehr jungen koreanischen Mädchen hinter dem Tresen. Irgendwann übergab er den Paketstapel und machte sich auf den Weg ins Starbucks. Ich wartete, bis er seinen Kaffee hatte, wieder in seinen Lieferwagen gestiegen war und wegfuhr, ehe ich hineinging. Ich hatte meine Sonnenbrille nicht abgenommen.

Ich schloss Fach 213 auf. Drinnen befand sich ein kleiner Zettel, der mich darüber informierte, dass ein Paket auf mich wartete. Ich gab den Zettel dem hübschen Mädchen, und sie reichte mir einen festen Umschlag mit einem Absender aus Arizona. Ich kritzelte eine unleserliche Unterschrift auf ihr Clipboard, und sie ging nach hinten, um in ihr iPhone zu starren, als hätte es mich nie gegeben. Ich ging und dankte ihr stumm für ihr Aufmerksamkeitsdefizit. Ich sah sie nie wieder.

Ich trug das Päckchen wochenlang ungeöffnet mit mir herum. Immer wieder holte ich es aus meinem Rucksack und drehte es in den Händen, konnte mich aber nicht dazu überwinden, es aufzumachen. Erst am Ende einer weiteren endlosen, schlaflosen Nacht in einem weiteren nichtssagenden Motel.

Es war noch dunkel, aber nicht mehr lange. Der Parkplatz vor meinem einzigen, dreckigen Fenster stand voller Autos, war aber völlig unbelebt. Das Paar im Zimmer nebenan hatte stundenlang gejodelt und gegen die Wand gehämmert, war aber vor zwanzig Minuten endlich verstummt. Im ganzen Komplex keinerlei Lebenszeichen. Ich hätte der letzte lebende Mensch auf Erden sein können.

Ich holte das Päckchen heraus, drehte es um und zupfte an dem inzwischen abblätternden Adressaufkleber. Ich wollte es gerade schon wieder weglegen, tat es dann aber doch nicht. Ich riss es auf.

Darin befand sich der 8-x-10-Abzug eines Cowboy-Gemäldes mit dem Titel *Nach dem Kampf*. Der Hauptakteur des Gemäldes saß auf einer rohen, splittrigen Bank vor einem Saloon. Sein Hut lag vor ihm im Staub, und auf seinem zerrissenen Hemd war Blut. Er schaute auf seine Hände, in seinem Gesicht spiegelten sich Reue und Selbstvorwürfe. Seine Haare waren lang und dunkel, und seine Kleidung stammte aus einer anderen Zeit, aber das Gesicht hätte ich überall wiedererkannt. Es war Hank.

Bedauern. Herrgott, ich lebte schon so lange mit diesem Gefühl, dass es mir so vertraut und persönlich erschien wie mein Herzschlag. Aber hätte es wirklich eine Art von Glück und Zufriedenheit geben können, wenn ich irgendetwas anders gemacht hätte? Oder nur eine andere Nuance von gebrochenem Herzen?

Mit einem dumpfen Schmerz in der Brust schaute ich mir das Bild noch eine Weile an. Als ich seinen Anblick nicht länger ertrug, steckte ich es wieder in den Umschlag und verstaute es in meinem Rucksack.

Ich verließ das Motel, ohne auszuchecken. Die Sonne ging gerade auf, als ich mich mit meinem neuesten gestohlenen Auto in den frühmorgendlichen Stoßverkehr einfädelte. Ich hatte kein Ziel. Ich fuhr einfach weiter.

ENDE